Sherlock Holmes
A Study in Scarlet

이 경 아

—

한국외국어대학교 러시아어과와 같은 대학 통역번역대학원 한노과를 졸업했다. 현재 한국외국어대학교 통역번역대학원에서 강의하면서 전문 번역가로 활동중이다. 옮긴 책으로 『탐정 매뉴얼』, 『제인 오스틴 왕실 법정에 서다』, 『오시리스의 눈』, 『영국식 살인』, 『붉은 머리 가문의 비극』, '탐정 글래디 골드' 시리즈 외 다수가 있다.

*

이 도서의 국립중앙도서관 출판시도서목록(CIP)은
서지정보유통지원시스템 홈페이지(http://seoji.nl.go.kr)와
국가자료공동목록시스템(http://www.nl.go.kr/kolisnet)에서 이용하실 수 있습니다.
CIP제어번호 : CIP2016013755

—

이 작품의 한국어판은 영국 Penguin Books의 'THE PENGUIN SHERLOCK HOLMES COLLECTION'의
『A Study in Scarlet』(2011)을 번역 저본으로 삼았으며, 영국 Oxford University Press의
'THE OXFORD SHERLOCK HOLMES'(1993)를 참고하였습니다.

셜록×홈스

Arthur Conan Doyle

아서 코넌 도일 지음 / 이경아 옮김

Sherlock Holmes

A Study in Scarlet

주홍색 연구

엘릭시르

*

*

서문

셜록 홈스 장편소설들에 대해 드리는 글 ■

내가 쓴 장편소설 넷은 셜록 홈스와 그의 활약상을, 이야기의 확장이 가능한 좀더 넓은 화폭에 담은 작품들이다. 넓은 화폭에는 탐정이 '행동력을 발휘하는 모습'을 그릴 수 있다. 그리고 탐정의 이런 모습은 인물을 발전시키고 이야기를 확장한다. '머리만 굴리는' 모습으로는 불가능한 일이다. 홈스의 가장 중요한 특징인 통찰력에 다른 특징을 덧붙여보는 방법도 있겠지만, 그 방법은 인물을 발전시켜 이야기를 확장하는 목적에는 해가 될 뿐이라고 나는 생각한다. 다른 작가라면 내가 실패할 거라 생각한 방법으로도 보기 좋게 성공시킬지도 모르겠다.

■ 1929년 존 머리 출판사가 낸 『셜록 홈스 장편소설 완전판The Complete Sherlock Holmes Long Stories』에 아서 코넌 도일이 쓴 서문.

『주홍색 연구』는 내가 처음으로 완성한 장편소설이다. 그전 십 년 가까이 펜 끝을 단련해왔다곤 해도 대부분 익명으로 단편소설을 발표했을 뿐이다. 기존 문학에서 구식 탐정은 별 힘도 안 들이고 손쉽게 사건을 해결하는 모습으로 그려진다. 그런 탐정의 묘사에 반발심을 느끼고 『주홍색 연구』를 썼다. 나는 병명을 진단하는 의술을 익히기 위해 엄격한 수련 과정을 거쳐야 했었다. 그리고 내가 익힌, 통찰력을 발휘해 환자의 증세를 관찰하고 병명을 추론하던 과정을 범죄 해결에 적용한다면 좀더 과학적인 수사 체계를 만들어낼 수 있으리라 판단했다. 내 작품 몇 권과 함께 과거를 돌아보면 내 지론은 타당했다. 그 작품들로 인해 각국 경찰의 수사 과정이 일부 수정된 것을 보면 말이다. 책 속에서 활약하는 탐정을 보며 비웃기는 쉽다. 하지만 허구에서든 현실에서든 원칙은 원칙이다. 소설 속에서 인생에 도움이 되는 좋은 교훈을 배우는 일은 흔하다.

1887년 영국에서 발표한 『주홍색 연구』는 그해에 미국 출판사와 정식 계약이 되지 않았다. 그사이 이 소설이 미국에서 해적판으로 발행되어 상당한 관심을 끌게 되자 리핀코트 출판사의 대표인 리핀코트 씨가 판권을 계약하기 위해 대리인을 보냈다. 그리고 영국 작가 몇 명들과 작품을 논의하는 저녁 식사 자리에 나와 오스카 와일드를 초대했다. 그 결과 탄생한 소설이

『네 사람의 서명』(1890)과 『도리언 그레이의 초상』(1891)이다.

그다음에 나온 장편소설은 『바스커빌 가문의 사냥개』(1902)다. 이 작품은 좋은 친구였던 플레처 로빈슨이 들려준 이야기에서 착안했다. 그의 때 이른 죽음으로 세상은 별 하나를 잃었지만 내게는 그가 들려준, 다트무어에 있는 자신의 집 근처에 유령 개가 있다는 이야기가 남았다. 그 이야기가 작품의 씨앗이 되었다. 하지만 순전히 내 힘으로 씨앗에서 줄거리를 뽑고 살을 붙였다.

마지막 장편소설은 『공포의 계곡』(1915)이다. 이 작품은 펜실베이니아의 탄전에서 일어난 몰리 매과이어스 사태에 대한 생생한 기사를 읽던 중에 발상이 떠올랐다. 이 작품에서는 핑커턴 탐정 사무소의 젊은 탐정이 영웅처럼 활약한다. 홈스는 부수적인 역할을 수행할 뿐이다.

젊은 독자들은 이 작품들에 나오는 로맨스에 관심을 가질 것이고 곳곳의 중장년층 독자들은 가슴에 묻어둔 흥분을 되살릴 수 있으리라 믿는다.

아서 코넌 도일

1929년 6월

1부

육군 의무부에서
퇴역한
존 H. 왓슨 박사의
회고록

재판再版

셜록 홈스

1.

나는 1878년에 런던 대학에서 의학박사 학위를 따고 군의관 과정을 이수하기 위해 네틀리로 향했다. 필요한 과정을 모두 이수하자, 부군의관으로 노섬벌랜드 제5수발총■연대에 배속되었다. 연대는 당시 인도에 주둔해 있었다. 그런데 부임하기도 전에 2차아프간전쟁이 발발하고 말았다. 봄베이에 와보니 부대가 국경을 뚫고 적국 깊숙이 들어간 후였다. 나는 같은 처지의 장교들과 함께 부대가 있는 칸다하르에 무사히 도착해 배속 연대에 합류했다. 그리고 곧장 군의관으로 복무를 시작했다.

종군한 많은 이들이 명예를 얻고 진급을 했다. 하지만 내게는

■ 부싯돌을 이용해서 작약(炸藥)에 점화하는 구식 총.

불행과 재앙뿐이었다. 본래의 연대에서 왕립버크셔연대로 전출된 나는 목숨이 오가는 마이완드 전투에 참전했다. 제자일 장총의 총탄에 어깨를 맞는 부상을 당한 게 그 전투다. 총탄은 뼈를 박살내고 쇄골하동맥을 스치고 지나갔다. 당번병이었던 머리가 나를 짐말에 태워 무사히 영국군 진지로 데려가주었다. 그때 머리가 용기를 발휘하여 내게 헌신하지 않았다면 나는 꼼짝없이 극악무도한 이슬람 전사의 손아귀에 떨어졌을 것이다.

나는 부상의 고통으로 지치고 오랫동안 갖은 고난을 겪은 탓에 몸이 많이 상해 수많은 부상병들과 함께 페샤와르에 있는 기지 병원으로 후송되었다. 그곳에서 서서히 건강을 되찾았다. 어느덧 병동 여기저기를 혼자 거닐거나 베란다에서 조금씩 일광욕을 즐길 수도 있게 되었다. 하지만 그것도 잠시, 식민지 인도의 저주라는 장티푸스로 다시 몸져누웠다. 그 후로 몇 달 동안 사경을 헤매다가 마침내 의식을 되찾고 건강도 겨우 회복기에 접어들었을 때, 의무위원회는 몸이 너무 쇠약하고 수척해졌으니 나를 하루빨리 잉글랜드로 후송하라는 결정을 내렸다. 나는 그 결정에 따라 수송선 오론테스호에 올라 한 달의 항해 끝에 마침내 포츠머스의 부두에 내렸다. 돌이킬 수 없을 만큼 건강을 잃은 탓에 정부는 너그럽게도 내가 회복할 수 있도록 구 개월의 휴가를 주었다.

나는 잉글랜드에 가족도 친구도 없었으므로 바람처럼 자유로웠다. 아니, 하루에 십일 실링 육 펜스 수당으로 누릴 수 있는 만큼 자유로웠다고나 할까. 그런 상황이니 자연히 런던에 끌리지 않을 수 없었다. 런던이야말로 영국의 놈팡이와 게으름뱅이라면 끌릴 수밖에 없는 거대한 수챗구멍 같은 곳이 아닌가. 런던에 도착한 후 한동안은 스트랜드 대로에 있는 고급 하숙집에서 지냈다. 의지가지없는 신세라 시간을 흘려보내고 가진 돈을 흥청망청 쓰기만 하면서 말이다. 그러다 주머니 사정이 위태로워지자 런던을 떠나 시골에서 조용히 살거나 생활 방식을 완전히 바꾸어야 한다는 사실을 깨달았다. 후자를 택하기로 하고 일단 비싼 하숙집을 나와 더 허름하고 집세가 싼 동네에 거처를 찾아보기로 마음을 먹었다.

이렇게 정한 바로 그날이었다. 크라이티어리언 바에 서 있는데 누가 어깨를 톡톡 쳤다. 깜짝 놀라 고개를 돌려보니 세인트바살러뮤 병원에서 조수였던 스탬퍼드가 아닌가. 나처럼 외로운 사람이 적막한 황야나 다름없는 런던에서 아는 얼굴을 만났으니 얼마나 반가웠겠는가. 스탬퍼드와 그리 가까운 사이는 아니었지만 진심으로 반갑게 인사를 했다. 그도 나를 다시 만나 무척 반가운 듯했다. 너무 반갑고 기쁜 마음에 나는 홀본 레스토랑에서 점심을 먹자고 청했다. 그리고 함께 이륜마차를 타고 그곳으로 향했다.

덜컹거리는 마차에 앉아 인파로 북적이는 런던의 거리를 지나가는데, 스탬퍼드가 호기심을 숨기지 않고 물었다.

"왓슨 박사님, 그동안 대체 무슨 일이 있었던 겁니까? 어쩌다가 이렇게 꼬챙이처럼 빼빼 마르고 땅콩 껍질처럼 갈색으로 타셨어요?"

나는 그간 있었던 일들을 간략하게 들려주었다. 목적지에 도착할 때 모험담도 얼추 끝이 났다.

그는 불운으로 점철된 이야기를 귀담아듣더니 딱하다는 듯 물었다.

"이렇게 안타까울 수가! 이제 어떻게 하실 작정입니까?"

"일단 하숙집부터 구해야 한다네. 적당한 집세에 쓸 만한 방을 구할 수 있는지 알아봐야겠지."

그러자 스탬퍼드가 이런 말을 했다.

"그것참 신기하네요. 오늘 그 말을 한 사람이 또 있었거든요."

"그 사람이 누군가?"

"병원의 화학 연구실에서 종종 보는 사람입니다. 좋은 하숙집을 구했는데 혼자 쓰자니 형편에 버겁고 집세를 반씩 부담할 동거인을 찾자니 마땅한 사람이 없다며 오늘 아침에 우는 소리를 하더라고요."

나는 깜짝 놀라 소리쳤다.

"이렇게 놀라울 데가 있나! 집세를 반반씩 낼 동거인을 구하고 있다니 내가 적임자겠군. 나도 혼자 지내는 것보다 동거인이 있는 편이 좋거든."

스탬퍼드가 살짝 묘한 표정을 지으며 와인잔 너머로 나를 바라보더니 말했다.

"아직 셜록 홈스란 사람을 모르셔서 그래요. 그 사람을 알면 함께 지낼 마음이 싹 사라지실지도 몰라요."

"왜 그런 말을 하나? 그에게 뭔가 문제가 있나?"

"무슨 문제가 있다는 말은 아닙니다. 다만 생각하는 것들이 좀 괴상해서요. 분야는 잘 모르겠지만 과학에 심취해 있죠. 제가 본 바로는 꽤 점잖은 사람이에요."

"의학도인가?"

"아뇨. 무슨 학문을 하려는 건지 도통 모르겠어요. 그 사람은 해부학에 해박하고 일류 화학자이기도 하죠. 하지만 제가 알기론 체계적으로 의학 강의를 들은 적이 없어요. 구체적으로 뭘 연구하는지 도무지 종잡을 수 없는데다 별난 걸 파고들죠. 그런데도 교수가 입을 떡 벌릴 정도로 희한한 지식을 잔뜩 갖고 있더라고요."

내가 다시 물었다.

"무엇을 연구하는지 물어본 적은 없나?"

"네, 없어요. 말 붙이기 쉬운 사람이 아니거든요. 그러다가도 어쩌다 기분이 내키면 엄청 수다스럽죠."

"어쨌든 한번 만나보고 싶군. 이왕 다른 사람과 집을 같이 써야 한다면 평소에 조용하고 학구적인 사람이 좋으니까 말일세. 아직 요란법석하고 소란스러운 걸 견딜 만큼 건강하지 않거든. 그런 건 죽을 때까지 필요 없을 정도로 아프가니스탄에서 충분히 겪었다네. 그 사람은 어떻게 하면 만날 수 있나?"

"지금쯤 연구실에 있을 겁니다. 몇 주째 코빼기도 안 비치거나 불쑥 나타나 아침부터 밤까지 연구를 하거나 둘 중 하나거든요. 괜찮으시다면 점심을 먹고 함께 가서 만나보시죠."

"괜찮고말고."

나는 곧장 대답했다. 이윽고 대화는 다른 주제로 넘어갔다.

레스토랑에서 나와 병원으로 가는 길에 스탬퍼드는 내가 하숙을 같이 할지도 모르는 신사에 대해 신기한 이야기를 몇 가지 들려주었다.

"만에 하나 그 사람과 잘 지내지 못하더라도 절 원망하지는 마세요. 저도 연구실에서 가끔 마주치며 알게 된 것 외에는 그에 대해 잘 모르거든요. 먼저 만나게 해달라고 하셨으니 나중에라도 뭐라고 하시면 안 됩니다."

"도통 친해질 수 없다면 나중에 갈라서기도 쉽지 않겠나. 그런데 말이야, 스탬퍼드."

나는 그를 똑바로 바라보며 말을 덧붙였다.

"자꾸 요리조리 발을 빼려는 걸 보니 그럴 만한 이유가 있는 것 같군. 성격이 고약하다거나 뭐 그런 건가? 어서 속시원히 털어놓아봐."

그러자 스탬퍼드가 웃음을 터뜨렸다.

"설명할 수 없는 일을 설명하려니 어디서부터 시작해야 할지 모르겠네요. 제가 보기에 홈스 씨는 과학에 너무 빠져 있어요. 아니, 과학 연구에 관한 한 피도 눈물도 없다고 해야 할까요. 가장 최근에 발견된 식물성 알칼로이드를 주저 않고 친구에게 먹일 사람이에요. 아주 조금만 먹이긴 할 테지만요. 무슨 악감정이 있어서 그런 짓을 하는 건 아니에요. 그걸 먹으면 어떤 일이 벌어질지 꼭 보고 싶다는 호기심 때문이죠. 그의 편을 들어주자면, 같은 이유로 자신도 아무렇지도 않게 독을 들이켤 사람이에요. 그런 점을 보면 확실하고 정밀한 지식을 추구하는 열정이 대단한 사람이죠."

"그 정도는 괜찮은 것 같은데."

"그렇긴 하지만 과할 때가 있으니 문제죠. 해부실에서 해부용 시신을 막대기로 마구 때리기까지 하니, 정말이지 해괴망측

한 일도 다 한다 싶어요."

"해부용 시신을 때린다고?"

"네. 사후에 멍이 얼마나 크게 드는지 확인하고 싶어서 그랬다더군요. 그 모습을 제 눈으로 직접 봤다는 거 아닙니까."

"그런데도 의학도가 아니란 말인가?"

"그렇다니까요. 그 사람이 뭘 연구하는지 누가 알겠습니까. 이제 다 왔군요. 직접 만나서 어떤 사람인지 확인해보세요."

그가 이야기를 하는 동안 우리는 좁은 골목으로 접어들었다. 골목의 작은 옆문을 통해 커다란 병원의 부속 건물로 곧장 들어갈 수 있었다. 익숙한 건물이었기에 따로 안내를 받을 필요도 없었다. 나는 스탬퍼드와 나란히 삭막한 돌계단을 올라가 복도를 걷기 시작했다. 긴 복도의 회반죽을 바른 벽에 적갈색 문이 연달아 나 있었다. 복도가 끝나는 부근에 그곳에서 갈라져 나가는 다른 통로가 보였다. 낮은 아치형 천장의 통로는 화학 연구실로 이어졌다.

화학 연구실은 천장이 훌쩍 높았다. 여기저기 셀 수 없이 많은 병들이 즐비하게 놓여 있었다. 곳곳에 자리잡은 낮고 널찍한 탁자마다 증류기와 시험관, 푸른 불꽃을 날름거리는 작은 분젠 버너 들이 늘어서 있었다. 연구실에는 학생 한 명밖에 없었다. 그는 입구에서 멀리 떨어진 곳에서 탁자 위로 몸을 숙인 채 서서 연구에 몰두해 있었다. 발소리가 들리자 고개를 돌려 우리를 보더니 반색을 하며 상체를 벌떡 일으켰다. 그러더니 손에 시험관을 들고 달려오며 스탬퍼드에게 소리쳤다.

"찾았습니다! 찾았다고요! 혈색소로만 침전되는 반응물을 방금 찾아냈어요."

금광을 찾았다고 해도 그처럼 얼굴을 환하게 빛내며 기뻐할 수는 없을 것 같았다.

스탬퍼드가 소개했다.

"왓슨 박사님, 이분이 셜록 홈스 씨입니다."

"만나서 반갑습니다."

셜록 홈스가 친근하게 인사를 하며 내 손을 꼭 쥐었는데 보기보다 손아귀 힘이 꽤 세었다.

"박사님은 아프가니스탄에 계셨나 보군요."

나는 화들짝 놀라 되물었다.

"아니, 어떻게 아셨습니까?"

홈스가 싱긋 웃으며 대답했다.

"신경쓰실 것 없습니다. 지금은 혈색소가 중요하니까요. 박사님은 제가 얼마나 가치 있는 걸 발견했는지 잘 아실 것 같군요."

내가 대답했다.

"화학적으로야 무척 흥미롭습니다. 하지만 실용적인 면에서 보면……."

"지난 몇 년 사이 법의학에 이보다 더 실용적인 발견이 뭐가 있다는 말씀이십니까. 모르시겠습니까? 이 발견으로 이제부터 혈흔검사는 백발백중입니다. 자, 이리 와보십시오!"

잔뜩 흥분한 그는 내 외투 소매를 잡고 방금까지 연구에 몰두하고 있던 탁자로 끌어당겼다.

"신선한 피가 필요한데."

이렇게 말한 그는 기다란 돗바늘로 손가락을 푹 찌르더니 핏방울을 짜내 피펫에 떨어뜨렸다.

"이제 이 피를 물 일 리터에 넣겠습니다. 보십시오, 피가 섞였지만 그냥 맹물 같지요. 물에 섞인 피는 기껏해야 100만분의 1 정도일 테니까요. 하지만 조만간 특유의 반응이 일어날 테니 잘 지켜보십시오."

그는 물에 하얀 결정 몇 개를 던져 넣고 다시 투명한 용액을 몇 방울 떨어뜨렸다. 투명했던 물이 순식간에 탁한 갈색으로 변하는가 싶더니 갈색 가루가 유리 용기의 바닥으로 가라앉았다.

"하하하! 자, 어떻습니까?"

박수를 치며 소리치는 셜록 홈스는 새 장난감을 얻은 꼬마처럼 즐거워 보였다.

나는 대답했다.

"매우 정밀한 검사처럼 보이는군요."

"아름답지 않습니까! 정말 아름답죠! 기존의 과이액 시험법은 어설픈데다가 부정확합니다. 현미경을 이용한 혈구 검사도 마찬가지죠. 몇 시간이 지난 혈흔은 현미경 검사가 전혀 소용 없습니다. 하지만 이 검사는 혈액이 오래되었든 신선하든 똑같이 반응을 얻을 수 있어요. 이 검사법이 예전에 나왔다면 지금 거리를 활보하는 사람들 가운데 진작 죗값을 치렀어야 할 사람이 몇백 명은 될 겁니다."

"그렇군요."

나는 대충 얼버무렸다.

"혈흔 유무 여부에 좌우되는 형사사건이 점점 늘고 있습니다. 범죄가 일어난 지 몇 달 후 어떤 남자가 용의 선상에 떠올랐다고 합시다. 속옷이나 겉옷을 검사했는데 갈색 얼룩이 발견되었고요. 얼룩의 정체는 뭘까요? 혈흔일까요? 진흙 얼룩일까요? 녹물이나 과일 물이 든 걸까요? 도대체 뭘까요? 수많은 전문가들이 지금까지 이 문제로 고생을 했습니다. 왜? 신뢰할 만한 검사법이 없었기 때문입니다. 하지만 이제 우리에겐 셜록 홈스 검사법이 있습니다. 더이상 곤란할 일은 없겠죠."

그는 눈을 반짝이며 말하고는 상상 속에서 환호하는 군중에게 답례하듯 한 손을 가슴에 얹고 절을 했다.

"인정받아 마땅하십니다."

나는 잔뜩 들뜬 태도에 짐짓 놀라 대꾸했다.

"작년에 프랑크푸르트에서 폰 비쇼프 사건이 일어났었죠. 그때 이 검사법이 있었다면 그는 분명히 교수형에 처해졌을 겁니다. 브래드퍼드의 메이슨 사건과 악명 높은 멀러 사건도 있죠. 몽펠리에의 르페브르 사건과 뉴올리언스의 샘슨 사건도 있고요. 이 검사법이 결정적인 역할을 했을 사건을 수십 개는 더 댈 수 있습니다."

스탬퍼드가 웃음을 터뜨리며 말했다.

"당신은 걸어 다니는 범죄 연감 같군요. 그런 사건들만 다루는 신문을 만들어도 좋겠습니다. 신문 이름은 '과거의 범죄'라고 달면 되겠고요."

"그런 신문이라면 읽는 재미가 쏠쏠하겠군요."

셜록 홈스는 그렇게 대꾸하고는 방금 전 피를 뽑은 손가락에 작은 반창고를 붙였다.

그러더니 미소를 지으며 나를 돌아보고는 덧붙였다.

"조심해야 해서요. 독극물을 많이 다루거든요."

그러면서 손을 쑥 내미는데, 방금 붙인 것 같은 반창고가 온 손에 덕지덕지 붙어 있고 강산성 물질을 만진 탓에 피부가 얼룩덜룩했다.

그때 스탬퍼드가 높은 삼발이 의자에 앉더니 한 발로 의자 하나를 내 쪽으로 밀며 불쑥 용건을 꺼냈다.

“용건이 있어서 왔습니다. 왓슨 박사님이 하숙집을 구하고 계시거든요. 홈스 씨가 집세를 같이 낼 동거인을 못 구해서 골치라고 하지 않았습니까. 그래서 말인데 두 분이 함께 지내면 어떨까요?”

셜록 홈스는 나와 집을 나눠 쓸 수 있다는 생각이 무척 마음에 든 것 같았다.

“베이커 스트리트에 눈도장을 찍어둔 집이 있습니다. 그 집이면 우리에게 딱 맞겠군요. 담배 냄새가 심하게 나도 괜찮습니까?”

내가 대답했다.

“저도 독한 담배를 피우는걸요.”

“그거 잘되었군요. 평소에 나는 화학약품을 늘어놓고 삽니다. 그것들로 실험도 하고요. 신경쓰이지 않겠습니까?”

“전혀요.”

“어디 보자. 내 단점이 또 뭐가 있더라. 나는 가끔 의기소침해져서 며칠이고 입도 벙긋하지 않습니다. 그러고 있더라도 뭔가에 골이 났다고 생각하지 마십시오. 그냥 두면 됩니다. 금방 괜찮아지니까요. 자, 박사님의 단점은 뭡니까? 함께 살기 전에 가장 흠이라 생각하는 부분을 미리 알아두는 편이 좋겠습니다."

나는 반대신문에 웃음을 터뜨리며 대답했다.

"저는 조그만 권총을 한 자루 갖고 있습니다. 떠들썩한 소음을 못 견디고요. 신경이 날카로워지거든요. 되는대로 아무때나 일어나고 게으르기 짝이 없죠. 건강이 좋을 때는 고약한 점이 몇 가지 더 있습니다만 지금은 이 정도군요."

홈스가 불안한 듯 되물었다.

"떠들썩한 소란에 바이올린 연주도 들어갑니까?"

"그거야 연주자에 달렸죠. 뛰어난 연주라면 신에게 바치는 선물이겠지만 형편없는 연주라면……."

그가 즐거운 듯 웃음을 터뜨리며 말허리를 끊었다.

"오, 알겠습니다. 일이 성사된 거나 마찬가지군요. 물론 집이 박사님 마음에 들어야겠지만."

"집은 언제 보러 갈까요?"

"내일 정오에 여기서 만납시다. 같이 가서 마무리를 짓도록 하죠."

나는 악수를 하며 말했다.

"좋습니다. 내일 정오에 뵙죠."

스탬퍼드와 나는 홈스가 다시 화학약품들과 씨름을 하도록 놔두고 연구실을 나와 내 하숙집 방향으로 걷기 시작했다.

잠시 걷다가 내가 우뚝 멈춰서 스탬퍼드를 돌아보며 물었다.

"그건 그렇고 내가 아프가니스탄에서 귀국했다는 사실을 어떻게 알았을까?"

스탬퍼드가 수수께끼 같은 미소를 지으며 대답했다.

"사람들이 저 사람을 특이하게 여기는 이유 중 하나죠. 어떻게 그런 사실을 알아내는지 궁금해하는 사람들이 한둘이 아니라고요."

나는 두 손을 마주 비비며 소리쳤다.

"정말 불가사의하군. 흥미로운 사람이야. 만나게 해줘서 정말 고마우이. '인류가 마땅히 연구해야 할 대상은 인간'이라는 말도 있지 않은가."

내 말에 스탬퍼드는 작별 인사를 하며 덧붙였다.

"그렇다면 저 사람을 한번 연구해보세요. 까다롭기 짝이 없는 연구 대상이라는 사실을 금세 알게 되시겠지만요. 장담하건대 박사님이 홈스 씨에 대해 알아내는 것보다 홈스 씨가 박사님에 대해 알아내는 게 더 많을 겁니다. 그럼 안녕히 가십시오."

"잘 가게."

나는 인사를 건넨 후 방금 전 알게 된 남자에 대한 생각에 골몰한 채 하숙집으로 어슬렁어슬렁 발길을 옮기기 시작했다.

추리학

2.

우리는 약속한 대로 다음날 만났다. 그리고 전날 이야기했던 베이커 스트리트 221B번지를 찾아가 집을 둘러보았다. 우리가 사용할 곳은 안락한 침실 두 개에 환기가 잘되는 넓은 거실 하나가 딸려 있었다. 특히 거실은 가구가 보기 좋게 잘 갖춰져 있고 큰 창문이 두 개나 있어서 채광도 좋았다. 그곳은 모든 면에서 마음에 들었는데 셜록 홈스와 집세를 나누어 내면 계약 조건도 적당했다. 당장 계약한 우리는 곧장 짐을 옮겼다. 나는 그날 저녁에 원래 살던 하숙집에 있던 소지품을 가져왔다. 홈스는 뒤이어 다음날 아침에 상자 몇 개와 큰 여행용 가방을 들고 이사를 왔다. 하루나 이틀 정도는 각자의 짐을 풀고 적재적소에 배치하느라 바빴다. 짐 정리를 마치고 난 후에야 일상으로 돌아와

새 생활에 적응하기 시작했다.

홈스는 같이 살기에 별로 까다로운 사람이 아니었다. 행동거지는 조용하고 생활도 규칙적이었다. 그는 대개 10시 전에는 잠자리에 들었다. 아침에는 내가 일어나기도 전에 항상 먼저 식사를 하고 외출을 했다. 낮에는 하루 종일 화학 연구실이나 해부실에서 보냈다. 때로는 오랫동안 산책을 하기도 했는데, 런던의 최하류층이 사는 지역을 찾아가는 듯했다. 연구에 집중할 때는 세상에 그만큼 열정 어린 사람이 없었다. 하지만 정반대의 상태가 될 때도 있었다. 며칠이고 거실의 소파에 드러누워 아침부터 밤까지 꼼짝도 하지 않으며 말도 거의 하지 않았다. 나는 이런 시기에 그가 백일몽을 꾸는 듯한 멍한 눈을 한다는 사실을 알아차렸다. 눈을 보면 마약중독을 의심할 법도 했지만 평소 술도 입에 대지 않고 깔끔하게 생활하는 점을 볼 때 그 가능성은 머릿속에서 지워도 될 것 같았다.

함께 생활한 지 몇 주가 지나자 그가 어떤 사람이고 인생의 목표가 뭔지 궁금해서 견딜 수가 없었다. 그의 외모와 체격을 보면 아무리 무심한 사람이라도 그냥 지나치기 힘들 것이다. 180센티미터가 훌쩍 넘는 키는 깡마른 탓에 더 커 보인다. 눈빛은 예리하고 날카로웠다. 물론 앞서 말했던 무기력한 상태에 빠져 있는 동안은 예외다. 이런 눈빛에 가늘고 길쭉한 매부리코가 더해지자 그는 기민하고 결단력이 있어 보였다. 살짝 튀어나온 각진 턱도 심지가 굳은 남자라는 분위기를 더했다. 양손은 잉크와 화학약품이 묻어 항상 얼룩덜룩했는데 망가지기 쉬운 실험도구들을 다루는 모습을 자주 보아 손끝이 이루 말할 수 없이 섬세하다는 사실도 알게 되었다.

이 자리에서 셜록 홈스라는 남자가 얼마나 호기심을 자극했으며, 자신에 대해 좀처럼 입을 여는 법이 없는 그의 과묵함을 깨려고 내가 얼마나 애를 썼는지 다 털어놓으면 독자들은 나를 대책 없는 참견꾼이라고 생각할지도 모르겠다. 하지만 그렇게 단정을 짓기 전에 삶의 목표는커녕 관심거리도 찾지 못한 내 일상이 얼마나 지루했는지 감안해주기 바란다. 그 무렵까지도 건강이 완전히 회복되지 않았던 나는 유난히 화창한 날이 아니면 마음대로 외출도 못 할 형편이었다. 단조로운 일상에 변화를 줄 친구도 없었다. 이런 처지다 보니 새 친구에 관한 작은 수수께끼를 내심 열렬히 환호하며, 해답을 찾는 데 남아도는 시간을 쏟는 건 당연했다.

셜록 홈스는 의학도가 아니었다. 내가 물어보자 홈스는 스탬퍼드의 의견을 확인해주었다. 그렇다고 학계로 진출할 기회를 노리느라 과학이나 다른 유망한 학문에서 학위를 따려고 강의를 듣는 것 같지도 않았다. 그런데도 특정 학문을 향한 그의 열정은 남달랐다. 묘한 분야에서 어찌나 지식이 풍부하고 철저한 탐구를 했는지, 말을 듣다 깜짝깜짝 놀라곤 했다. 구체적인 목적도 없이 누가 그렇게 열심히 연구를 하거나 정확한 지식을 얻으려고 애를 쓰겠는가. 되는대로 읽는 독서가치고 정밀한 지식을 습득한 사람은 원래 드물지 않은가. 타당한 이유도 없으면서 사소한 문제를 그렇게까지 파고드는 이는 없을 것이다.

한데 그는 대단한 지식을 머릿속에 넣고 있는 한편으로 대단히 무식했다. 가령 현대문학이나 철학, 정치학은 아는 게 거의 없는 듯했다. 한번은 내가 무심코 토머스 칼라일을 인용하자 순진한 표정으로 그가 누구이며 무슨 짓을 저질렀는지 물었다. 하지만 놀라움이 극에 달한 사건은 따로 있다. 우연히 그가 코페르니쿠스의 지동설과 태양계의 구성에 대해 모른다는 사실을 알게 된 것이다. 19세기를 사는 문명인이 지구가 태양 주위를 돈다는 사실을 모르다니 황당해서 믿을 수가 없었다.

"놀라셨나 봅니다."

그가 내 표정을 보더니 미소를 지었다.

"그 사실을 알았으니 이제 최선을 다해서 잊어버려야겠군요."

"잊어버린다고요!"

"나는 인간의 뇌가 텅 빈 작은 다락방 같다고 생각합니다. 어떤 가구를 들일지 선택할 수 있죠. 그런데 요령 없는 사람은 눈에 들어오는 것들을 일단 머릿속에 집어넣고 봅니다. 정작 쓸모가 있는 지식은 넣어둘 곳이 없거나 기껏해야 온갖 잡동사니와 뒤섞여 있는 형편이죠. 그러니 필요할 때 끄집어낼 수 없는 겁니다. 반면 솜씨 좋은 장인은 뇌에 무엇을 넣어둘지 심사숙고해 취사선택을 합니다. 작업에 도움이 되는 도구만 다양하게 챙겨놓죠. 최고로 질서정연하게 배치하고요. 벽에 탄성이 있어서 다락방이 한없이 커질 거라고 생각하면 오산입니다. 새로 나온 지식을 집어넣으려면 이미 아는 지식을 버리고 공간을 마련해야 할 때도 있죠. 고로 쓸모없는 사실이 유용한 사실을 밀어내지 않도록 각별히 신경을 써야 합니다."

"하지만 태양계 아닙니까!"

내가 반박했다.

"그 사실로 무엇을 추리할 수 있죠?"

그가 말을 툭 잘랐다.

"지금 우리가 태양 주위를 돈다고 하시는데요. 설령 지구가 달의 주위를 돈다고 해도 나나 내 일에는 아무 상관이 없습니다."

순간 그 일이란 게 뭐냐는 질문이 나오려다 쏙 들어갔다. 그런 질문을 달갑게 여기지 않을 거라는 인상을 받았기 때문이다. 대신 나는 짧은 대화를 곰곰이 곱씹으며 추측을 해봤다. 그는 추구하는 것과 관계가 없는 지식은 머릿속에 집어넣지 않겠다고 했다. 뒤집어 생각하면 그가 습득한 지식은 모두 그가 필요로 한 것이다. 그동안 홈스를 지켜보고 알게 된 사실을 바탕으로 유난히 해박해 보였던 분야를 마음속으로 하나씩 꼽아보다가 아예 연필을 집어 들고 내용을 적었다. 완성된 목록을 보니 슬며시 웃음이 나왔다. 목록은 이랬다.

셜록 홈스의 지식 수준

1. 문학 지식 : 없다.

2. 철학 지식 : 없다.

3. 천문학 지식 : 없다.

4. 정치학 지식 : 미미하다.

5. 식물학 지식 : 경우에 따라 다르다. 벨라도나와 아편, 독초 전반에 대해서는 최고다. 정원을 가꾸는 데 쓸 만한 지식은 전혀 없다.

6. 지질학 지식 : 유용한 지식을 잘 갖추고 있지만 범위가 제한적이다. 한번 흘깃 보기만 해도 토양의 종류를 구별할 수 있다. 산책을 다녀온 후 바지에 튄 흙탕물의 색깔과 농도만 가지고 런던의 어느 지역에서 튄 얼룩인지 알아맞힌 적도 있다.

7. 화학 지식 : 심오하다.

8. 해부학 지식 : 정확하지만 체계적이지 않다.

9. 세상을 시끄럽게 한 사건을 다룬 문헌에 대한 지식 : 방대하

다. 이번 세기에 일어난 무시무시한 사건들에 대해 세부 사항까지 꿰고 있는 듯하다.

10. 바이올린 연주 실력이 뛰어나다.

11. 목검술과 권투, 진검술 실력이 수준급이다.

12. 실제로 써먹을 만한 영국 법 지식은 풍부하다.

여기까지 작성하니 이런 게 다 무슨 소용이냐는 생각이 불쑥 들어 기껏 작성한 목록을 벽난로 불에 던져버렸다.

"저 친구가 이런 지식을 습득해서 도대체 뭘 하려는 건지, 이런 잡다한 지식이 필요한 직업이 뭔지 고민해봤자 뭐하겠어."

나는 이렇게 중얼거렸다.

앞서도 말했지만 그는 바이올린을 연주하는 솜씨가 수준급이다. 기본적으로 출중한 연주 솜씨를 보여주지만 그가 이룩한 다른 성과들처럼 별난 부분이 있다. 내가 부탁한 멘델스존의 〈무언가無言歌〉 몇 곡과 좋아하는 곡들을 연주하는 솜씨를 보면 일반적인 수준을 넘어 어려운 곡도 훌륭하게 연주할 실력을 갖고 있었다. 그런데 신청곡 없이 내키는 대로 연주를 할 때면 제대로 된 곡이나 알아들을 만한 곡조를 연주하는 일이 거의 없었다. 저녁이면 자신의 안락의자에 깊숙이 기대앉아서 눈을 감고 무릎 위 바이올린의 현을 활로 아무렇게나 그으며 신경을 긁어대는 소리를 내곤 했다. 때로는 낭랑하면서 구슬픈 가락이 새어 나왔고 가끔은 쾌활하고 환상적인 곡조도 들렸다. 바이올린 소리가 홈스의 머릿속과 관련이 있는 건 분명했다. 하지만 음악이 그의 생각을 거드는지 연주가 단지 변덕스러운 기분의 산물인지는 판단할 길이 없었다. 홈스는 그런 식으로 내 인내심을 시험하다가도 보상이라도 하듯 내가 좋아하는 곡들을 잇달아 연주해주었다. 안 그랬다면 나는 짜증을 참지 못한 나머지 불만을 터뜨렸을 것이다.

같이 지내게 된 지 일주일이 지나도록 홈스에게도 나에게도 전혀 손님이 오지 않았다. 그러니 그도 나만큼 친구가 없는 줄 알았다. 그런데 얼마 지나지 않아 그가 사회 각계각층에 아는 사람이 잔뜩 있다는 사실을 알게 되었다. 그의 지인들 중에는 안색이 누르스름한 쥐 같은 얼굴에 눈이 검고 덩치가 작은 남자가 있다. 레스트레이드라고 자신을 소개한 그는 일주일에도 서너 번씩 홈스를 찾아왔다. 어느 날 아침에는 요즘 유행하는 옷차림을 한 젊은 아가씨가 찾아와 삼십 분 넘게 머물렀다. 같은 날 오후에는 유대인 행상처럼 보이는 지저분한 차림의 백발 남자가 찾아왔는데, 그는 몹시 흥분한 듯했다. 남자가 나가자마자 단정치 못한 중년 여자도 다녀갔다. 어떤 날은 백발의 노신사가 홈스와 면담을 하고 갔다. 면벨벳 제복 차림의 철도역 짐꾼이 찾아온 날도 있었다. 이렇게 종잡을 수 없는 방문객이 찾아오면 홈스는 내게 자리를 비켜달라고 부탁을 했고, 그러면 나는 방으로 물러나곤 했다. 그는 불편을 끼칠 때마다 사과하며 해명했다.

"거실을 사무실로 써야 하거든요. 그 사람들은 내 고객입니다."

무슨 일을 하느냐고 단도직입적으로 물어볼 수 있는 기회였다. 하지만 조심스러운 성격 탓에 그가 사실을 털어놓도록 밀어붙이지 못했다. 그쯤 되니 홈스에게 직업에 대한 정보를 흘리지 않는 중요한 이유가 있을지도 모른다는 생각이 들기 시작했다. 그러나 얼마 지나지 않아 홈스가 직접 이야기를 꺼내 오해를 바로잡아주었다.

내가 평소보다 일찍 일어난 그날은 3월 4일이었다. 날짜를 기억하는 이유가 있다. 모처럼 일찍 일어나보니 홈스는 아침을 먹는 중이었다. 그 무렵 하숙집 주인이 늦잠을 자는 내 습관에 완전히 익숙해져 내 자리에는 아직 커피도 없었다. 괜히 심통이 나서 벨을 눌러 퉁명스럽게 아침 먹을 준비를 해달라고 알렸다. 아침이 준비될 때까지 기다리기 위해 탁자 위에 놓인 신문을 집어 들었다. 홈스는 말없이 토스트를 우물거렸다. 마침 어떤 기사의 제목에 연필로 표시가 되어 있어 시선이 자연스럽게 그쪽으로 향했다.

제목부터 거창하기 짝이 없었는데, '생명의 서書'였다. 관찰력이 뛰어나면 자신에게 닥친 일들을 정밀하고 체계적으로 검토해 수많은 사실을 알아낼 수 있다고 주장하는 내용이었다. 나는 글쓴이의 명민함과 어리석음이 뒤섞인 글에 사뭇 충격을 받았다. 글쓴이의 추론 과정은 철저하고 진지했지만 결론이 터무니없고 허무맹랑했다. 어떤 사람의 표정이 순간적으로 변하거나 근육이 움찔하는 모습, 힐끔 던지는 시선만 봐도 마음속 가장 깊은 곳에 품은 생각까지 짐작할 수 있다는 것이다. 게다가 관찰하고 분석하는 법을 연마한 사람을 속이기란 불가능하다고도 했다. 관찰과 분석의 전문가가 내린 결론은 유클리드의 수많은 명제들처럼 결코 틀릴 리가 없다나. 하지만 이 사실을 모르는 사람의 눈에는 전문가가 내린 결론이 그저 놀라울 따름이어서 결론에 이르게 된 과정을 말해주지 않으면 그저 점쟁이라고 생각할지도 모른다는 것이다.

그 글은 이렇게 주장했다.

> 논리가라면 모습을 직접 보거나 소리를 듣지 않아도 한 방울의 물만으로, 대서양이나 나이아가라 폭포의 존재를 능히 추론할 수 있다. 인간의 생애도 삶의 순간들이 모여 하나의 거대한 사슬을 이루고 있어서, 연결 고리 하나만 봐도 삶의 본질을 파악할 수 있다. 다른 기술처럼 과학적으로 추리하고

분석하는 기술도 끈기를 가지고 오랫동안 공부를 해야만 완전히 몸에 익힐 수 있다. 인생은 짧기에 우리는 아무리 노력해도 이 기술을 완벽하게 사용하는 경지에 오를 수 없다. 그러므로 이 기술을 연마하는 탐구자는 주어진 문제를 다룰 때 기초적인 기술부터 철저하게 익히는 것이 좋다. 사람의 도덕적이고 정신적인 측면을 고찰하는 가장 어려운 기술을 익히기 전에 말이다. 사람을 만나면 한눈에 그가 살아온 이력이나 종사하는 일을 알아내라. 이런 연습법이 유치해 보일 수도 있지만 관찰력을 예리하게 벼려주고 어디에서 무엇을 찾아야 할지 알려준다. 손톱이나 외투 소매, 구두, 바지, 집게손가락과 엄지손가락의 굳은살, 표정, 셔츠 커프스 같은 것들이 그 사람의 직업을 백일하에 드러낸다. 유능한 탐구자라면 모든 정보를 종합하고도 직업을 알아내지 못할 리 없다.

"무슨 황당무계한 소리인가! 이런 쓰레기 같은 글은 처음 보는군."

나는 신문을 탁자 위에 쾅하고 내려놓으며 버럭 소리를 질렀다.

"왜 그럽니까?"

셜록 홈스가 물었다.

"이 기사 말입니다."

나는 그새 차려진 아침을 먹으려고 자리에 앉으며 달걀 스푼으로 기사를 가리켰다.

"표시를 해둔 걸 보니 벌써 읽으신 것 같군요. 빈틈없이 잘 쓴 글이라는 점은 부정하지 않겠습니다. 하지만 어딘지 거슬려요. 어느 안락의자 놈팡이가 서재에 틀어박혀서 그럴듯하지만 별것 아닌 궤변들을 이리저리 엮어 만들어낸 이론이 분명합니다. 탁상공론에 불과해요. 이자를 지하철의 삼등석 칸에 밀어넣고 같이 탄 승객들의 직업을 알아맞히라고 하고 싶군요. 죄다 틀릴 거라는 데 천 대 일로 걸겠습니다."

그러자 홈스가 차분하게 말했다.

"박사님이 돈을 잃게 생겼군요. 그 글은 내가 썼습니다."

"당신이 썼다고요!"

"그렇습니다. 나는 관찰과 추리에 재주가 있죠. 내가 피력한 주장을 허무맹랑한 헛소리 정도로 생각하시나 본데 실제로는 매우 쓸모가 있습니다. 어느 정도냐면 그 재주로 밥벌이를 할 정도죠."

불쑥 내 입에서 반문이 튀어나왔다.

"어떻게 말입니까?"

"뭐, 나만의 직업이 있지요. 이 일을 하는 사람은 세상에 내가 유일무이할 겁니다. 나는 자문 탐정입니다. 그게 뭔지 모르실 것 같지만요. 런던에는 정부에 고용된 형사도 많고 사설탐정도 많습니다. 이런 사람들이 한계에 부딪히면 나를 찾아옵니다. 나는 올바른 단서를 추적하도록 도와주죠. 그들이 가지고 있는 단서에 대해 모두 듣고 나면 범죄의 역사에 대해 내가 가진 지식을 이용해서 방향을 알려주는 겁니다. 내가 제공하는 정보는 거의 틀리지 않습니다. 가족이 닮는 것처럼 범죄도 서로 비슷한 구석이 있거든요. 그런 점에서 보면 천 가지 범죄를 세부 사항까지 속속들이 알고 있는데 천한 번째 사건을 해결하지 못하는 게 더 이상하지 않겠습니까. 레스트레이드는 꽤 유명한 형사입니다. 최근에는 위조 사건을 맡았는데, 이게 오리무중이죠. 그래서 찾아온 겁니다."

"다른 사람들은요?"

"대개 사설탐정 사무소에서 보낸 사람들이죠. 골치 아픈 문제로 곤란을 겪는 중이라 돌파구를 찾고 있어요. 그 사람들이 하는 이야기를 듣고 적절한 조언을 합니다. 그에 대한 사례비를 받고요."

"직접 온갖 단서를 모은 사람들조차 풀지 못한 문제를 이 방에서 한 발자국도 나가지 않고 해결할 수 있다는 말씀이십니까?"

"바로 그겁니다. 나는 그런 쪽으로 통찰력이 있거든요. 가끔 평소보다 좀더 복잡한 상황도 있습니다. 그런 경우에는 발품을 팔아서 모든 걸 직접 확인해야 하죠. 아시다시피 내가 이런 문제에 적용할 수 있는 특수한 지식을 많이 섭렵하지 않았습니까. 그런 지식이 문제 해결에 큰 도움이 됩니다. 방금 당신이 비웃었던 글에 쓴 추리 원칙은 실제 조사 과정에서 없어서는 안 될 정도로 귀중합니다. 내게 관찰은 두 번째 천성 같은 겁니다. 우리가 처음 만난 날 당신이 아프가니스탄에서 왔다고 하니 깜짝 놀라는 눈치더군요."

"어디서 듣고 말하신 게 아닙니까?"

"그럴 리가요. 나는 당신이 아프가니스탄에서 왔다는 사실을 '알아보았'습니다. 오랜 습관을 통해 생각이 꼬리에 꼬리를 물고 머릿속을 순식간에 지나간 결과, 중간 단계들을 의식할 새도 없이 곧장 결론에 도달한 것입니다. 의식하지 못했다뿐이지 제 사고는 분명히 중간 단계를 전부 거쳤습니다. 머릿속에서 이런 식으로 추리를 한 거죠.

'척 보니 이 신사는 의료계 종사자군. 군인의 분위기도 느껴져. 그렇다면 분명 군의관이지. 열대지방에서 갓 돌아온 사람이야. 얼굴은 검게 탔지만 양 손목이 하얀 것을 보면 원래 피부는 그렇게 검지 않으니까 말이야. 초췌한 얼굴을 보니 최근에 고생을 많이 하고 병도 앓았겠어. 왼쪽 팔은 부상까지 당했군. 왼팔의 움직임이 뻣뻣하고 부자연스럽잖아. 영국의 군의관이 심하게 고생을 하고 팔에 부상까지 입을 만한 열대지방이 어딜까?

당연히 아프가니스탄이지.'

이렇게 추론을 이어나간 시간은 일 초도 안 됩니다. 추론의 결과 나는 당신이 아프가니스탄에서 왔다고 했고 당신은 깜짝 놀랐습니다."

그의 말에 나는 웃으며 대꾸했다.

"말씀하신 대로 간단하군요. 마치 에드거 앨런 포의 뒤팽을 보는 것 같습니다. 그런 사람이 소설 밖에 존재할 줄은 상상도 못 했어요."

셜록 홈스는 자리에서 일어나 파이프에 불을 붙였다.

"뒤팽과 비교하신 건 칭찬이겠지만 내가 보기에 뒤팽은 무척 수준 낮은 친구입니다. 십오 분이나 입을 꾹 다물고 있다가 이런 저런 질문으로 친구들의 생각을 방해하다니. 겉보기에는 화려하지만 얄팍한 수법을 쓰지 않습니까. 그가 천재적인 분석가라는 사실은 의문의 여지가 없습니다. 하지만 포가 머릿속에서 구상했을 경이로운 인물은 절대 아니죠."

"가보리오의 소설도 읽어보셨습니까? 당신이 생각하는 탐정은 르콕 같은 인물입니까?"

내 말에 셜록 홈스는 코웃음을 치더니 화난 기색으로 말했다.

"딱할 정도로 어설픈 게 르콕입니다. 본받을 만한 장점은 딱 하나입니다. 지치지 않는 활력이죠. 그 소설을 읽고 어찌나 불쾌하던지. 신원 미상인 죄수의 신원을 알아내는 문제잖습니까. 나라면 스물네 시간이면 충분했을 겁니다. 한데 르콕은 반년도 넘게 걸렸어요. 탐정이 하지 말아야 할 것을 가르치는 교재로 써도 되겠더군요."

평소에 흠모하는 주인공 두 명이 형편없는 취급을 당하자 벌컥 화가 났다. 그래서 슬그머니 창가로 다가가 분주한 거리를 내려다보며 혼잣말을 했다.

"영리한 사람임은 틀림없지만 오만하기 짝이 없군."

바로 그때 홈스가 불평을 하듯 말했다.

"요즘은 제대로 된 범죄도 범죄자도 없습니다. 사정이 이런데 범죄 수사계에 뛰어난 두뇌가 있어봐야 무슨 소용입니까? 내가 이 뛰어난 두뇌로 이름을 드높이게 되리라는 건 불을 보듯 빤하지 않습니까? 범죄 수사에 이 정도로 연구를 하고 천부적인 재능을 투자한 사람이 또 누가 있습니까? 과거는 물론이고 지금까지도 아무도 없었습니다. 그 결과가 뭔지 아십니까? 정작 이 몸이 뛰어들 만한 사건이 일어나지 않아요. 동기가 너무 뻔해서 런던 경찰청의 형사들조차 훤히 들여다볼 수 있는 조잡한 범죄밖에 일어나지 않는단 말입니다."

나는 한껏 자아도취에 빠져 이야기를 늘어놓는 홈스에 대한 짜증이 좀처럼 사그라들지 않았다. 차라리 다른 이야기를 하는 게 낫겠다 싶었다.

"저 사람은 뭘 찾고 있는 걸까요."

나는 맞은편 길에 있는 수수한 옷차림의 건장한 남자를 가리키며 말했다. 남자는 길을 따라 걸어오며 초조한 표정으로 집집마다 번지수를 확인하는 듯했다. 손에 쥔 커다란 푸른색 봉투를 누구에게 전하러 온 사람 같았다.

"퇴역한 해병 하사관을 말씀하시는 겁니까?"

셜록 홈스가 말했다.

'또 잘난 척이군. 어차피 확인할 길이 없으니 저러겠지.'

내가 속으로 투덜거렸다.

이런 생각을 하자마자 우리가 지켜보고 있던 남자가 우리집의 번지수를 보고는 재빨리 길을 건넜다. 잠시 후 아래층에서 요란한 노크 소리와 묵직한 저음의 목소리가 들리는가 싶더니 계단을 올라오는 육중한 발걸음 소리가 났다.

"셜록 홈스 씨에게 편지를 전하러 왔습니다."

그는 방안으로 들어와 홈스에게 봉투를 건넸다.

때마침 홈스의 코를 납작하게 해줄 기회가 왔다 싶었다. 입에서 나오는 대로 떠들 때는 이렇게 될 줄 꿈에도 몰랐을 것이다.

"혹시 무슨 일을 하는지 물어봐도 되겠습니까?"

내가 별 뜻은 없다는 표정을 하고 물었다.

"퇴역군인조합 소속의 심부름꾼으로 일하고 있습니다. 제복은 수선 보냈습니다."

그가 무뚝뚝하게 대답했다.

"그전에는요?"

나는 잘 봐두라는 듯한 눈빛으로 홈스를 힐끔 보았다.

"하사관이었습니다. 왕립해병경장보병부대에 복무했습니다. 답장은 없습니까? 그럼 안녕히 계십시오."

그는 뒤꿈치를 딱 소리가 나게 붙이더니 한 손을 들어 거수경례를 한 후 방을 나갔다.

로리스턴 가든의 수수께끼

3

셜록 홈스가 주장하는 이론이 얼마나 실용적인지 보여주는 증거를 직접 목격하고 상당히 놀랐다는 사실을 이 자리에서 털어놓는다. 그의 분석력에 대한 존경심이 순식간에 부풀어올랐다. 하지만 나를 현혹시킬 의도로 사전에 조작한 상황일지 모른다는 의심을 머릿속에서 말끔히 떨쳐낼 수는 없었다. 도대체 무슨 목적이 있어야 그런 일을 꾸밀지는 짐작도 안 갔지만 말이다. 그를 보니 편지를 다 읽고 정신이 딴 데 팔린 건지 초점을 잃은 멍한 눈을 하고 있었다.

"도대체 무슨 수로 알아냈습니까?"

내가 물었다.

"알아내다니, 뭘 말입니까?"

그가 퉁명스럽게 되물었다.

"그 사람이 전역한 해병대 하사관이라는 사실 말입니다."

"하찮은 일로 노닥거릴 시간이 없습니다."

그는 대뜸 무뚝뚝하게 대답했다가 이내 미소를 지으며 덧붙였다.

"무례를 용서 바랍니다. 불쑥 말을 거시는 바람에 생각의 흐름이 끊어졌습니다. 어쩌면 다행인지도 모르겠군요. 그래, 그 남자가 해병대 하사관이었다는 사실을 정말 알아차리지 못했습니까?"

"전혀요."

"알아내기는 쉬웠는데 그걸 설명하기는 어렵군요. 누가 숫자 2에 2를 더하면 4라는 사실을 증명해보라고 하면 당신도 선뜻 입이 떨어지지 않을 겁니다. 하지만 여전히 2 더하기 2는 4라고 확신하겠죠.

길 건너편에 있어도 남자의 손등에 새겨진 커다란 푸른색 닻 문신이 잘 보였습니다. 선원이라는 사실을 암시하죠. 군인다운 몸가짐에 군인처럼 구레나룻을 길렀더군요. 해병대구나 싶었습니다. 자부심이 강하고 명령을 내리는 것에도 익숙한 태도였습니다. 그가 고개를 들고 있는 모습과 지팡이를 흔드는 모습을 봤겠죠? 겉으로 보기에도 견실하고 점잖은 중년 남자입니다.

이런 관찰 결과를 종합해 퇴역한 하사관이라는 결론을 이끌어 낸 겁니다."

"훌륭합니다!"

나는 감탄을 금치 못했다.

"별거 아닙니다."

대답은 무뚝뚝했지만 홈스의 표정으로 보아 내 얼굴에 고스란히 드러난 경탄과 존경에 기분이 좋아진 것 같았다.

"방금 전에 세상에 범죄자가 없다고 말했죠. 내가 틀렸군요. 이걸 보십시오!"

그는 방금 받은 편지를 내밀었다.

"이런, 끔찍하군요!"

나는 내용을 훑으며 소리쳤다.

"아무래도 심상치 않은 구석이 있는 사건입니다. 큰 소리로 읽어주시겠습니까?"

홈스가 차분하게 말했다.

내가 읽은 편지는 이런 내용이었다.

친애하는 셜록 홈스 씨.

브릭스턴 로드 근처의 로리스턴 가든 3번지에서 지난밤에 불상사가 일어났습니다. 순찰중이던 우리 경관이 새벽 2시에 그곳에 불이 켜진 것을 목격했습니다. 사는 사람이 없는 집이기 때문에 무슨 변고가 일어난 게 아닌가 의심이 들었답니다. 가까이 가니 문이 열려 있어서 들어가보았다가 가구 하나 없이 휑한 방에서 옷을 잘 차려입은 신사의 시체를 발견했고요. 경관이 주머니에서 찾은 명함에는 "미국, 오하이오 주, 클리블랜드, 이넉 J. 드레버"라고 적혀 있었습니다. 강도의 흔적은 없으며 사인을 설명해줄 만한 증거도 없습니다. 방안에는 핏자국이 남아 있습니다만 시체에는 외상이 없습니다. 그가 어떻게 빈집에 들어갔는지 짐작할 수조차 없습니다. 사실 뭐가 뭔지 아무것도 모르겠습니다. 정오까지 제가 현장에 있으니 그때까지는 아무때나 오시면 저를 만나실 수 있습니다. 기별을 주실 때까지 현장은 '그대로' 남겨두겠습니다. 직접 오실 수 없다면 좀더 상세한 내용을 전해드리도록 하겠습니다. 귀하의 의견을 기꺼이 들려주신다면 무척 감사하겠습니다.

터바이어스 그레그슨

"그레그슨 형사는 런던 경찰청에서 가장 똑똑한 친구죠. 그와 레스트레이드 형사는 그곳의 형편없는 치들 중에서는 제일 낫습니다. 두 사람 다 기민하고 활력이 넘치거든요. 하지만 발상이 너무 뻔해요. 충격적일 정도로 뻔하죠. 게다가 그 둘은 서로 앙숙입니다. 아름다움을 다투는 사교계의 숙녀들처럼 서로를 질투하죠. 둘 다 사건에 투입된 거라면 이 수사가 꽤 재미있게 돌아가겠군요."

나는 차분하게 이런 이야기를 하는 홈스에게 놀랄 따름이었다.

"그렇다면 노닥거리고 있을 시간이 없겠습니다. 내려가서 미리 마차를 잡아놓을까요?"

"꼭 가야 할지 모르겠습니다. 이 세상에 나만큼 구제불능으로 게으른 인간은 없거든요. 이러다가도 마음이 내키면 가끔이지만 활력이 넘치기도 하지만요."

"왜죠? 마침 고대했던 기회가 나타나지 않았습니까?"

"무슨 의미가 있겠습니까? 모든 수수께끼를 다 푼다고 해봅시다. 그래봤자 그레그슨과 레스트레이드 패거리가 공을 차지할 겁니다. 비공식적으로 자문에 응하는 입장 탓이죠."

"그래도 도움을 청하지 않았습니까."

"그렇죠. 그레그슨은 내가 자신보다 뛰어나다는 사실을 잘 압니다. 그 사실을 내게 인정하기까지 했고요. 하지만 그 사실을 다른 사람에게 털어놓느니 차라리 자기 혀를 뽑아버릴 작자입니다. 하지만 박사님이 그렇게까지 말씀하시니 한번 가보는 것도 괜찮겠군요. 직접 살펴보겠습니다. 설령 내게 득 되는 게 아무것도 없다고 해도 두 사람을 비웃어줄 수는 있지 않겠습니까. 갑시다!"

그는 서둘러 코트를 껴입었다. 심드렁했던 기분을 활력이 몰아냈다는 사실을 보여주기라도 하듯 부산스럽게 외출 준비를 했다.

"모자를 가져오십시오."

그가 재촉했다.

"같이 가자는 말입니까?"

"네, 더 중요한 볼일이 없다면요."

잠시 후 우리는 브릭스턴 로드를 향해 득달같이 달리는 이륜마차를 타고 있었다.

자욱한 안개에 구름마저 잔뜩 낀 아침이었다. 진창이 된 거리의 우중충한 색이 그대로 반사된 듯한 하늘은 건물 꼭대기에 걸린 누르스름한 베일 같았다. 하지만 홈스는 원기가 넘쳤다. 그는 크레모나산 바이올린에 대해 떠들더니 어느새 스트라디바리우스와 아마티의 차이점에 대해 주절주절 늘어놓았다. 한편 나는 내내 입을 다물고 있었다. 우중충한 날씨와 우리가 발을 들인 음울한 사건이 마음을 무겁게 짓눌렀기 때문이다.

"사건에 대해 전혀 신경을 쓰지 않으시는군요."

급기야 내가 음악에 대해 늘어놓는 홈스의 장광설을 툭 잘라버렸는데도 그는 이렇게 대답할 뿐이었다.

"판단할 자료가 전혀 없지 않습니까. 단서를 모두 모으기도 전에 가설을 세우면 정말 심각한 실수를 저지르게 됩니다. 선입견을 갖고 판단을 하게 되거든요."

"이제 곧 사건에 관한 자료를 얻게 되겠군요."

대꾸한 나는 손가락으로 밖을 가리키며 덧붙였다.

"여기가 브릭스턴 로드입니다. 내가 잘못 알고 있는 게 아니라면 바로 저 집입니다."

"그렇군요. 마부 양반, 여기서 세우시오!"

집은 아직 백 미터는 더 가야 했다. 그런데도 홈스는 당장 내려야 한다고 고집을 부렸다. 결국 우리는 거기서부터 걸어가기로 했다.

로리스턴 가든 3번지 건물에서는 불길하고 위협적인 분위기가 느껴졌다. 길가에서 조금 들어간 곳에 지은 주택 네 채 중 사람이 사는 두 채 외에 비어 있는 주택 중 하나였다. 삼 층짜리 빈집 두 채의 창문들은 휑하니 쓸쓸해 보였다. 하나같이 삭막하고 음산한 분위기를 풍기는데다 군데군데 '세놓음' 표지판을 붙여놓은 뿌연 유리창은 백내장에 걸린 것 같았다. 작은 정원 여기저기에 자라난 식물들은 다 시들어 흉한 모습으로 집과 거리를 구분해주었다. 정원을 가로질러 누르스름한 오솔길이 나 있었는데, 주로 점토와 자갈이 뒤섞인 흙길이었다. 밤새 내린 비

때문에 길이 질척했다. 정원의 가장자리를 따라 서 있는 일 미터 남짓한 벽돌담 위에는 나무 울타리가 있었다. 건장한 체격의 제복 경관이 담에 기대 있었고 한 무리의 구경꾼들이 담을 에워싸고 있었다. 집안에서 벌어지는 일을 조금이라도 보기 위해 목을 빼고 눈을 부릅뜬 모습이었다.

나는 셜록 홈스가 곧바로 집으로 들어가 수수께끼에 뛰어들 줄 알았다. 하지만 홈스는 아무것도 할 생각이 없는 듯 보였다. 이런 상황에서 가식이 아닌가 싶게 무심한 태도로 인도를 이리저리 서성거리는가 하면 멍한 눈빛으로 지면과 하늘, 맞은편 집들과 벽돌담 위의 울타리를 바라보았다. 주위를 전부 살펴본 후에야 그는 천천히 길을 걷기 시작했다. 정확하게는 길이 아니라 길 가장자리의 풀밭을 따라가면서 눈을 한시도 지면에서 떼지 않았다. 가는 동안 두 번 멈췄는데, 한 번은 멈춰서 미소를 지었다. 무엇을 보고 만족스러웠는지 탄성을 지르기도 했다. 밤새 비가 내린 터라 점토질의 토양에는 발자국이 잔뜩 찍혀 있었다. 경찰이 수도 없이 지나다녔을 텐데 뭘 더 찾으려는지 알 수 없었다. 그래도 그의 두뇌가 얼마나 기민하게 돌아가는지 직접 확인한 뒤라 내 눈에는 안 보이는 것들이 그의 눈에는 잔뜩 보이리라 믿어 의심치 않았다.

사건 현장인 집의 현관에서 우리를 맞아준 남자는 큰 키에 피부는 희고 머리는 금발이었으며 한 손에 수첩을 들고 있었다. 우리를 보고는 잰걸음으로 나와 감격한 기색으로 홈스와 악수를 했다.

"와주셔서 정말 감사합니다. 아무것도 건드리지 않고 그대로 뒀습니다."

"저기는 빼놓으셨더군요!"

홈스는 정원의 오솔길을 가리켰다.

"버펄로떼가 지나갔다고 해도 저 정도로 난장판은 아닐 겁니다. 길에서 캘 만한 것은 다 캤다는 판단이 섰으니 저 지경이 되도록 두셨던 거겠죠, 그레그슨 형사님."

"집안에 처리해야 할 일이 너무 많았습니다. 마침 레스트레이드 형사도 현장에 나왔기에 집밖은 그 사람에게 맡겼죠."

그레그슨 형사가 얼버무리듯 말했다.

홈스는 나를 힐끔 보며 냉소적으로 한쪽 눈썹을 치켜 올렸다.

"형사님과 레스트레이드 형사님이 현장에 투입되었으니 다른 사람이 와봐야 더 알아낼 것도 없겠군요."

그레그슨은 그 말에 기분이 좋아졌는지 양손을 비비며 말했다.

"할 수 있는 조치는 우리가 다 취했습니다. 그래도 별난 사건임은 틀림이 없어요. 홈스 씨가 이런 사건을 좋아하시지 않습니까."

"형사님은 마차를 타고 오지 않으셨군요?"

홈스가 다짜고짜 물었다.

"그렇습니다."

"레스트레이드 형사님도 그렇습니까?"

"네."

"자, 이제 들어가서 실내를 살펴볼까요."

홈스는 사건과 무슨 상관인가 싶은 질문을 불쑥 던진 후 집으로 성큼성큼 들어갔다. 그레그슨이 놀란 얼굴로 허둥지둥 뒤를 따랐다.

벽지가 뜯기고 먼지가 쌓인 짧은 복도에는 다용도실과 주방이 연결되어 있었다. 그리고 좌우에 하나씩 문이 나 있었다. 문 하나는 몇 주째 아무도 열지 않은 게 분명했고 다른 문을 여니 식당이 나왔는데, 그곳이 바로 수수께끼투성이의 사건이 일어난 현장이었다. 홈스의 뒤를 따라 나도 들어갔다. 방안에 감도는 죽음의 기운에 마음이 벌써부터 착 가라앉았다.

내가 들어간 직사각형의 넓은 방은 가구가 없어서 훨씬 넓어 보였다. 천박한 느낌의 화려한 벽지는 군데군데 흰곰팡이로 얼룩졌고 여기저기 길게 찢어져 누렇게 뜬 회반죽벽이 훤히 드러나 있었다. 문의 맞은편으로 장식이 요란한 벽난로가 있고 그 위에 하얀 모조 대리석 벽난로 선반이 달려 있었다. 선반 한구석에 다 탄 붉은 양초가 있었다. 하나밖에 없는 창문이 어찌나 더러운지 그곳으로 들어온 빛도 어둑하고 흐릿해 실내의 모든 것이 탁한 잿빛으로 보였다. 집안 곳곳에 두껍게 쌓여 있는 먼지 때문에 방안이 더욱 우중충해 보였다.

사실 이런 세부적인 것들은 어느 정도 시간이 흐른 후에야 눈에 들어왔다. 방에 들어서자마자 시체 쪽으로 온통 관심이 쏠렸기 때문이다. 그곳에는 이제는 아무것도 보지 못하는 텅 빈 눈동자로 색이 바랜 천장을 노려보며 마룻바닥에 길게 뻗어 미동도 않는 섬뜩한 시체가 있었다. 피해자는 마흔서너 살쯤 되어 보이는 남자였다. 보통 키에 어깨가 넓고 귀밑머리가 검고 곱슬곱슬했으며 턱수염이 까칠하게 자라 있었다. 겉에는 모직 프록코트를 입고 안에는 조끼와 밝은 색깔의 바지를 받쳐 입었는데 셔츠의 깃과 소맷동은 티 하나 없이 깔끔했다. 손질이 잘된 실크해트가 옆에 놓여 있었다. 두 팔은 주먹을 꽉 쥔 채 활짝 벌리고 있는 반면 두 다리는 죽음의 고통이 극심했던 듯 얽혀 있었다. 굳어버린 얼굴은 공포에 질린 표정을 짓고 있었다. 증오가 서린 것처럼도 보였는데 그 정도로 지독한 증오에 찬 얼굴을 보기는 난생처음이었다. 악감정을 잔뜩 드러내며 끔찍하게 뒤틀린 얼굴에 납작한 이마와 뭉툭한 코, 툭 튀어나온 턱까지 더해져 망자는 흡사 원숭이나 유인원처럼 보였다. 그때까지 나는 다양한 모습으로 사망한 사람들을 목격했다. 하지만 런던 교외의 큰길가에 있는 어둑하고 우중충한 방에서 목도한 이 죽음보다 더 무시무시한 모습은 일찍이 본 기억이 없었다.

변함없이 비쩍 마르고 족제비 상을 한 레스트레이드가 문가에 서 있다가 홈스와 내게 인사를 했다.

"이번 사건으로 큰 소동이 일어날 겁니다. 지금까지 별별 사건을 봤지만 이런 사건은 처음이군요."

"단서가 없지?"

그레그슨이 물었다.

"전혀 없어."

레스트레이드가 대답했다.

셜록 홈스는 시신에 다가가 무릎을 꿇고 꼼꼼하게 살피기 시작했다.

"외상이 없는 게 확실합니까?"

그는 사방으로 튄 핏방울과 다른 혈흔을 가리키며 물었다.

"확실합니다!"

두 형사가 이구동성으로 힘주어 대답했다.

"그렇다면 두 번째 인물이 핏자국을 남겼군. 살인 사건이라면 이 사람을 살인자로 봐도 무방하겠죠. 현장을 보니 1834년에 위트레흐트에서 반 얀선이 사망한 사건의 정황이 떠오르는

군요. 그 사건을 기억하십니까, 그레그슨 형사님?"

"글쎄요."

"그 사건 기록을 읽어보십시오. 꼭 말입니다. 하늘 아래 새로운 것은 없습니다. 무슨 일이든 과거에 일어난 적이 있죠."

그런 말을 하는 동안에도 그의 민첩한 손가락들은 시신을 만지고, 누르고, 시신의 단추를 풀고, 자세히 살피느라 여기저기 사방을 날아다녔는데 눈빛은 내가 앞서 언급했던 것처럼 정신이 딴 데 팔려 멍했다. 그는 순식간에 시신의 검사를 끝냈다. 어찌나 빨리 끝냈던지 그 모습을 지켜본 사람조차 홈스가 얼마나 꼼꼼하게 살폈는지 짐작도 못 했을 것이다. 그는 마지막으로 망자의 입술 근처에 얼굴을 가까이 대고 킁킁 냄새를 맡더니 죽은 남자의 에나멜 부츠 밑창을 힐끔 보았다.

"시신을 움직이지는 않았습니까?"

홈스가 물었다.

"조사하기 위해 꼭 필요한 만큼만 움직이고 더는 움직이지 않았습니다."

"이제 시체 안치소로 옮겨도 좋습니다. 더이상 알아낼 사실이 없군요."

마침내 홈스가 말했다.

그레그슨이 미리 들것과 사람 넷을 대기시켜놓았다. 그가 부르자 사람들이 방으로 들어와 시체를 들것으로 옮긴 후 밖으로 날랐다. 그런데 시신을 들어올릴 때 반지가 떨어져 바닥에 굴렀다. 레스트레이드가 굴러가는 반지를 주워 들고 어리둥절한 표정으로 요모조모 뜯어보았다.

"여기에 여자가 있었나 봅니다. 여자 결혼반지군요."

레스트레이드가 흥분해 말했다.

그는 손바닥에 반지를 얹어 앞으로 내밀었다. 우리는 모두 그 주위에 모여 반지를 살펴보았다. 별다른 장식이 없는 금반지는 한때 신부의 손가락을 장식했던 반지가 분명했다.

"사건이 더 복잡해지겠군요. 지금 갖고 있는 단서만으로도 충분히 복잡한데 말입니다."

그레그슨의 말에 홈스가 대꾸했다.

"반지 덕분에 더 단순해진 게 아니고요? 그렇게 반지를 노려봐봤자 아무것도 알아낼 수 없습니다. 주머니에서는 뭐가 나왔습니까?"

"소지품은 여기에 다 있습니다."

그레그슨이 하단부의 계단에 모아놓은 물건들을 가리키며 말했다.

"금시계가 하나 있습니다. 런던의 바로사社에서 제작한 것으로 제품 번호가 97163번이죠. 시곗줄은 앨버트 금시곗줄로, 상당히 무게가 나가고 단단합니다. 프리메이슨 문장이 새겨진 금반지 하나, 불도그 얼굴이 달린 금핀도 하나 있습니다. 불도그의 눈은 루비입니다. 러시아 특산 소가죽으로 만든 명함 지갑이 있고 명함에는 클리블랜드의 이넉 J. 드레버라고 적혀 있습니다. 그 이름의 머리글자는 속옷에 새겨진 E.J.D.와 일치합니다. 돈지갑은 없고 가진 돈이 칠 파운드 십삼 실링 정도 되더군요. 보카치오의 『데카메론』이 문고본으로 한 권 있고요, 면지에는 조지프 스탠저슨이라고 서명이 되어 있습니다. 편지 두 통이 있었는데 수신인이 각각 E.J. 드레버와 조지프 스탠저슨입니다."

"편지를 받은 주소는요?"

"스트랜드 대로의 아메리칸 익스체인지로 되어 있더군요. 유치우편물■이었습니다. 두 통 모두 발신인이 기언 증기선사社입니다. 리버풀에서 출발하는 그 회사의 배편에 대한 내용이더군요. 이 운 나쁜 사내는 뉴욕으로 돌아가려던 게 분명합니다."

"스탠저슨이라는 남자에 대해 알아보셨습니까?"

"그럼요. 신문마다 그 남자를 찾는 광고를 냈습니다. 그리고 부하 한 명을 아메리칸 익스체인지로 보냈는데 아직 돌아오지 않았습니다."

■ 발신인의 요청으로 지정 우체국에 유치해놓고 수취인이 직접 찾아가는 우편물.

그레그슨이 대답했다.

"클리블랜드에도요?"

"아침에 전보를 보냈습니다."

"정확히 어떻게 써 보내셨습니까?"

"간단하게 상황을 설명했죠. 도움이 될 정보를 알려주면 고맙겠다고요."

"사건의 결정적 단서로 보이는 사항에 대해서 구체적인 정보를 요청하지는 않으셨습니까?"

"스탠저슨에 대해 문의했습니다."

"그 밖에는요? 이번 사건 해결을 좌우할 수 있는 사항도 있었습니까? 전보를 또 보낼 겁니까?"

"더이상 문의할 것은 없습니다."

그레그슨은 기분이 상한 것 같았다.

셜록 홈스는 씨익 웃더니 무슨 말을 하려는 듯했다. 바로 그때 레스트레이드가 나타났다. 홈스와 그레그슨이 복도에서 이야기를 나누는 동안 계속 방에 있었던 그는 우쭐대며 나타나 만족스러운 듯한 표정으로 양손을 비비며 말했다.

"그레그슨, 방금 여기서 가장 중요한 발견을 했네. 내가 벽을 꼼꼼하게 살펴보지 않았다면 아무도 알아채지 못했을 거야."

말을 하는 내내 자그마한 몸집의 레스트레이드는 눈을 반짝거렸다. 애써 감추려 했지만 동료보다 한발 먼저 성과를 냈다는 기쁨이 역력했다.

“모두 이리로 오십시오.”

그는 사람들을 부르고는 서둘러 방으로 되돌아갔다. 섬뜩한 시체를 내보낸 후 공기가 보다 깨끗해진 기분이 들었다.

“자, 거기에 서세요!”

그는 성냥을 부츠에 그어 불을 붙인 후 벽 앞에 갖다 대고 의기양양하게 말했다.

“저기를 보십시오!”

제일 먼저 벽지가 갈기갈기 찢긴 모습이 눈에 들어왔다. 레스트레이드가 가리킨 벽은 벽지가 왕창 뜯어져서 누렇게 뜬 조악한 회반죽벽이 사각형으로 드러나 있었다. 그렇게 휑하니 드러난 맨벽에 누군가 피로 휘갈겨 쓴 단어가 보였다.

RACHE

“어떻게 생각하십니까?”

레스트레이드는 담당하는 공연을 소개하는 흥행사처럼 흥분해 말했다.

“방에서 여기가 가장 어두웠기 때문에 아무도 못 보았나 봅니다. 아무도 여기까지 들여다볼 생각을 못 했겠죠. 살인자가 자신이나 여기 있던 여자의 피로 글자를 쓴 겁니다. 벽에 피가 흐르자 문지른 흔적을 보십시오! 이것으로 자살 가능성은 제외해도 되겠군요. 왜 하필 이렇게 구석진 곳에 글자를 남긴 걸까요? 의문을 지금 풀어드리죠. 벽난로 선반의 양초를 보십시오. 그때는 저 초에 불이 붙어 있었습니다. 그렇다면 이 구석은 벽에서 가장 어두운 부분이 아니라 가장 밝은 곳이었을 겁니다."

"그래서 자네가 찾아낸 그게 지금 무슨 의미가 있지?"

그레그슨이 못마땅한 듯한 목소리로 되물었다.

"의미라고? 저건 누가 레이철Rachel이라는 여자 이름을 쓰려고 했지만 방해를 받아 끝까지 쓰지 못했다는 뜻이야. 지금 내 말을 잘 기억해둬. 사건이 해결되면 레이철이라는 여자가 관계되어 있다는 사실을 알게 될 테니까. 마음껏 비웃으셔도 괜찮습니다, 홈스 씨. 당신이 아무리 똑똑하고 영리해도 결국은 노련한 사냥개를 이길 수 없는 법이에요."

홈스는 느닷없이 웃음을 터뜨려 그 자그마한 사람의 화를 돋우더니 선선히 사과를 했다.

"죄송하군요! 말씀하신 것처럼 우리들 가운데 제일 먼저 이 글자를 찾아낸 공은 분명 당신의 것입니다. 이 글자는 어느 모로 보나 지난밤 여기서 벌어진 사건에 관련된 사람이 썼을 테고요. 나는 이 방을 아직 조사하지 못했습니다. 괜찮으시다면 지금부터 잠시 살펴보도록 하겠습니다."

그는 주머니에서 줄자와 커다랗고 둥근 돋보기를 꺼냈다. 그리고 두 가지 도구를 든 채 발소리도 내지 않고 방을 돌아다니기 시작했다. 중간중간 멈추기도 하고 때로는 무릎을 꿇고 한 번은 바닥에 배를 깔고 엎드리기까지 했다. 어찌나 일에 푹 빠졌는지 우리가 있다는 사실을 완전히 잊은 것 같았다. 그도 그럴 것이 그는 연신 혼잣말을 중얼거리거나 감탄사를 외치거나 끙하고 신음하는 것도 모자라, 휘파람을 불더니 자신에게 기운과 희망을 불어넣으려는지 작은 기합 소리까지 내는 등 잠시도 입을 쉬지 않았기 때문이다. 보고 있자니 훈련을 잘 받은 순혈 폭스하운드가 잃어버린 냄새를 찾으려고 잔뜩 흥분해 낑낑거리며 덤불 사이를 헤집고 돌아다니는 모습이 저절로 떠올랐다.

홈스는 이십 분 남짓 조사를 했다. 자기에게만 보이는 무언가의 거리를 정성을 다해 측정하더니 마찬가지로 무엇 때문인지는 알 수 없지만 가끔씩 줄자를 벽에 대곤 했다. 어떤 지점에서는 바닥에 약간 쌓인 잿빛 먼지를 조심조심 모아 봉투에 담았다. 그러고 나서야 돋보기로 벽에 쓴 글자를 알파벳 하나씩 꼼꼼하게 뜯어보았다. 여기까지 마친 후 그는 자와 돋보기를 주머니에 집어넣었다. 봐야 할 것을 충분히 본 모양이었다.

"어떤 사람들은 천재성이란 고통을 무한히 참아내는 능력이라고 하더군요. 천재성을 정의하기에는 부족하지만 탐정 일에 필요한 능력을 정의하는 표현으로는 적절합니다."

홈스가 미소를 지으며 말했다.

두 형사는 탐정이 조사하는 모습을 지대한 호기심과 약간의 경멸이 뒤섞인 눈빛으로 내내 지켜보았다. 두 사람은 그즈음 나도 알아차린 사실을 전혀 모르는 게 분명했다. 셜록 홈스가 뭔가를 조사할 때는 별 의미가 없어 보이는 행동에도 항상 구체적이고 현실적인 목적이 있었다.

"어떻게 생각하십니까, 홈스 씨."

두 형사가 입을 모아 물었다.

"제가 주제넘게 두 분에게 훈수를 둔 후에 사건이 해결되면 공을 가로채게 되지 않겠습니까. 두 분은 지금도 잘하고 계시니 여기에 다른 사람이 끼어든다면 무척 안타까울 겁니다."

홈스의 목소리에는 비꼬는 기색이 역력했다. 그러더니 이렇게 덧붙였다.

"사건 수사가 어떻게 진행되는지 내게도 알려준다면 무슨 일이든 기꺼이 힘을 보태겠습니다. 일단은 시체를 발견한 경관과 이야기를 해보고 싶군요. 경관의 이름과 주소를 알려주시겠습니까?"

레스트레이드가 수첩을 뒤적이더니 알려주었다.

"존 랜스입니다. 지금은 퇴근을 했습니다. 사는 곳은 케닝턴 파크 게이트의 오들리 코트 46번지입니다. 그리로 가보시죠."

홈스는 주소를 받아 적었다.

"갑시다, 박사님. 우리는 경관을 만나 이야기를 들어보겠습니다. 혹시 몰라서 도움이 될 만한 사실을 한 가지 알려드리죠."

그는 두 형사를 돌아보며 말을 이었다.

"이곳에서는 살인이 일어난 겁니다. 범인은 남자고요. 키가 183센티미터가 넘고 완력도 한창때일 겁니다. 키에 비해서 발은 작은 편이고 앞코가 네모난 허름한 부츠를 신었습니다. 그리고 트리커나폴리 시가를 피우죠. 말 한 필이 끄는 사륜마차를 피해자와 함께 타고 왔는데, 말의 발굽 세 개는 오래되었고 나머지 한 개만 새것으로 앞발에 박혀 있죠. 분명히 범인은 혈색이 좋고 오른손의 손톱이 상당히 깁니다. 몇 안 되는 특징이지만 분명 두 분에게 도움이 될 겁니다."

레스트레이드와 그레그슨은 서로를 바라보며 믿을 수 없다는 듯 헛웃음을 지었다.

"남자가 살해당한 거라면 사인은 뭡니까?"

레스트레이드가 물었다.

"독입니다."

셜록 홈스는 짧게 잘라 말하더니 성큼성큼 발걸음을 옮겼다. 그리고 문가에서 몸을 돌렸다.

"한 가지 더, 레스트레이드 형사님. RACHE는 독일어로 복수라는 뜻입니다. 그러니 레이철 양을 찾는 헛수고는 하지 마시길."

홈스는 마지막으로 일침을 가하고는 입을 떡 벌린 두 경쟁자를 내버려둔 채 그곳을 떠났다.

존 랜스의 증언

4.

우리가 로리스턴 가든 3번지를 떠난 시각은 오후 1시였다. 셜록 홈스는 나를 데리고 가장 가까운 전신국으로 가더니 장문의 전보를 쳤다. 그러고는 마차를 불러 마부에게 레스트레이드가 알려준 주소로 가자고 했다.

"증언은 직접 듣는 것이 제일 좋죠. 사실 머릿속에서 사건의 얼개는 완성되었습니다. 그래도 이왕이면 알아야 하는 것을 전부 알아두는 편이 좋겠죠."

"깜짝 놀랐습니다, 홈스 씨. 그래도 방금 형사들에게 말한 특징들에 대해서 말씀만큼 확신하시는 건 아니겠죠."

"실수가 들어설 여지가 없습니다. 그곳에 도착해서 제일 먼저 알아차린 사실이 마차였습니다. 어떤 마차가 연석과 가깝게 달리며 두 줄의 바퀴자국을 냈다는 사실 말입니다. 이 지역은 어제저녁까지 꼬박 일주일 동안 비가 오지 않았습니다. 그러므로 그렇게 깊은 자국을 남긴 바퀴는 틀림없이 지난밤에 지나간 겁니다. 말발굽 자국도 남아 있었는데, 발굽 네 개 중 한 개가 유난히 또렷하게 찍혔더군요. 그 한 개가 새것이라는 추정이 가능하죠. 마차는 비가 내리기 시작한 후에 도착했고 마차를 타고 오지 않았다는 그레그슨 형사의 말을 믿는다면 아침에 온 것이 아닙니다. 따라서 마차 한 대가 지난밤에 그 집에 왔으며, 살인범과 피해자는 그 마차로 왔으리라는 결론이 나옵니다."

"역시나 간단 명쾌하군요. 키는 어떻게 알아내신 겁니까?"

내가 다시 물었다.

"사람의 키는 십중팔구 보폭을 보면 알 수 있습니다. 간단한 계산으로 충분히 구할 수 있어요. 이 자리에서 시시한 산수로 박사님을 지루하게 할 필요는 없겠죠. 집밖의 찐득한 땅 위에 찍힌 발자국과 집안의 먼지 위에 남은 발자국으로 남자의 보폭을 알아냈습니다. 그걸로 계산을 했고요. 사람은 벽에 글을 쓸 때 본능적으로 눈높이에 맞춰 씁니다. 글자가 적힌 높이는 지면에서 183센티미터가 넘었습니다. 이런 사실을 알아내는 건 식은 죽 먹기입니다."

"나이는요?"

내가 연거푸 물었다.

"음, 조금도 힘들이지 않고 140센티미터를 한걸음에 뛰어넘는 남자가 비쩍 마르고 누렇게 뜬 상태는 아닐 겁니다. 그자는 분명히 물웅덩이를 훌쩍 뛰어 건넜습니다. 정원의 오솔길에 생긴 물웅덩이의 폭이 딱 그만큼이었죠. 에나멜 부츠는 웅덩이를 빙 둘러 갔는데 앞코가 각이 진 부츠는 훌쩍 뛰어넘었습니다. 여기에 수수께끼 같은 것은 전혀 없습니다. 그저 신문에 기고한 글에서 주장했던 관찰과 추리의 규칙 가운데 몇 가지를 적용했을 뿐입니다. 이해가 안 되는 부분이 또 있습니까?"

"손톱과 트리커나펄리 시가는 어떻게 된 겁니까?"

"벽에 쓴 글자는 남자가 검지를 피에 찍어서 썼습니다. 돋보기로 보니 글을 쓰는 과정에서 회반죽이 살짝 긁혔더군요. 손톱을 바짝 깎았다면 그럴 리 있겠습니까. 그리고 바닥에 흩어져 있는 재를 모아서 보았습니다. 재는 색이 짙고 모양이 얇은 조각이었습니다. 트리커나펄리 시가의 재가 바로 그런 모습이거든요. 말이 나왔으니 말인데, 담뱃재에 대해서 따로 연구도 했습니다. 이 주제로 논문도 한 편 썼죠. 자화자찬을 하자면, 나는 재를 보면 담배든 시가든 어떤 브랜드인지 알 수 있습니다. 노련한 탐정과 그레그슨이나 레스트레이드 같은 수사관의 차이는 바로 이런 세부 사항에 있죠."

"혈색이 좋다는 추측은요?"

나는 계속 질문을 던졌다.

"아, 어림짐작이었습니다. 물론 내 추측이 절대 틀렸을 리 없지만요. 지금 이 단계에서는 일단 넘어가죠."

나는 한 손을 들어 이마를 문질렀다.

"머리가 빙빙 도는 것 같군요. 사건에 대해 생각할수록 수수께끼만 더 커지지 않습니까. 그곳에 두 남자가 있었다고 합시다. 대관절 빈집에 어떻게 들어갔을까요? 그들이 타고 온 마차의 마부는 어떻게 된 거죠? 범인은 어떻게 피해자에게 독을 마시게 한 겁니까? 피는 또 뭐고요? 금품을 뺏을 목적이 아니었다면 도대체 왜 사람을 죽였을까요? 여자 반지는 왜 거기에 있었을까요? 무엇보다 남자는 도망치기 전에 왜 독일어로 RACHE라고 썼을까요? 솔직히 나는 이런 사실들을 끼워 맞출 수 있는 가설이 하나도 떠오르지 않습니다."

셜록 홈스는 이해한다는 듯 미소를 지었다.

"지금 상황에서 나온 의문점을 간단명료하게 잘 정리하셨군요. 굵직굵직한 사실들을 바탕으로 상당 부분 진상을 파악했습니다만 아직도 확실하지 않은 부분들이 많이 남아 있습니다. 딱한 레스트레이드가 찾아낸 글자는 경찰을 엉뚱한 방향으로 유인하는 미끼에 불과합니다. 사회주의 단체나 비밀결사 같은 분위기를 풍겨서 말이죠. 글자를 쓴 사람은 결코 독일인이 아닙니다. 눈여겨보셨는지 모르겠지만 알파벳 A는 독일인이 많이 쓰는 독특한 글씨체로 적혀 있었습니다. 진짜 독일인이라면 분명히 다른 글씨체로 썼을 겁니다. 독일인이 아니라 독일인 흉내를 어설프게 낸 사람의 짓이라는 거죠. 수사를 엉뚱한 방향으로 돌리려는 수작에 불과했습니다. 이쯤에서 사건에 대해서는 입을 다물겠습니다. 마술사가 자신의 비법을 다 밝혀버리면 어떻게 갈채를 끌어내겠습니까. 조사하는 방식을 너무 많이 공개하면 결국 박사님은 저도 평범한 인간에 불과하다고 생각하실 겁니다."

"그럴 리가요. 당신은 범죄 수사를 정밀한 학문에 가깝게 만들지 않았습니까. 홈스 씨가 아니면 또 누가 그런 일을 할 수 있겠습니까."

셜록 홈스는 내가 늘어놓는 찬사와 열렬한 태도에 반색하며 얼굴을 붉혔다. 나는 셜록 홈스가 다른 건 몰라도 수사 방식에 쏟아지는 찬사에 대해서만큼은 소녀가 외모에 대한 평가를 받을 때처럼 민감하게 반응한다는 사실을 간파했다.

"그럼 한 가지만 더 말씀드리겠습니다. 각각 에나멜 부츠와 앞코가 각진 부츠를 신은 남자 둘이 마차를 함께 타고 왔습니다. 그리고 꼭 붙어서 좁은 길을 걸어갔습니다. 팔짱을 끼거나 했겠죠. 집으로 들어가서는 방안을 계속 서성거렸어요. 아마 에나멜 부츠는 우두커니 서 있고 각진 부츠가 서성거렸을 겁니다. 먼지를 보고 읽어낸 사실입니다. 먼지에서는 계속 서성이던 각진 부츠가 어느 순간부터 흥분하기 시작했다는 사실도 읽을 수 있었습니다. 보폭이 점점 커진 것으로 추측할 수 있죠. 걸으면서 이야기를 하는 와중에 점점 분노가 치솟은 겁니다. 그때 비극이 벌어졌어요. 여기까지가 내가 알고 있는 사실입니다. 나머지는 단순한 추측과 짐작일 뿐입니다. 하지만 이 정도로도 조사를 시작할 토대는 충분합니다. 그나저나 서둘러야겠군요. 오늘 오후 할레가 여는 음악회에서 노르만네루다의 바이올린 연주를 꼭 듣고 싶거든요."

우리가 이런 대화를 나누는 동안 마차는 우중충한 거리와 그 거리의 음울한 샛길을 따라 한참을 달렸다. 가장 우중충하고 음울한 곳에 다다르자 마차가 섰다.

"저기가 오들리 코트입니다. 돌아오실 때까지 기다립죠."

마부는 칙칙한 색의 벽 사이로 난 좁은 골목을 가리키며 말했다.

오들리 코트는 결코 매력적인 곳이 아니었다. 마부가 알려준 좁은 골목으로 들어가자 돌을 깐 사각형 공터가 나왔다. 그 주위로 누추한 집들이 들어서 있었다. 우리는 지저분한 아이들을 헤치고 색이 바랜 속옷들이 걸린 빨랫줄들을 요리조리 빠져나가 마침내 46번지에 도착했다. 문에 "랜스"라고 새긴 작은 놋쇠 문패가 달려 있었다. 물어보니 경관은 야간 근무를 마치고 돌아와 잠을 자는 중이었다. 우리는 작은 응접실로 안내되어 그가 일어나기를 기다렸다.

잠시 후 그가 응접실로 나왔다. 억지로 일어나서 살짝 짜증이 난 것 같았다.

"위에는 이미 보고를 했습니다."

홈스는 주머니에서 십 실링 금화를 꺼냈다. 그러더니 무슨 생각이 있는 듯 만지작거리며 말했다.

"이왕이면 직접 이야기를 듣는 게 좋을 듯해서 이렇게 찾아왔습니다만."

"알려드릴 수 있는 거라면 기꺼이 말해드리겠습니다."

경관은 작은 금화에 눈을 떼지 못한 채 냉큼 대답했다.

"무슨 일이 있었는지 하나도 빠짐없이 들려주시오."

랜스는 말총 소파에 앉더니 이야기를 하나도 빼먹지 않겠다는 듯 눈썹을 하나로 모으며 정신을 집중했다.

"그럼 처음부터 말씀을 드리겠습니다. 제 순찰 시간은 밤 10시에서 아침 6시까지입니다. 어젯밤 11시에 화이트 하트 술집에서 주먹다짐이 있었죠. 그 싸움만 빼면 제 구역은 순찰하는 내내 조용했습니다. 새벽 1시부터 비가 내리기 시작했습니다.

그때 마침 해리 머처를 만났죠. 해리의 순찰 구역이 홀랜드 그로브거든요. 우리는 헨리에타 스트리트의 모퉁이에서 잠시 이야기를 나눴습니다. 그러고 나서 2시나 그 직후인 것 같은데, 브릭스턴 로드를 따라 별일 없는지 살펴봐야겠다는 생각이 들었습니다. 못 말리게 지저분한 거리에는 지나가는 사람도 없더군요. 길을 따라가는 동안 마차가 한두 대 지나가긴 했지만 사람은 그림자도 못 봤습니다. 여기서 하는 말이지만 순찰하는 동안 사 펜스짜리 뜨거운 진 한잔 생각이 간절하더라고요. 바로 그때 그 집에서 나온 불빛이 눈에 언뜻 비치지 않겠습니까. 저는 로리스턴 가든의 집 두 채가 집주인 때문에 비어 있다는 사실을 알고 있었거든요. 마지막 세입자가 장티푸스로 죽었는데도 집주인이라는 작자가 도무지 배수관을 손보려 들지 않습니다. 그래서 불빛이 흘러나오는 창을 보자마자 화들짝 놀란 겁니다. 분명 뭔가 잘못된 것 같았습니다. 그래서 집의 현관으로 가서……."

"일단 멈췄다가 정원 울타리의 대문 쪽으로 돌아갔죠. 왜 그랬습니까?"

셜록 홈스가 경관의 말을 불쑥 끊으며 이렇게 물었다.

랜스는 몸을 크게 들썩이더니 놀란 표정으로 홈스를 빤히 바라보았다.

"아니, 그걸 어떻게, 네, 말씀하신 대로입니다. 도대체 어떻게 알고 계시는지 짐작조차 못 하겠네요. 처음에는 현관 쪽으로 갔죠. 주위는 쥐죽은듯 조용하고 아무도 보이지 않았거든요. 그런데도 꼭 누가 곁에 있는 것 같지 뭡니까. 저는 이 세상에서 겁나는 게 없어요. 그런데 그때는 근처에 장티푸스로 죽은 세입자가 있는 듯 느껴지더라니까요. 자기를 죽인 배수관을 살펴보려고 나타났을 것만 같았죠. 그런 생각에 절로 왔던 길을 돌아가게 되었습니다. 머처가 든 등불이 보이지 않을까 싶어서 대문으로 돌아갔습니다. 하지만 거리에는 머처는 물론이고 아무도 없었습니다."

"길에 아무도 없었다고요?"

"사람은커녕 개 한 마리도 없었습니다. 다시 마음을 다잡고 돌아가서 현관문을 밀어 열었습니다. 집안에서는 아무 소리도 나지 않더군요. 그래서 불빛이 보였던 방으로 들어갔습니다. 벽난로 위에 불이 켜진 초가 하나 있더군요. 붉은색 양초였죠. 불빛에 눈에 들어온 것이……."

"알고 있습니다. 당신이 본 건 전부요. 그래서 당신은 방안을 몇 번이고 빙빙 돌았죠. 시체 옆에 무릎을 꿇었다가 일어나 방을 나와 주방 문을 열려고 하다가……."

존 랜스는 겁에 질린 표정으로 자리에서 벌떡 일어났다. 의심에 가득찬 눈빛으로 홈스를 보며 소리를 버럭 질렀다.

“그것까지 알다니, 도대체 어디에 숨어 있었던 겁니까? 그렇지 않으면 도저히 알 수가 없는 것들을 잔뜩 알고 계신데요!”

홈스가 웃음을 터뜨리며 명함을 경관 앞의 탁자에 내려놓았다.

“나를 살인범으로 체포하지는 마시오. 나는 사냥개지 늑대가 아니니까. 그레그슨 형사나 레스트레이드 형사가 보증을 해줄 거요. 자, 이제 계속합시다. 그래서 어떻게 했습니까?”

홈스의 말에 랜스는 얼떨떨한 표정 그대로 자리에 다시 앉았다.

“대문으로 돌아가서 호루라기를 불었습니다. 소리를 듣고 머처와 다른 경관 두 명이 현장에 왔죠.”

“그때도 길거리는 텅 비어 있었습니까?”

“어디 보자, 그랬죠. 적어도 멀쩡한 사람은 보이지 않았습니다.”

“무슨 뜻이죠?”

비로소 경관은 인상을 펴며 활짝 웃었다.

“순찰을 돌다 보면 주정뱅이는 숱하게 보지요. 하지만 그놈처럼 요란하게 취한 놈은 처음 봤습니다. 집에서 나왔는데 담벼락 울타리에 몸을 기대고는 콜롬비아의 성조기인지 뭔지 그런 노래를 동네가 떠나가라 부르고 있더군요. 부축을 하지 않으면 혼자 제대로 서 있지도 못했습니다.”

"어떤 사람이던가요?"

셜록 홈스가 되물었다.

존 랜스는 이야기가 엉뚱한 방향으로 흐르자 짜증이 난 것 같았다.

"코가 비뚤어지게 마신 사람이었죠. 당장 처리해야 할 일이 없었다면 경찰청으로 데려갔을 겁니다."

"남자의 생김새나 옷차림 같은 것들은 눈여겨보지 않았습니까?"

홈스가 초조한 듯 끼어들었다.

"저와 머처가 양쪽에서 그자를 부축해 세운 덕에 어느 정도는 봤습니다. 키가 크더군요. 혈색이 좋고 얼굴 아래쪽은 머플러로 가려서."

"그 정도면 충분합니다. 그래서 그 사람을 어떻게 했습니까?"

셜록 홈스가 큰 소리로 물었다.

"그자를 챙기는 것 말고도 할 일이 많았습니다. 집으로 잘 돌아갔겠죠."

경관이 억울한 듯 대답을 했다.

"옷차림은 어땠습니까?"

"갈색 코트를 입고 있었습니다."

"손에 채찍을 들고 있었습니까?"

"채찍요? 아뇨."

"두고 온 모양이군."

셜록 홈스가 중얼거렸다.

"혹시 그 후에 마차를 보거나 마차 소리를 듣지 않았습니까?"

"못 들었습니다."

"자, 받아요. 십 실링입니다."

셜록 홈스가 자리에서 일어서서 모자를 집어 들면서 말했다.

"랜스, 당신은 경찰로는 절대 출세 못 할 겁니다. 머리를 장식으로만 달고 다니지 마십시오. 써야 할 때는 쓰란 말입니다. 당신은 지난밤 사건으로 경사로 승진할 수도 있었습니다. 당신이 두 손으로 부축했던 남자가 사건의 실마리를 쥔, 우리가 지금 찾고 있는 남자입니다. 이제 와서 이런 말이 무슨 소용이 있겠느냐만. 그냥 그렇다는 겁니다. 박사님, 갑시다."

우리는 방금 들은 소리에 어안이 벙벙하면서도 필시 마음이 상했을 경관을 내버려둔 채 대기시켜놓은 마차로 향했다.

"천하의 멍청이 같으니라고! 엄청난 행운이 찾아왔는데 그걸 잡지 못하다니."

홈스는 집으로 돌아가는 마차 안에서 분통을 터뜨렸다.

"아직도 갈피를 못 잡겠군요. 경관이 말한 남자의 인상착의가 당신이 사건에 등장한다고 했던 두 번째 인물과 일치하네요. 그자는 떠났다가 왜 다시 돌아왔을까요? 범죄자는 그렇게 행동하지 않잖습니까."

"반지를 기억하십시오, 반지요. 그자는 반지를 되찾으려고 온 겁니다. 무슨 짓을 해도 남자가 안 잡힐 때는 반지를 미끼로 쓰면 됩니다. 저는 그자를 잡을 겁니다, 박사님. 잡는다는 쪽에 이 대 일로 걸 수도 있어요. 그 점에 대해 박사님에게 감사를 드려야겠군요. 박사님이 아니었다면 그곳에 가지도 않았을 테고 그랬다면 이제까지 만난 사건 가운데 가장 흥미로운 사건을 연구할 기회를 놓쳤을 겁니다. 그래요, 이 주홍색 연구를요. 방금의 멋진 표현 어떻습니까. 아무 색깔이 없는 삶의 실타래 속으로 살인을 의미하는 붉은 실이 들어가 있습니다. 우리가 할 일은 실타래를 풀어서 붉은 실을 뽑아낸 후 한 부분도 빼놓지 않고 낱낱이 드러내는 일입니다. 지금 점심을 먹고 노르만네루다의 연주를 들으러 가면 딱 맞겠군요. 그녀가 곡을 시작하는 법과 연주법은 그야말로 환상적이죠. 그녀가 아주 아름답게 연주했던 쇼팽의 소곡이 뭐였더라. 트랄라리라리라레이."

인간의 이성이 지닌 다양한 모습에 대해 내가 골똘히 생각에 잠기거나 말거나 탐정은 좌석에 편히 등을 대고 앉아 종달새처럼 경쾌하게 노랫가락을 흥얼거렸다.

광고를 보고 찾아온 방문객

5.

오전 내내 종횡무진으로 돌아다닌 것은 그렇지 않아도 쇠약해진 내게 상당히 힘든 일이었다. 결국 오후에 나는 초주검이 되고 말았다. 홈스가 연주회장으로 떠난 후 나는 두 시간 정도 눈을 붙일 요량으로 소파에 누웠다. 하지만 부질없는 짓이었다. 그날 겪은 온갖 일들로 좀처럼 흥분이 가라앉지 않더니 기괴하기 짝이 없는 상상과 추측이 마음속으로 스멀스멀 기어들어왔다. 눈을 감을 때마다 살해된 남자의 원숭이처럼 뒤틀린 얼굴이 자꾸 눈앞에 떠올랐다. 어찌나 불길한 인상으로 남았던지 얼굴의 주인을 세상에서 사라지게 한 사람에게 감사한 마음밖에 들지 않을 정도였다. 인간의 얼굴로 가장 악의에 찬 악을 표현한다면 분명 클리블랜드에서 온 이녁 J. 드레버의 얼굴일 것이다.

그렇다고 해도 정의는 실현되어야 한다. 이녁을 저세상으로 보내버린 행위는 법의 눈으로 볼 때 절대 그냥 지나쳐서는 안 된다는 사실 또한 알고 있었다.

사건에 대해 생각하면 할수록 동거인의 가설, 그러니까 피해자가 독에 당했다는 가정이 놀라울 따름이었다. 피해자의 입술 근처에서 코를 킁킁거리던 모습이 떠올랐다. 분명히 그때 독살을 떠올리게 된 뭔가를 찾았을 것이다. 하기야 시체에 외상도 없고 목이 졸린 자국도 없는데 사인이 독이 아니라면 뭐겠는가? 그렇다면 바닥에 두껍게 말라붙어 있던 피는 도대체 누구의 피였을까? 피해자에게는 몸싸움을 한 흔적이 없었다. 하물며 자신을 공격한 사람에게 상처를 입힐 만한 무기도 없었다. 이런 의문들이 풀리지 않는 한 나나 홈스나 편히 잠을 자기는 틀린 것 같았다. 나는 지금까지 확인된 사실들을 어디에 어떻게 끼워 맞추어야 할지 갈피를 잡을 수 없었다. 반면 홈스의 자신만만하면서도 차분한 태도를 생각해보면 그는 이미 모든 사실을 설명할 수 있는 가설을 완성한 것이 분명했다.

셜록 홈스는 늦게 귀가했다. 연주회장에서 곧장 왔다고 생각하기에는 너무 늦은 시각이었다. 그가 돌아오기도 전에 저녁이 차려져 있었다.

"정말 대단하더군요."

그는 자리에 앉으며 말문을 뗐다.

"다윈이 음악에 대해서 뭐라고 했는지 기억하십니까? 그는 인간이 음악을 만들고 감상하는 능력은 인간이 언어를 갖기 훨씬 전부터 존재했다고 주장했습니다. 그래서 우리가 음악을 들으면 그토록 민감하게 영향을 받나 봅니다. 우리의 영혼에 까마득한 먼 옛날, 세상이 유아기였던 시절의 기억이 희미하게 남아 있는 거죠."

"상상력이 아주 풍부하시군요."

내가 대꾸했다.

"인간이 자연을 해석하려면 무한한 상상력을 발휘해야 하는 법입니다. 무슨 일입니까? 몸이 안 좋아 보입니다. 사건 때문에 너무 흥분을 하신 거 아닙니까."

"솔직히 그렇습니다. 아프가니스탄 같은 곳에서 복무했으니 신경이 무뎌질 만도 한데 말이죠. 마이완드에서는 전우들이 갈가리 찢기는 모습을 목격하면서도 눈 하나 깜짝하지 않았었는데."

"이해합니다. 이 사건은 상상력을 자극하는 불가사의한 면이 있죠. 원래 상상력이 없으면 공포도 느낄 수 없으니까요. 그나저나 석간신문 보셨습니까?"

"아뇨."

"사건 기사가 꽤나 상세하게 실려 있습니다. 그래도 시체를 옮기려고 들 때 여자의 결혼반지가 떨어졌다는 사실까지는 나오지 않았더군요. 천만다행이죠."

"그건 왜죠?"

"이 광고를 한번 보십시오. 오늘 오전에 현장을 살펴보자마자 각 신문사에 같은 광고를 보냈습니다."

그는 내 앞에 신문을 활짝 펼치고는 습득물란의 첫 번째 광고를 손으로 가리켰다. 광고는 이렇게 시작했다.

> 오늘 아침 브릭스턴 로드, 장식 없는 결혼반지, 화이트 하트 선술집과 홀랜드 그로브 사이의 길에서 습득, 오늘 저녁 8시에서 9시 사이 베이커 스트리트 221B번지 왓슨 박사에게 연락 바람.

"박사님의 이름을 마음대로 써서 죄송합니다. 제 이름으로 광고를 실으면 이름을 알아보고 슬그머니 참견하려고 드는 멍청이들이 있거든요."

"괜찮습니다. 하지만 설령 누가 찾아와도 반지가 없는데 어떻게 하죠?"

"없기는요. 여기 있지 않습니까."

그는 반지를 내밀었다.

"이 반지면 될 겁니다. 거의 똑같거든요."

"광고를 보고 찾아올 사람이 누구라고 생각하는 겁니까?"

"당연히 갈색 코트의 남자죠. 앞코가 각진 부츠를 신은 혈색 좋은 남자 말입니다. 직접 오지 않으면 공범이라도 보내겠죠."

"위험하다고 생각해 몸을 사리지 않을까요?"

"그럴 리가요. 내가 사건을 정확하게 보고 있다면 말입니다. 당연히 확신하는 근거도 있고요. 그자는 위험을 감수하고라도 반지를 꼭 되찾으려고 할 겁니다. 드레버 위로 몸을 숙였을 때 반지를 떨어뜨렸을 거예요. 그때는 알아차리지 못했겠죠. 집을 뜨고 나서야 반지가 없어진 사실을 알고 서둘러 돌아갔습니다. 하지만 어리석게도 초를 켜놓고 나온 바람에 경찰이 와 있었고, 그 집 근처에 나타났다는 사실만으로도 의심을 받을지 모르니 일부러 주정뱅이 시늉을 한 거죠. 그 남자 입장에서 생각해보십시오. 반지가 어디에서 없어졌을지 생각하면 할수록 집에서 나온 후에 어디 길에다 흘린 게 아닌가 싶을 겁니다. 거기까지 생각이 미치면 이제 어떻게 하겠습니까? 혹시나 신문의 습득물란에 반지를 주웠다는 광고가 있는지 확인하려고 석간신문을 샅샅이 뒤지겠죠. 마침내 광고를 본 순간 눈이 번쩍할 겁니다. 함정일지도 모른다고 겁을 먹을 이유가 어디 있습니까? 그가 보기에 반지를 주운 사람이 반지와 살인 사건을 연관 지어 생각할 이유가 전혀 없지 않습니까. 올 겁니다. 반드시 와요. 한 시간 안에 만나게 될 겁니다."

"그러면요?"

내가 되물었다.

"그자는 제게 맡겨두십시오. 혹시 무기가 있습니까?"

"군대에서 쓰던 낡은 권총과 탄창이 몇 개 있습니다만."

"총을 청소하고 장전을 하는 편이 좋을 겁니다. 그자는 지금 절박한 상태일 테니까요. 불시에 제압하겠지만 대비해서 나쁠 건 없죠."

나는 방으로 돌아가 말대로 했다. 권총을 가지고 거실로 돌아오자 저녁은 말끔히 치워져 있었다. 홈스는 가장 좋아하는 일에 푹 빠져 있었다. 바이올린을 제멋대로 켜는 것 말이다.

"이야기가 복잡해지는군요."

거실로 돌아오는 나를 보더니 홈스가 말문을 열었다.

"방금 미국에서 답신을 받았습니다. 모두 짐작한 대로였습니다."

"그렇다면?"

내가 귀를 쫑긋 세우며 물었다.

"바이올린의 현을 새로 갈아야겠군요. 박사님, 총을 주머니에 넣으십시오. 그자가 오면 평소처럼 자연스럽게 말씀하세요.

나머지는 내게 맡기면 됩니다. 너무 빤히 쳐다봐서 그자가 경계하지 않도록 주의하시고요."

"이제 8시군요."

나는 시계를 힐끔 보며 말했다.

"네. 몇 분 안에 도착할 겁니다. 문을 살짝 열어두십시오. 그 정도면 됩니다. 이제 열쇠를 안쪽에 끼우세요. 고맙습니다! 이 책은 어제 좌판에서 구입했습니다. 좀 별난 고서죠. 『국제법』이라는 책인데, 1642년 롤런스의 리에주에서 라틴어로 출판되었습니다. 이 갈색 책등의 자그마한 책이 출간되었을 때만 해도 찰스 1세의 목은 어깨 위에 딱 붙어 있었죠."

"인쇄업자가 누굽니까?"

"필립 드 크로이라고 하는데, 어떤 사람인지는 모르겠습니다. 표지 안쪽의 백지에는 라틴어로 '굴리엘미 화이트의 장서'라고 적혀 있군요. 잉크가 희미하게 바랬어요. 영어식으로는 윌리엄 화이트가 되겠죠. 이 사람이 누군지 궁금합니다. 17세기에 살았던 실용주의 성향의 변호사가 아니었을까 싶습니다. 필체를 보면 법률가 특유의 버릇 같은 게 보이거든요. 마침내 우리의 주인공이 등장하셨군요."

그가 말하자마자 초인종이 날카롭게 울렸다. 셜록 홈스는 살며시 일어나더니 의자를 문 쪽으로 옮겼다. 하녀가 복도를 지나가는 발소리에 이어 딸깍하고 걸쇠를 열어 하숙집 현관문을 여는 소리가 들렸다.

"여기가 왓슨 박사님 댁인가요?"

약간 쉰 듯한 목소리가 또렷하게 들렸다. 하녀의 대답은 들리지 않았지만 문이 닫히는 소리는 들렸다. 이윽고 누가 계단을 올라왔다. 발걸음 소리는 잘 들리지 않았지만 발을 질질 끄는 것 같았다. 발소리에 정신을 집중하고 있던 홈스의 얼굴에 놀라움이 스치는 모습을 나는 놓치지 않았다. 천천히 복도를 걷는 소리가 들리나 싶더니 누가 문을 살짝 두드렸다.

"들어오세요!"

내가 소리쳤다.

방으로 들어온 사람은 우리가 기대한 우락부락한 남자가 아니라 쪼글쪼글한 노파였다. 노파는 갑작스레 쏟아진 빛에 눈부셔 했다. 고개를 숙여 인사를 하고는 우리를 향해 침침한 눈을 껌벅거렸다. 긴장을 했는지 벌벌 떨리는 손으로 주머니를 뒤지기 시작했다. 홈스를 슬쩍 보니 어찌나 낙담한 표정인지 나는 아무렇지도 않은 척하는 수밖에 없었다. 노파는 주머니에서 석간신문을 꺼내 광고를 가리켰다.

"이 광고를 보고 왔어요, 신사 양반들."

그녀는 한 번 더 꾸벅 절을 하고는 말을 이었다.

"브릭스턴 로드에서 발견한 금반지 말이에요. 딸 샐리가 잃어버린 거라우. 이번 달에 그 애가 결혼한 지 꼭 일 년이 되었지요. 사위가 유니언사社 증기선의 승무원인데, 집에 돌아와서 딸애가 반지를 잃어버린 걸 알면 뭐라고 할지 생각도 하기 싫어요. 사위는 기분이 아주 좋을 때도 곰살맞게 구는 법이 없다우. 그런데 술에 취해 있을 때가 더 많지 뭐유. 반지를 어쩌다가 잃어버렸느냐면, 샐리가 어젯밤에 서커스를 보러 갔는데……."

"따님의 반지가 맞습니까?"

내가 불쑥 물었다.

"아이고, 하느님 감사합니다! 샐리가 반지를 보면 얼마나 좋아할지. 네, 그 애 반지가 맞네요."

노파가 반색을 하며 대답했다.

"주소가 어떻게 되십니까?"

내가 연필을 집어 들며 물었다.

"하운즈디치, 덩컨 스트리트 13번지라우. 여기서 꽤 멀어요."

"하운즈디치에서 서커스를 보러 가려면 브릭스턴 로드를 지나가지 않을 텐데요."

느닷없이 셜록 홈스가 질문을 던졌다.

노파는 고개를 돌리고 가장자리가 붉어진 눈으로 홈스를 잠시 노려보았다. 그러더니 대답했다.

"신사분은 내 주소를 물어보셨잖수. 샐리는 페컴 메이필드 플레이스 3번지 셋방에 살아요."

"그러면 성함이?"

"소여라우. 딸은 이제 데니스고. 톰 데니스와 결혼을 했거든. 깔끔하고 영리한 청년이랍니다. 적어도 바다에 나가 있을 때는 그래요. 회사에서 사위만 한 승무원이 없어요. 그런데 육지에만 오면 여자에 술에……."

"반지 여기 있습니다, 소여 부인."

나는 홈스의 신호에 따라 말을 뚝 잘랐다.

"따님의 반지가 분명하군요. 주인에게 돌려드릴 수 있어서 무척 기쁩니다."

노파는 축복과 감사의 말을 끝도 없이 주절거리면서 반지를 주머니에 챙겨 넣고 발을 질질 끌며 계단을 내려갔다. 노파가 가자마자 셜록 홈스가 의자에서 벌떡 일어나 자기 방으로 들어갔다. 잠시 후 얼스터코트■를 껴입고 머플러를 한 그가 거실로 다시 나왔다.

"저 노파를 미행해야겠습니다. 분명히 공범일 테니까요. 그 자가 있는 곳으로 안내해주겠죠. 자지 말고 기다려주세요."

■ 빅토리아시대 남성들의 외투로 망토와 소매가 모두 달려 있는 것이 특징이다. 트위드, 헤링본 등의 질긴 직물로 만든다.

그의 목소리가 다급했다.

노파가 나가고 하숙집 현관문이 닫히자마자 셜록 홈스 서둘러 계단을 내려갔다. 창문으로 보니 노파가 맞은편으로 길을 건넌 후 흐느적거리듯 걸어가고 있었다. 그 뒤를 홈스가 조금 거리를 두고 따라갔다.

"홈스가 완전히 헛다리를 짚은 게 아니라면 조만간 수수께끼의 심장부에 도착하겠군."

나는 혼잣말을 했다.

홈스는 기다리라고 했지만 사실 당부할 필요도 없었다. 미행 결과를 듣기 전에는 절대 잠들 수 없을 것 같았다.

그는 9시가 다 되어서 집을 나섰다. 언제쯤 돌아올지 짐작조차 할 수 없었다. 나는 파이프 담배를 뻐끔뻐끔 피우며 앙리 뮈르제의 『보헤미안의 생활 정경』을 여기저기 넘겨 읽으면서 시간을 보냈다. 10시가 넘어가자 서둘러 자러 가는 하녀의 발소리가 들렸다. 11시가 되자 하녀와 같은 이유로 방문 앞을 지나가는 집주인의 둔중한 발소리가 들렸다. 건물 현관 열쇠를 돌리는 소리가 딸깍하고 들린 것은 12시가 다 되어서였다. 홈스가 방에 들어서는 순간 표정을 보고 미행 결과가 신통치 않다는 사실을 직감했다. 그의 마음속에서 유쾌함과 분함이 서로 우위를 차지하려고 다투는 듯했다. 마침내 유쾌함이 승리했는지 와락 웃음이 터져 나왔다.

"나는 런던 경찰청의 친구들에게 절대로 이 일을 말하지 않을 겁니다!"

그가 의자에 털썩 앉으며 말문을 열었다.

"지금껏 그 친구들을 너무나 놀려먹어서 이 일을 말해주면 계속 놀림당할 게 분명하거든요. 그렇다고 기죽을 필요는 없습니다. 어차피 결국에는 내가 그들을 실컷 비웃어줄 수 있을 테니까요."

"도대체 어떻게 되었습니까?"

내가 물었다.

"내 얼굴에 침 뱉기지만 털어놓아도 상관없습니다. 노파가 잠시 걷더니 절뚝거리기 시작했습니다. 발이 아픈 티를 실컷 내다가 잠시 후에 우뚝 서서 지나가는 사륜마차를 잡더군요. 나는 노파가 마부에게 주소를 뭐라고 말하는지 들어보려고 좀더 가까이 다가갔습니다. 하지만 그럴 필요도 없었습니다. 어찌나 큰 소리로 주소를 말하는지 길 맞은편까지 쩌렁쩌렁 울릴 정도였거든요. '하운즈디치, 덩컨 스트리트 13번지로 갑시다'라더군요. 이쯤 되니 슬슬 진짜처럼 보이지 뭡니까. 노파가 마차에 올라타는 것을 확인한 후에 마차 뒤에 잽싸게 매달렸습니다. 탐정이라면 완벽하게 구사해야 할 기술이죠. 노파가 말한 거리까지 덜컹거리며 가는 동안 마차는 한 번도 서지 않았습니다. 나는 집 앞에 도착하기 전에 마차에서 훌쩍 뛰어내렸습니다. 느긋하게 거리를 따라 걷기 시작했죠.

마침내 마차가 서더군요. 마부가 마부석에서 훌쩍 뛰어내렸습니다. 나는 근처에서 마부가 문을 열고 노파가 내리길 기다리는 모습을 지켜봤습니다. 그런데 아무도 안 나오는 겁니다. 마부에게 가보니 텅 빈 마차를 보고 기겁을 해서는 안을 마구 더듬으며 손님을 찾고 있었습니다. 난생처음 듣는 걸쭉한 욕설을 한바탕 퍼붓더군요. 노파는 어디에도 없었습니다. 마부가 차비를 받으려면 시간이 좀 걸릴 거예요. 13번지에 사는 사람들에게 알아보니 그 집은 점잖은 도배공인 케스윅이라는 사람의 집이었고 근처에 사는 소여나 데니스라는 사람을 아는 주민은 아무도 없었습니다."

"설마 몸도 성치 않아 보이던 노파가 당신이나 마부의 눈에 띄지 않고 달리는 마차에서 몰래 내렸다는 겁니까?"

나는 호기심을 이기지 못하고 물었다.

"노파는 무슨! 제길!"

셜록 홈스가 날카롭게 되받았다.

"늙은 여편네가 아닙니다. 우리가 완전히 속아넘어간 겁니다. 분명 젊은 남자였을 겁니다. 힘이 펄펄 넘치고 누구보다 뛰어난 배우이기도 하죠. 변장 솜씨도 훌륭했습니다. 미행을 알아차린 겁니다. 상황을 이용해 역으로 나를 속였죠. 나는 우리가 추적중인 남자가 혼자 움직인다고 생각했습니다. 다시 보니 그를 위해 위험을 각오한 친구들이 주위에 있는 게 분명합니다. 아이쿠, 박사님, 피곤해 보이시는군요. 자, 어서 들어가서 푹 쉬십시오."

확실히 몹시 피곤했으므로 그의 말에 따랐다. 나는 불이 활활 타오르는 벽난로 앞에 앉아 있는 홈스를 방해하지 않고 거실을 나왔다. 그곳에서는 밤이 깊도록 낮고 음울한 바이올린 소리가 들려왔다. 홈스는 파헤치기로 작정한 괴상한 사건의 진상을 밤늦도록 고민한 것이 틀림없었다.

터바이어스 그레그슨의 활약

6.

다음날 신문마다 언론이 '브릭스턴 살인 사건'이라고 이름을 붙인 사건에 대한 기사들이 지면을 가득 메웠다. 신문마다 관련 기사를 길게 실었고 일부는 사설도 실었다. 신문에는 미처 몰랐던 사실도 나와 있었다. 지금도 내 스크랩북에는 당시 신문에서 잘라둔 기사와 글들이 많이 남아 있다. 다음은 그중 몇 가지를 요약한 내용이다.

《데일리 텔레그래프》는 범죄 역사상 이렇게 괴상한 단서가 많은 사건은 드물다고 논평했다. 피해자의 독일식 이름하며 살해 동기가 뚜렷이 드러나지 않는 점, 벽에 적힌 글자에서 느껴진 불길한 분위기 등이 모두 정치적 난민과 혁명주의자들이 저지른 범행임을 보여준다고도 했다. 사회주의자들은 미국에 지부를 많이 두고 있는데, 고인은 분명히 그자들의 암묵적인 규칙을 깨뜨려 런던까지 추적을 당했을 것이라고 했다. 기사는 중세 독일의 비밀 법정 펨게리히트와 독이 든 화장수 아콰 토파나, 이탈리아 비밀결사 카르보나리당, 독살범 브랭빌리에 후작부인, 다윈 이론, 맬서스의 원칙들, 랫클리프 하이웨이 살인 사건 등을 줄줄이 언급한 후 정부를 비난하고 영국에 거주하는 외국인들을 더 철저하게 지켜보아야 한다는 주장을 옹호하며 끝을 맺었다.

《스탠더드》는 이번 사건과 같은 무법 행위가 자유당 정권하에서 흔히 발생했다는 사실을 지적했다. 이런 무법 행위들은 대중이 불안을 느끼고 모든 권위가 약화되었을 때 발생한다는 것이다. 고인은 미국인 신사로 런던에서 몇 주 동안 체류했다. 그는 캠버웰의 토키 테라스에 있는 마담 샤르팡티에의 하숙집에서 지냈다. 여행을 하는 동안 비서인 조지프 스탠저슨 씨가 동행을 했다. 두 사람은 화요일인 이번 달 4일 리버풀 특급열차를 타야 한다며 하숙집 주인에게 작별을 고한 후 유스턴 역으로 갔다. 두 사람은 역의 승강장에서 목격되었다. 이후 알려진 대로 유스턴 역에서 수 킬로미터 떨어진 브릭스턴 로드의 빈집에서 시신으로 발견될 때까지 드레버 씨의 행적은 전혀 밝혀지지 않았다. 고인이 어떻게 그곳에 갔는지, 어쩌다 목숨을 잃게 되었는지 여전히 미궁에 빠져 있다. 비서인 스탠저슨 씨의 행방도 묘연하다. 런던 경찰청의 레스트레이드 형사와 그레그슨 형사가 사건을 함께 수사중이라는 사실을 환영하는 바이며 이 유명한 형사들이 사건을 해결할 실마리를 찾아내기를 희망한다는 내용이었다.

《데일리 뉴스》는 정치적인 목적으로 행해진 범죄가 틀림없다고 주장했다. 유럽 각국의 정부에 자유주의를 증오하고 억압하는 기조가 만연해지자 많은 사람들이 고국을 버리고 영국으로 몰려들었다. 조국에서 겪은 일로 이상해지지 않았다면 분명 훌륭한 시민이 되었을 사람들이다. 이들 사이에는 어기면 죽음으로 처벌받는 엄중한 규칙이 있다. 그러므로 백방으로 움직여 고인의 비서를 찾아내 고인의 평소 행동에 어떤 특이한 점이 있었는지 알아내야 한다. 그들의 하숙집을 알아낸 덕분에 사건 해결에 한발 다가가게 되었다. 그것은 전적으로 런던 경찰청 소속 그레그슨 형사의 예리하고 적극적인 수사 덕분이라고 씌어 있었다.

셜록 홈스와 나는 아침을 먹으며 이런 기사들을 읽었다. 그는 기사들이 무척 재미있는 모양이었다.

"내가 말하지 않았습니까, 무슨 일이 일어나든 결국 그레그슨과 레스트레이드의 공이 될 거라고."

"그거야 앞으로 상황이 전개되는 방향에 달린 거 아닙니까."

"오, 순진하시기는. 그런 건 아무래도 상관없습니다. 범인이 잡히면 그들이 노력한 '덕분'이죠. 만약 도주한다면 그들의 노력에도 '불구하고' 그렇게 된 겁니다. 앞면이 나오면 내가 이기고 뒷면이 나오면 당신이 지는 거란 말입니다. 그들이 뭘 하든 편드는 사람들이 있겠죠. '바보는 언제나 자신이 숭배할 더 대단한 바보를 찾아낸다'는 말도 있지 않습니까."

바로 그때 복도와 계단을 올라오는 발걸음 소리가 요란하게 들리더니 집주인이 넌더리가 난다는 듯 툴툴거리는 소리가 이어졌다.

내가 놀라 소리쳤다.

"밖이 왜 이리 소란스럽지?"

"베이커 스트리트 탐정단입니다."

어리둥절해하는 내게 셜록 홈스가 진지하게 말해주었다. 그가 대답을 하자마자 소년 여섯 명이 방으로 우르르 몰려 들어왔다. 이렇게 허름한 차림에 지저분한 부랑아들은 난생처음 보았다.

"주목!"

홈스가 날카로운 목소리로 외쳤다. 그 소리에 부랑아들이 한 줄로 똑바로 섰다. 흡사 볼품없는 작은 조각상 여섯 개라도 된 듯 말이다.

"앞으로 보고를 할 때는 위긴스 혼자만 올려 보내도록. 나머지는 길에서 기다리고. 그래, 내가 말한 건 찾았나, 위긴스?"

"아뇨, 아직 못 찾았어요."

아이 한 명이 대답했다.

"그럴 거라고 기대는 하지 않았다. 포기하지 말고 계속 찾도록. 자, 수고비다."

그는 아이들에게 일 실링씩 나눠주었다.

"이제 가보거라. 다음에는 더 좋은 소식을 가지고 오면 좋겠구나."

홈스가 가라고 손짓을 하자 아이들은 쥐새끼들처럼 우르르 계단으로 내려갔다. 이내 저 아래 길거리에서 새된 목소리들이 들려왔다.

"경찰 열두 명보다 저런 부랑아 한 명이 더 많은 일을 할 수 있습니다. 사람들은 경찰 제복만 봐도 입을 꽉 다물어버리거든요. 하지만 저런 아이들은 못 가는 곳이 없고 못 듣는 말이 없습니다. 게다가 얼마나 꾀가 많은지 몰라요. 저런 아이들은 체계적인 조직으로 엮어주기만 하면 됩니다."

"브릭스턴 사건 때문에 저 아이들을 부른 겁니까?"

"그렇습니다. 확실히 해두고 싶은 사실이 있거든요. 이제 기다리기만 하면 됩니다. 이게 누구야! 이제 곧 새로운 소식을 잔뜩 듣겠군요. 그레그슨이 팔복八福을 얻은 얼굴로 오고 있습니다. 여기로 오는 중이겠죠. 뻔해요. 역시, 이제 멈추겠군요. 왔습니다!"

다급하게 눌러대는 초인종 소리가 났다. 곧이어 금발머리 형사가 한 번에 세 계단씩 훌쩍 올라와 우리가 있는 거실로 불쑥 들어왔다.

"안녕하십니까."

그는 별 반응도 보이지 않는 홈스의 손을 꽉 쥐며 인사를 했다.

"축하해주시지요! 내가 모든 상황을 명명백백하게 밝혀냈습니다."

그 순간 나는 홈스의 얼굴을 스쳐지나가는 불안의 그림자를 얼핏 보았다.

"그 말은 유력한 단서를 추적중이라는 뜻입니까?"

홈스가 되물었다.

"단서라뇨! 범인을 검거했습니다."

"그자의 이름이 뭔가요?"

"해군 중위인 아서 샤르팡티에입니다."

그레그슨은 통통한 손을 마주 비비고 가슴을 한껏 부풀리며 의기양양하게 알렸다.

홈스가 안도의 한숨을 쉬며 미소를 지었다.

"앉아서 시가 한 대 피우십시오. 도대체 어떻게 해내신 건지 박사님과 나는 궁금해서 견딜 수가 없군요. 물을 탄 위스키 좀 드시겠습니까?"

"한잔 주시죠. 요 이틀 동안 어찌나 용을 썼는지 이제 녹초가 되었지 뭡니까. 이해하시겠지만 몸이 힘들다기보다 정신적인 부담이 컸죠. 셜록 홈스 씨라면 이 고충을 잘 아실 겁니다. 홈스 씨나 나나 정신노동을 하는 사람들이니까요."

형사가 말했다.

홈스가 진지한 태도로 대꾸했다.

"나를 너무 치켜세우는군요. 이제 형사님이 어떻게 기쁘기 한량없는 결과를 거두었는지 들어볼까요."

형사는 안락의자에 자리를 잡더니 편안하게 시가를 피웠다. 그러더니 느닷없이 좋아죽겠다는 듯 손바닥으로 자신의 허벅지를 찰싹 치고는 소리쳤다.

"우스워죽겠군요. 자기가 잘난 줄 아는 멍청이 레스트레이드 형사는 완전히 엉뚱한 수사 방향을 잡았거든요. 그는 비서인 스탠저슨을 추적하는 중이죠. 하지만 비서는 갓난아기만큼이나 사건과 무관합니다. 지금쯤이면 레스트레이드 형사에게 잡혔겠군요."

그 생각에 웃음이 터져 나오는지 그레그슨은 숨이 막힐 정도로 껄껄거리며 한참을 웃어댔다.

"형사님은 어떻게 단서를 찾으셨습니까?"

"말씀드리죠. 왓슨 박사님, 이건 우리끼리만 하는 이야기입니다. 우리는 일단 죽은 미국인의 마지막 행적을 알아내야 했습니다. 다른 형사들은 광고를 내고 제보를 기다리거나 관련자가 나타나 정보를 제공해주기를 기다리죠. 하지만 이 터바이어스 그레그슨은 그런 식으로 일을 하지 않습니다. 혹시 시신 옆에 떨어져 있던 모자를 기억하십니까?"

"네. 캠버웰 로드 129번지에 있는 존 언더우드 앤드 선스 제품이었죠."

홈스가 곧장 대답했다.

그레그슨은 갑자기 김이 팍 샌 것처럼 보였다.

"언제 보셨는지 모르겠군요. 상점에 가보셨습니까?"

"아닙니다."

"하! 아무리 단서가 시시해 보여도 절대 무시해서는 안 되는 법이죠."

그레그슨이 안심한 목소리로 말하자 홈스가 설교하듯 딱딱하게 대꾸했다.

"위대한 지성을 갖춘 사람은 아무것도 시시하게 여기지 않습니다."

“뭐, 그래서 나는 언더우드를 찾아갔죠. 모자의 크기와 특징을 알려주고 그런 모자를 판 적이 있는지 물었습니다. 언더우드는 장부를 보더니 금방 찾아내더군요. 모자를 산 사람은 드레버 씨고 주소는 토키 테라스에 있는 마담 샤르팡티에의 하숙집이라고요. 바로 그렇게 그자의 주소를 알아낸 겁니다.”

“영리해요, 정말 영리합니다!”

셜록 홈스가 웅얼거리듯 말했다.

“나는 곧장 마담 샤르팡티에를 찾아갔습니다. 부인은 안색이 창백한 것이 큰 고민거리라도 있는 듯하더군요. 마침 마담의 딸도 같이 있었습니다. 예쁘장한 아가씨였어요. 그런데 눈가가 붉어져 있고 내가 말을 하면 입술을 바들바들 떨었습니다. 그 모습을 놓칠 리 없죠. 수상한 냄새가 났습니다. 홈스 씨도 그 느낌 아실 겁니다. 방향을 제대로 잡았을 때 온몸에 짜릿한 전율이 확 퍼지는 느낌 말입니다. 나는 물었습니다.

‘이곳에 묵었던 클리블랜드의 이녁 J. 드레버 씨가 살해되었다는 소식을 들으셨습니까?’

마담이 고개를 끄덕였습니다. 한데 영 이야기를 나눌 만한 상태가 아닌 듯했습니다. 그때 딸이 왈칵 울음을 터뜨리더군요. 분명히 뭔가를 알고 있다고 확신했죠.

그래서 다시 물었습니다.

'드레버 씨가 기차를 타려고 집에서 몇 시에 나갔습니까?'

'8시요.'

마담은 두려움을 가라앉히려는지 침을 꿀꺽 삼키며 대답했습니다.

'비서인 스탠저슨 씨가 목적지까지 가는 기차편이 두 개 있다고 하셨어요. 하나는 9시 15분발이고 다른 하나는 11시발이라고요. 그분은 먼저 출발하는 기차를 탈 생각이었어요.'

'그럼 비서를 마지막으로 본 사람이 당신인가요?'

질문을 듣자마자 마담의 표정이 무시무시하게 변하더군요. 말 그대로 안색이 시퍼렇게 질린 겁니다. 잠깐 주저하다 '네'라고 딱 한마디만 하더군요. 목소리가 착 가라앉아서 부자연스러웠어요.

아무도 선뜻 입을 열지 않았습니다. 그런데 딸이 차분하고 맑은 목소리로 말하는 겁니다.

'어머니, 거짓말을 해봐야 좋을 게 없어요. 형사님에게 사실대로 털어놓아요. 우리는 드레버 씨를 한 번 더 봤잖아요.'

'신이 너를 용서하시길! 너는 지금 네 오빠를 죽인 거야!'

마담이 양팔을 벌리고 의자에 털썩 주저앉으며 소리쳤습니다.

'오빠도 우리가 사실대로 말하기를 바랄 거예요.'

딸의 태도는 확고했습니다.

그래서 제가 말했죠.

'이제부터 모든 사실을 말해주시는 편이 좋을 겁니다. 어중간하게 털어놓는 건 아예 입을 다무는 것보다 나빠요. 우리 경찰이 그 일에 대해 얼마나 아는지도 모르지 않습니까.'

내 말에 마담이 울부짖었습니다.

'앨리스, 이건 다 네 탓이야!'

그러더니 나를 돌아보며 말했습니다.

'전부 말씀드리겠어요, 형사님. 부탁드리는데, 제 아들이 그 끔찍한 사건에 관련되었을까 봐 제가 이렇게 괴로워한다는 생각은 말아주세요. 그 아이는 결백해요. 그런데도 형사님과 다른 사람들의 눈에 그 애가 저지른 사건처럼 보일까 봐 두려운 거예요. 절대 그럴 리가 없어요. 그 아이는 군인인데다 고귀한 성품을 지녔어요. 지금까지의 평소 행동을 봐도 절대 그런 행동을 할 리가 없다고요.'

'지금은 모든 사실을 빠짐없이 말씀해주시는 게 최선입니다. 그에 따라서 아드님이 결백하다면 아무 일도 없을 겁니다.'

내가 설득을 했죠.

'앨리스, 잠시 나가 있거라.'

마담의 말에 딸이 방을 나갔습니다.

'형사님. 저는 이 이야기를 털어놓을 생각이 전혀 없었어요.

하지만 가련한 딸아이가 말해버렸으니 어쩔 수가 없군요. 말씀을 드리기로 결심을 했으니 하나도 빠짐없이 말씀드리겠어요.'

'현명한 판단입니다.'

'드레버 씨는 우리집에 삼 주 가까이 있었어요. 그 사람과 비서인 스탠저슨 씨는 유럽을 여행중이었죠. 두 신사의 가방에 코펜하겐 꼬리표가 있었던 걸로 봐서 그곳에서 런던으로 온 것 같았어요. 스탠저슨 씨는 조용하고 점잖은 분이었지만 그분의 고용주는, 이런 말 미안하지만, 정반대였어요. 평소 행실이 거칠고 기질이 야만적이었죠. 여기 도착한 날 밤부터 코가 비뚤어지게 술을 마시더라니까요. 다음날 정오가 지나도록 술이 안 깰 정도였어요. 하녀들을 대할 때면 역겨울 정도로 치근덕거리며 천박하게 굴었어요. 게다가 어느새 제 딸 앨리스에게도 그렇게 대하지 않겠어요. 정말 최악이었어요. 몇 번이나 엉큼한 말을 했는데 천만다행으로 순진한 제 딸은 제대로 알아듣지 못했어요. 한번은 앨리스를 붙잡아 억지로 끌어안기도 했지요. 오죽했으면 그런 난폭한 행동을 보고 스탠저슨 씨가 신사답지 못한 행동이라며 나무랐겠어요.'

'그렇게 무례한 자를 왜 그대로 둔 겁니까? 내보내면 되지 않습니까.'

질문이 정곡을 찔렀는지 마담은 얼굴을 붉혔죠.

'그 사람이 도착한 날 바로 내보냈다면 얼마나 좋았겠어요. 하지만 유혹을 물리치기가 쉽지 않았답니다. 그 사람들은 한 사람당 하루 숙박비를 일 파운드나 냈어요. 일주일이면 십사 파운드라고요. 요새 불경기잖아요. 저는 남편도 없는데다 해군에 있는 아들한테 돈이 많이 들어가죠. 이런 형편에 그 돈을 포기하자니 아깝더라고요. 그래서 실익을 고려해 최선의 결정을 내린 거였어요. 하지만 요 며칠은 해도 해도 너무하더군요. 기회 삼아 나가라고 했어요. 그래서 떠난 거죠.'

'그래서요?'

'그 사람이 떠나는 모습을 보니 속이 후련하더군요. 마침 제 아들이 휴가를 나왔거든요. 하지만 이런 사정에 대해서 일언반구도 안 했어요. 성격이 불같은데다가 제 동생을 끔찍이 아끼니까요. 두 사람을 내보내고 문을 닫는데 가슴에 올려놓은 돌덩이를 내려놓는 기분이었죠. 그런데 한 시간이 좀 안 돼서 초인종이 울리는 거예요. 세상에, 드레버 씨가 되돌아왔더라고요. 술에 취해 잔뜩 흥분한 것 같았어요. 드레버 씨는 앨리스와 제가 있는 방에 억지로 들어와서는 기차를 놓쳤다면서 주절거리기 시작했어요. 그러더니 제 면전에서 앨리스에게 같이 도망을 치자고 하지 뭐예요.

"아가씨도 이제 성인이잖아. 그러니 법으로 아가씨를 막을 수 없다고. 돈이라면 잔뜩 있어. 저 늙은 아줌마는 신경쓰지 말고 지금 당장 나랑 같이 가. 공주처럼 살게 해줄게.”

불쌍한 딸아이는 겁에 질려서 도망치려고 했어요. 그랬더니 손목을 잡고 여기서 끌고 나가려는 거예요. 제가 비명을 질러대니까 소리를 듣고 아서가 뛰어들어왔어요. 그 후 무슨 일이 일어났는지는 몰라요. 욕설이 들리고 몸싸움을 하는지 이상한 소리가 들렸죠. 무서워서 감히 고개도 못 들겠더라고요. 간신히 고개를 드니 아서가 문가에 서서 손에 몽둥이를 쥐고 껄껄 웃고 있었어요.

“그 자식은 다시는 우리를 괴롭히지 못할 거예요. 지금 당장 뒤를 따라가서 무슨 짓거리를 하는지 보고 올게요.”

그러고는 아서가 모자를 쓰고 거리로 나갔어요. 이튿날 아침 드레버 씨가 의문의 죽음을 맞았다는 소식을 들었고요.’

마담 샤르팡티에가 진술을 끝낼 때까지 얼마나 탄식을 하고 말을 한참이나 잇지 못했는지 모릅니다. 때때로 목소리가 너무 낮아서 잘 알아듣지 못할 때도 있었죠. 하지만 모든 말을 속기로 기록해뒀기 때문에 잘못 이해했을 가능성은 없습니다.”

“정말 흥미진진한 이야기로군요. 그래서 어찌되었습니까?”

홈스가 하품을 하며 물었다.

“마담 샤르팡티에가 말을 끝내자 한 가지만 확인하면 사건을 해결하겠다는 생각이 들더군요. 그래서 여자들에게 효과가 좋은 방법을 썼죠. 마담의 눈을 뚫어지게 바라보며 아들이 몇 시에 돌아왔는지 물었습니다. 그녀는 이렇게 대답하더군요.

'몰라요.'

'모른다고요?'

'네, 몰라요. 아서는 열쇠가 있으니까 직접 열고 들어왔을 거예요.'

'마담이 잠자리에 든 후였습니까?'

'네.'

'잠자리에 든 시간은?'

'11시쯤이었어요.'

'그렇다면 아드님이 집을 비운 시간은 최소 두 시간이군요.'

'네.'

'네댓 시간일지도 모르고요?'

'네.'

'그 시간 동안 뭘 했을까요?'

'나도 모르죠.'

이렇게 대답하는 마담은 입술까지 하얗게 질렸죠. 물론 이후로는 더이상 할 일이 없었습니다. 나는 샤르팡티에 중위가 있는 곳을 알아낸 뒤 경관 두 명에게 찾아오라고 해서 체포했습니다.

어깨를 짚으면서 조용하게 함께 가자고 했더니 뻔뻔스럽게 이러더군요.

'그 자식이 죽은 것과 내가 무슨 관계가 있다고 생각하는군요. 그래서 체포하려는 거 아닌가요.'

우리는 사건에 대해서는 입도 벙긋하지 않았습니다. 묻지도 않았는데 사건을 들먹이니 그보다 더 의심스러울 수 있겠습니까."

"그렇군요."

홈스가 맞장구를 쳤다.

"샤르팡티에는 드레버를 쫓아갔을 때 들고 있었다고 마담이 증언한 묵직한 몽둥이를 여전히 가지고 있었습니다. 떡갈나무로 만든 단단한 곤봉이었죠."

"그래서 형사님의 가설은 뭡니까?"

"내 가설은 이렇습니다. 아서 샤르팡티에는 드레버를 브릭스턴 로드까지 뒤따라갔습니다. 그곳에 도착했을 즈음 두 사람이 다시 말다툼을 벌였습니다. 그러다가 아서가 드레버의 복부에 곤봉을 휘둘렀죠. 아마도 명치를 맞혔을 겁니다. 그래서 외상을 전혀 입히지 않고 죽인 겁니다. 마침 그날 밤에는 비가 와서 아무도 집밖을 돌아다니지 않았죠. 그래서 시신을 빈집으로 끌고 갔습니다. 양초며 핏자국, 벽에 씌어 있던 글자, 반지 같은 것들은 경찰을 엉뚱한 방향으로 유인하려는 술책에 불과했던 겁니다."

"훌륭하군요!"

홈스가 격려라도 하듯 말했다.

"정말이지, 그레그슨 형사님, 아주 잘하고 계시군요. 분명히 앞으로도 승승장구하시겠습니다."

"깔끔한 일처리는 내가 생각해도 자랑스럽습니다."

형사가 우쭐해서 대답했다.

"아서가 자발적으로 진술을 했습니다. 드레버를 잠시 따라가기는 했지만 드레버는 아서의 미행을 알아차리고 그를 떼버리기 위해 마차를 잡아탔다더군요. 집에 오다가 같은 배를 탔던 동료를 만나서 산책을 길게 했답니다. 그런데 그 동료가 어디에 사는지 물었더니 대답을 제대로 못 하지 뭡니까. 모든 정황이 딱 떨어지지 않습니까. 레스트레이드 형사를 생각하면 웃음이 나네요. 완전히 엉뚱한 수사 방향을 잡아서. 그래가지고 사건을 제대로 해결할 수 있을지 모르겠어요. 어이쿠, 호랑이도 제 말하면 온다더니!"

정말 레스트레이드였다. 우리가 이야기를 나누는 동안 거실로 들어온 것이다. 그런데 평소 그의 태도와 옷차림에서 느껴지던 자신감과 쾌활함은 온데간데없었다. 혼란스럽고 고통에 차

보였다. 옷매무새는 어수선하게 흐트러져 있었다. 그는 셜록 홈스에게 자문하려고 온 게 틀림없었다. 왜냐하면 동료를 알아보자마자 당황하며 곤혹스러운 표정을 지었기 때문이다. 그는 방 한가운데에 우두커니 서서 모자를 신경질적으로 만지작거렸다. 뭘 어떻게 하면 좋을지 모르는 것 같았다. 그러더니 마침내 말문을 열었다.

"이렇게 희한한 사건은 처음 봅니다. 도무지 이해가 안 되네요."

그레그슨이 의기양양해 소리쳤다.

"아하, 레스트레이드 자네는 그렇게 보는군. 자네가 그런 결론을 내릴 줄 알았어. 그건 그렇고 스탠저슨은 찾았나?"

레스트레이드는 침중한 목소리로 대답했다.

"그자는 오늘 아침 6시경에 할리데이 프라이빗 호텔에서 살해되었네."

어둠 속의 불빛

7.

레스트레이드가 전한 소식은 아무도 예상하지 못한 심각한 내용이었기에 우리 세 사람은 그저 어안이 벙벙할 따름이었다. 그레그슨은 안락의자에서 벌떡 일어나다가 위스키가 남아 있던 술잔을 엎기까지 했다. 나는 아무 말도 못 한 채 셜록 홈스만 바라보았다. 그는 입술을 꽉 다물고 눈썹을 잔뜩 찌푸리고 있었다.

"스탠저슨까지! 이야기가 더 복잡해졌군."

홈스가 중얼거렸다.

"이 사건이 아니어도 충분히 복잡하지 않았습니까. 마치 전시 작전 회의실에 와 있는 기분이군요."

레스트레이드는 툴툴거리며 자리를 잡고 앉았다.

"자, 자, 자네, 그 이야기가 사실이라고 확신하나?"

그레그슨이 말까지 더듬었다.

"지금 그 호텔에서 오는 길이야. 사건 현장을 제일 처음 발견한 사람이 나라네."

레스트레이드가 쐐기를 박았다.

"지금까지 사건에 대한 그레그슨 형사님의 의견을 들었습니다. 형사님도 무엇을 목격했고 어떤 조치를 취했는지 들려주시겠습니까?"

홈스가 말했다.

"네, 그러죠."

레스트레이드가 대답했다.

"솔직히 스탠저슨이 드레버의 살인에 관련되었을 거라고 생각했습니다. 사건이 전개되는 양상을 보니 완전히 오판을 했습니다만. 나는 스탠저슨에게만 집중하면서 그는 어떻게 되었는지 알아내야겠다고 마음먹었습니다. 3일 저녁 8시 반경에 유스턴 역에서 두 사람이 함께 있는 모습을 목격한 사람이 있습니다. 그리고 새벽 2시에 드레버는 브릭스턴 로드에서 시신으로 발견되었습니다. 일단 나는 스탠저슨이 8시 반부터 드레버가 살해될 때까지와 그 이후에 어떤 움직임을 보였는지부터 알아내야 했습니다. 먼저 리버풀에 전보로 인상착의를 알리고 미국으로 출항하는 배들을 잘 감시하라고 경고했죠. 다음으로는 유스턴 역 근처에 있는 호텔과 하숙집을 찾아다니기 시작했습니다. 만약 드레버와 스탠저슨이 따로 움직이기로 했다면 당연히 스탠저슨은 역 근처에서 밤을 보내고 다음날 아침에 역으로 다시 올 거라고 생각했기 때문입니다."

"사전에 만날 장소를 정해놓았을 가능성이 큽니다."

홈스가 지적했다.

"정말 그랬습니다. 어제저녁 내내 그자가 묵을 만한 곳을 샅샅이 찾아다녔습니다만 소득이 없었죠. 오늘 아침 일찍, 그러니까 8시에 리틀조지 스트리트에 있는 할리데이 프라이빗 호텔에 갔습니다. 스탠저슨 씨가 묵고 있느냐고 물었더니 대뜸 그렇다더군요.

'그분이 기다리는 신사가 손님이군요. 스탠저슨 씨는 이틀 동안 손님을 기다리고 계십니다.'

이렇게 말하지 않겠습니까? 그래서 물었습니다.

'그 사람은 지금 어디에 있습니까?'"

'위층 침실에 계십니다. 9시에 깨워달라고 하셨습니다.'

'지금 올라가서 당장 만나고 싶습니다.'

내가 말했죠. 불쑥 찾아가면 스탠저슨이 당황해서 얼결에 입을 놀릴지도 모르겠다 싶었거든요. 구두닦이가 방을 안내해주겠다고 했습니다. 3층에 올라가 좁은 복도를 따라가니 그가 묵는 방이 나왔죠. 구두닦이가 방문을 가리키고는 아래층으로 돌아가려는데 뭔가가 시야에 들어왔습니다. 형사 경력이 이십 년이지만 볼 때마다 속이 안 좋아지는 장면이죠. 문틈으로 가느다란 띠처럼 피가 구불거리며 새어 나왔더군요. 피가 통로로 흘러나와 맞은편 벽 근처에 고여 있었습니다. 내가 소리를 지르자 내려갔던 구두닦이가 다시 올라왔습니다. 그는 흘러나온 피를 본 순간 기절이라도 할 것 같았죠. 문은 안에서 잠겨 있었습니다. 우리는 문에 몸을 부딪쳐 억지로 열었습니다. 열린 창문 옆에 웅크리고 쓰러진 잠옷 차림의 남자와 피 웅덩이가 있었습니다. 남자는 이미 죽은 상태였는데, 사망한 지 꽤 시간이 흐른 것 같았습니다. 사지가 이미 뻣뻣하고 차가웠거든요. 남자를 뒤집어서 바로 눕히고 구두닦이에게 얼굴을 보여줬더니 보자마자 조지프 스탠저슨이라는 이름으로 방에 투숙했던 남자라고 확인해주었습니다. 사인은 왼쪽 옆구리에 난 깊은 자상으로 흉기가 심장까지 그대로 꿰뚫었더군요. 지금부터가 이 사건에서 가장 이상한 부분입니다. 살해당한 남자 위에 무엇이 있었겠습니까?"

나는 레스트레이드의 질문에 소름이 쫙 끼쳤다. 셜록 홈스의 대답을 듣기도 전에 이미 공포를 예감한 것이다.

"피로 쓴 RACHE겠지요."

셜록 홈스가 대답했다.

"그렇습니다."

레스트레이드는 경외감에 찬 목소리로 대답을 했다. 우리는 잠시 아무 말도 하지 않았다.

이 정체 모를 암살자의 행동은 매우 체계적이었지만 동시에 도무지 이해가 가지 않는 점이 있었다. 바로 그것 때문에 두 건의 범죄를 보면 생생한 공포가 치솟았다. 전장에서 단련된 내 신경줄도 두려움에 흔들릴 정도였다.

마침내 레스트레이드가 말문을 열었다.

"남자를 목격한 사람이 있습니다. 우유 배달부가 가게로 돌아가면서 호텔 뒤편으로 마구간을 개조한 집들이 늘어선 골목을 지나갔습니다. 순전히 우연이었죠. 바로 그때 3층 창문 하나에 걸쳐져 있는 사다리를 목격한 겁니다. 평소에는 늘 길가에 눕혀두는데 말입니다. 게다가 창문이 활짝 열려 있었답니다. 그곳을 지나가다가 무심코 뒤를 돌아보았는데 어떤 남자가 사다리로 내려오더라는군요. 태도도 침착했고 다른 사람을 신경쓰는 눈치도 아니어서 호텔에서 작업을 한 목수나 일꾼이라고 생각했답니다. 작업을 하기에는 이르지 않나 싶었던 것 외에 특별한 점은 없었다고요. 키가 크고 혈색이 좋아 보인 것, 기다란 갈색 코트를 입었다는 사실 외에 크게 눈에 띄는 게 없었다더군요. 그는 범행 직후 한동안 방에 머물렀던 것 같습니다. 손을 씻었는지 세면대에 희미한 핏물이 남아 있었습니다. 시트에는 칼에 묻은 피를 꼼꼼하게 닦아낸 흔적도 있었죠."

나는 홈스가 설명한 범인의 인상착의와 일치하는 묘사를 들으며 그를 힐끔 쳐다보았다. 하지만 표정에서 만족스러워하거나 우쭐해하는 기색을 전혀 찾아볼 수 없었다.

"방에서 범인에 대한 실마리를 제공해줄 만한 것을 찾으셨습니까?"

홈스가 물었다.

"아무것도 못 찾았습니다. 스탠저슨의 주머니에 드레버의 지갑이 있었습니다만 돈 관리를 책임지고 있었으니 당연한 일이겠죠. 지갑에는 팔십 파운드가량 들어 있었고 뭐가 없어지진 않은 것 같습니다. 충격적인 범죄를 두 차례나 저지른 동기가 뭔지는 몰라도 금품을 노린 게 아닌 것만은 확실합니다. 피해자의 주머니에 서류나 수첩 같은 것은 전혀 없었습니다. 클리블랜드에서 한 달 전쯤에 보낸 전보가 한 통 있었습니다. 전보에는 'J.H.가 유럽에 있다'고 적혀 있더군요. 보내는 사람의 이름은 없었고요."

"그 외에 다른 것은요?"

홈스가 다시 물었다.

"특별히 중요한 것은 없었습니다. 죽은 남자가 읽던 소설책이 침대에 놓여 있었습니다. 잠자리에서 읽었겠지요. 파이프가 시체 옆의 의자에 있었습니다. 탁자에 물잔이 하나, 창틀에는 알약 두 개가 담긴 작은 약갑이 있었습니다."

갑자기 홈스가 기쁨의 탄성을 내지르며 의자에서 벌떡 일어났다.

"마지막 연결 고리가 드디어 나타났군. 사건은 이제 해결되었어."

그는 기뻐서 어쩔 줄을 몰랐다.

두 형사는 어리둥절한 표정으로 서로 마주볼 뿐이었다.

"이제 지독하게 뒤엉켜 있던 실타래를 모두 풀었습니다. 물론 세부 사항을 더 알아내야 합니다. 그래도 드레버가 스탠저슨과 역에서 헤어진 후부터 스탠저슨이 시체로 발견될 때까지 발생한 중요 상황들을 직접 본 것만큼 확실히 파악했습니다. 입증할 증거를 보여드리죠. 혹시 알약을 가지고 오셨습니까?"

셜록 홈스가 자신만만한 태도로 말했다.

"네, 가지고 있습니다."

레스트레이드가 작은 하얀색 갑을 꺼냈다.

"현장에서 알약과 지갑, 전보를 챙겨 왔습니다. 경찰청의 안전한 곳에 따로 보관하려고요. 알약은 어쩌다 보니 같이 챙겼습니다. 솔직히 별로 중요해 보이지 않거든요."

"알약을 줘보십시오. 자, 박사님, 평범한 약입니까?"

홈스가 약을 받아 내게 보이며 물었다.

언뜻 보기에도 절대 평범해 보이지 않았다. 알약은 진주 빛깔이 감도는 회색의 작고 동그란 모양이었다. 빛에 비춰 보니 거의 투명해 보였다.

"가볍고 투명한 것을 보니 물에 녹겠군요."

내가 대답했다.

"잘 보셨습니다. 죄송하지만 지금 아래층으로 내려가서 불쌍한 테리어를 데리고 와주시겠습니까? 어제 집주인이 그러지 않았습니까. 개가 병으로 너무 오래 고생하니 그만 고통을 멈춰주고 싶다고."

나는 곧장 내려가서 개를 안고 돌아왔다. 탁한 눈동자며 힘겹게 숨을 몰아쉬는 모습을 보니 목숨이 얼마 남지 않은 것이 분명했다. 눈처럼 하얀 코와 주둥이 부분을 보아 보통 개들보다 훨씬 오래 산 것 같았다. 나는 개를 바닥의 깔개 위에 놓은 쿠션에다 내려놓았다.

"이제 알약 하나를 반으로 자르겠습니다."

홈스는 주머니칼로 약을 반으로 쪼갰다.

"반쪽은 나중을 위해 갑에 넣어두죠. 나머지 반쪽을 와인잔에 넣고 물 한 찻숟가락을 넣습니다. 박사님의 말씀대로군요. 벌써 다 녹았습니다."

"무척 흥미로워 보이기는 합니다만, 조지프 스탠저슨 씨의 죽음과 무슨 관계가 있는지 도무지 모르겠군요."

레스트레이드는 자신을 비웃는다 싶어서 기분이 상한 것 같았다.

"조금만 더 참으세요, 친구여. 조금만 더! 이제 곧 그 사건과 모든 면에서 관계가 있는 사실을 똑똑히 보게 되실 겁니다. 여기에 우유를 약간 더해서 맛있어 보이게 만들죠. 개에게 주면 단숨에 핥아먹을 겁니다."

홈스는 이렇게 말하면서 와인잔에 든 용액을 잔받침에 따라 테리어 앞에 내려놓았다. 개는 우유를 싹싹 핥아먹었다. 우리는 홈스의 진지한 태도에 압도되어 개를 뚫어지게 바라보며 놀라운 변화가 시작되기를 잠자코 기다렸다. 아무 일도 일어나지 않았다. 개는 쿠션 위에 축 늘어진 채 힘겹게 숨을 쉬었다. 상태는 좋아지지도 나빠지지도 않았다.

홈스는 시계를 꺼내 확인했다. 시간은 자꾸 흐르는데 변화의 조짐은 통 보이지 않았다. 마침내 무척 분하고 실망한 기색이 얼굴에 나타났다. 그는 입술을 잘근잘근 씹고 손가락으로 탁자를 두드리는 등 초조한 감정을 숨기지 않고 드러냈다. 어찌나 실망한 눈치인지 지켜보기가 안쓰러울 정도였다. 반면 두 형사는 슬그머니 미소를 지었다. 실험 결과에 실망한 기색이 아니었다.

"우연의 일치일 리 없어."

그는 용수철처럼 벌떡 일어나더니 방안을 거칠게 서성거리며 큰 소리로 말했다.

"이게 단순히 우연의 일치라니 말도 안 돼. 드레버 사건이 벌어졌을 때 어딘가 있을 거라 생각한 약이 스탠저슨이 죽은 후 정말로 나타났어. 하지만 알약이 아무 효과가 없다니. 이게 뭘 의미하는 걸까? 추론을 구성하는 사슬이 어딘가 잘못되었다니 어림도 없는 소리! 그건 불가능해! 그런데도 개가 멀쩡하단 말이지. 아하! 알았어! 알았다고!"

그는 기쁨의 탄성을 내지르며 약갑으로 달려갔다. 그리고 다른 알약을 아까처럼 반으로 쪼개고 한쪽을 물에 녹인 후 우유를 섞어서 개에게 내밀었다. 불쌍한 개는 혀가 우유에 닿자마자 사지에 발작을 일으켰다. 그러더니 생명이 빠져나가고 벼락이라도 맞은 듯 뻣뻣하게 굳어버렸다.

셜록 홈스는 길게 한숨을 쉬며 이마의 땀을 닦았다.

"나 자신을 좀더 믿어야 했습니다. 어떤 사실이 기나긴 추리로 거둔 결과와 모순된다면, 그 사실을 달리 해석해야 한다는 뜻임을 금방 알아차려야 했어요. 상자에 든 알약 중 하나는 치명적인 독약이고 나머지 하나는 전혀 해롭지 않습니다. 약갑을 보기도 전에 알아차렸어야 했는데."

마지막 한마디는 너무 어처구니가 없어서 그가 제정신인지 의심스러울 정도였다. 하지만 앞에 있는 죽은 개가 증거였다. 그의 추측이 옳았다. 어느새 머릿속을 가득 메운 안개가 서서히 걷히면서 희미하게나마 진실이 눈에 들어왔다.

"이 상황이 이해가 안 되시겠지요. 두 분은 수사를 시작했을 때부터 눈앞에 있었던 유일한 진짜 단서가 얼마나 중요한지 전혀 알아차리지 못했으니까요. 나는 운 좋게도 금세 알아차렸습니다. 그 후로 벌어진 일들은 모두 내가 처음 세운 가설을 확인해주었습니다. 실로 논리적으로 귀결되었죠. 여러분을 혼란에 빠뜨리고 사건을 미궁으로 만든 요소들이 나를 일깨우고 내 결론을 강화시켜주었습니다. 별난 것과 불가사의한 것을 혼동해서는 안 됩니다. 흔하디흔한 평범한 사건이 때로는 가장 불가사의한 사건이 될 때도 있습니다. 왜냐하면 그런 사건에는 추론을 이끌어낼 만한 새롭거나 특별한 점이 없기 때문이죠.

이번 사건도 시체가 평범하게 길거리에서 발견되었다면, 다시 말해 이 사건을 특별하게 만든 기이하고 놀라운 정황이 없었다면 미제 사건으로 남을 수도 있었습니다. 이 사건의 별난 세부 사항들은 사건을 복잡하게 만드는 것과는 거리가 멉니다. 실제로도 사건을 더 단순하게 만들었지요."

그레그슨은 안절부절못하고 홈스의 일장연설을 듣고 있다가 기어이 끼어들었다.

"이보십시오, 셜록 홈스 씨. 당신이 영리한 사람이라는 건 다른 때 이야기해도 좋지 않겠습니까. 당신에게 독자적인 수사법이 있다는 사실도요. 언제든 말씀하시면 인정할 준비가 되어 있습니다. 하지만 지금은 이론과 설교 말고 다른 이야기를 듣고 싶습니다. 일단 범인부터 체포해야 하는 거 아닙니까. 나는 내 가설대로 수사를 했지만 틀린 것 같군요. 샤르팡티에가 두 번째 사건에 연관되었을 리 없으니까요. 레스트레이드 형사도 스탠저슨을 유력한 용의자로 보고 추적했지만 잘못된 판단이었던 것 같습니다. 그런데 당신은 단서를 여기저기 흘리기만 하면서 우리보다 더 많이 아는 것처럼 구는군요. 이제 사건에 대해 얼마나 아는지 물어보는 게 당연하다는 생각이 듭니다. 홈스 씨, 누가 범행을 저질렀는지 아십니까?"

레스트레이드도 거들었다.

"그레그슨 형사 말이 맞습니다. 우리는 사건 해결을 위해 동분서주했고 둘 다 실패했습니다. 내가 이 방에 온 후로 당신은 여러 차례에 걸쳐 필요한 증거는 전부 확보했다고 했죠. 얼른 진상을 털어놓으시지요."

나도 두 형사와 함께 셜록 홈스를 압박했다.

"범인 체포가 여기서 더 늦어지면 범죄를 또 저지를 시간을 벌어주는 셈이 될 겁니다."

모두에게 재촉을 받자 홈스도 마음이 살짝 흔들리는 듯했다. 그는 고개를 푹 숙이고 눈썹을 찡그린 채 방안을 서성거리기 시작했다. 생각에 잠길 때의 버릇이었다.

"피해자는 더이상 나오지 않을 겁니다."

홈스가 우뚝 서더니 우리를 바라보며 마침내 말문을 열었다.

"그 가능성은 배제하십시오. 범인을 아느냐고 물어보셨죠. 네, 압니다. 하지만 정체를 아는 것보다 직접 잡아들이는 것이 더 중요하지 않겠습니까. 그자는 조만간 잡히게 되어 있습니다. 내가 미리 쳐놓은 그물에 말이죠. 하지만 굉장히 조심스럽게 움직여야 합니다. 우리가 지금 상대하는 자는 영리하기도 하거니와 필사적이거든요. 게다가 내가 몸소 확인한 바로는 그자만큼 영리한 사람이 그를 돕고 있습니다. 꼬리를 잡혔다는 사실을 범인이 알아차리는 순간 체포할 기회는 물거품처럼 사라질 겁니다. 약간만 미심쩍은 기분이 들어도 범인은 당장 이름을 바꾸고 사백만 인구가 살고 있는 이 대도시 속으로 사라져버릴 테니까요. 두 분의 감정을 상하게 할 의도는 없습니다만 이자들은 공권력이 감당할 수준이 아닙니다. 그래서 도움을 청하지 않는 것입니다. 실패한다면 경찰을 개입시키지 않은 책임은 내가 지겠습니다. 하지만 모든 준비를 마쳤습니다. 제 계획에 문제가 없다는 게 확실해지면 두 분에게 꼭 말씀을 드리겠습니다. 그 점은 지금 약속을 드리죠."

그레그슨과 레스트레이드는 홈스의 약속도 그렇거니와 경찰을 짐짓 무시하는 듯한 말에 심기가 불편해 보였다. 그레그슨은 금발머리의 뿌리까지 벌겋게 달아올랐고 레스트레이드의 퉁방울눈은 분노와 호기심으로 번뜩였다. 그러나 두 사람이 반론을 제기할 새도 없이 방문을 두드리는 소리가 났다. 길거리 부랑아들의 대표인 위긴스가 껄렁껄렁한 태도로 들어왔다.

"홈스 씨. 아래층에 마차를 준비해뒀어요."

더러운 차림의 위긴스가 경례를 붙이고 말했다.

"고맙구나."

홈스가 붙임성 있게 말했다.

"런던 경찰청에서도 이런 걸 도입하면 어떻겠습니까?"

홈스는 이렇게 말하며 서랍에서 강철 수갑을 들어 보였다.

"스프링이 얼마나 잘 작동하는지 보십시오. 순식간에 수갑을 채울 수 있습니다."

"지금 쓰는 수갑도 충분히 훌륭합니다. 물론 그걸 채울 사람부터 잡아야겠지만요."

레스트레이드가 대꾸했다.

"좋습니다. 아주 좋아요. 짐을 옮겨야 하니 마부가 도와주면 좋겠군. 마부에게 올라오라고 전해주겠니, 위긴스?"

홈스가 미소를 지으며 말했다.

나는 홈스가 곧 여행을 떠날 것처럼 굴어서 깜짝 놀랐다. 여행을 떠난다는 말은 한마디도 듣지 못했기 때문이다. 그는 방에 있던 작은 여행 가방을 끌고 나와 끈으로 묶기 시작했다. 그가 바쁘게 짐을 꾸리는데 마부가 올라와 방으로 들어왔다.

"마부 양반, 버클을 채워야 하는데 좀 도와주겠소?"

홈스는 무릎을 꿇은 채 버클을 채우려고 끙끙거리며 고개도 돌리지 않고 마부에게 말했다.

마부는 뚱하니 내키지 않는 듯했지만 홈스를 도와주려고 두 손을 앞으로 내밀었다. 바로 그 순간 찡그렁하고 금속이 맞부딪히는 소리가 나더니 셜록 홈스가 벌떡 일어섰다.

그리고 눈을 반짝이며 소리쳤다.

"신사 여러분, 이넉 드레버와 조지프 스탠저슨을 죽인 살인범, 제퍼슨 호프 씨를 소개합니다."

모든 상황이 단숨에 벌어졌다. 너무 순식간에 벌어져 나는 미처 알아차리지도 못했다. 그래도 그 순간만큼은 지금도 똑똑하게 기억하고 있다. 승리감에 젖은 홈스의 표정하며 쩌렁쩌렁 울리던 목소리, 마법처럼 자신의 손목에 채워진 수갑을 노려보던 흉악한 마부의 황당한 표정까지 전부 말이다.

우리 모두는 잠시 조각상이라도 된 듯 멀뚱히 서 있었다. 그다음 순간 범인이 분노에 찬 괴성을 지르며 몸을 비틀더니 홈스의 손아귀에서 벗어나 창문을 향해 몸을 던졌다. 창틀과 유리창이 산산조각 났지만 그가 빠져나가기도 전에 그레그슨과 레스트레이드, 홈스가 사냥개처럼 달려들었다. 그가 다시 방안으로 끌려들어오자마자 격렬한 몸싸움이 시작되었다. 살인범은 힘이 무지막지하게 센데다 필사적이었기 때문에 우리는 한꺼번에 그를 덮치고도 결국 차례차례 떨어져 나갔다. 그는 간질 발작을 일으킨 사람처럼 순간적으로 엄청난 괴력을 발휘했다. 유리창을 향해 돌진했을 때 얼굴과 양손을 여기저기 심하게 베여 피를 꽤 흘렸는데도 저항하는 기세가 조금도 줄지 않았다.

레스트레이드가 살인범의 넥타이를 틀어쥐고 반쯤 목을 조르다시피 하자 마침내 살인범은 저항해봐야 소용이 없다는 사실을 깨달은 것 같았다. 그래도 우리는 손은 물론 발까지 결박한 후에야 비로소 안전하다는 생각이 들었다. 마침내 우리는 숨을 헉헉 몰아쉬며 일어섰다.

"이자가 몰고 온 마차가 아래에 있습니다. 그 마차로 런던 경찰청까지 이자를 데려가십시오. 자, 여러분."

홈스는 여기까지 말한 후 기쁨에 찬 미소를 지으며 다시 말을 이었다.

"마침내 작은 수수께끼가 대단원에 다다랐군요. 이제 얼마든지 질문을 하셔도 됩니다. 대답하지 못할 이유가 완전히 사라졌으니까요."

2부

성자들의 땅

광활한 소금 평원에서

1.

광대한 북미 대륙의 중앙에는 건조한 사막이 지긋지긋할 정도로 넓게 펼쳐져 있다. 오랜 세월 이 사막은 밀려오는 문명을 가로막는 장애물이었다. 시에라네바다산맥에서 네브래스카 주까지, 북쪽의 옐로스톤 강에서 남쪽의 콜로라도 주까지 광활한 황무지가 삭막하고 고요하게 펼쳐져 있는 것이다. 이곳에서는 자연조차 변덕을 부리듯 곳곳마다 각양각색의 모습을 하고 있다. 눈 덮인 고산준봉이 솟아 있는가 하면 우울하고 암울한 느낌의 협곡이 곳곳에 웅크리고 있다. 저쪽을 보면 삐죽삐죽한 협곡 사이로 급류가 돌진하듯 흐르고 이쪽을 보면 광활한 평원이 펼쳐져 있다. 겨울에는 눈으로 하얗고 여름에는 소금 먼지로 잿빛인 평원이다. 이 사막이 군데군데 어떤 모습을 하고 있든 하나같이 척박하고, 사람이 살기 힘들고, 고통스러운 곳이라는 점에서 크게 다르지 않았다.

이 절망의 땅에 어느 누가 뿌리를 내리고 살 수 있을까. 가끔 원주민인 포니족이나 블랙풋족 무리가 사냥터를 찾아 지나칠 뿐이다. 그 용기 있는 사람들 중 가장 용맹한 사람조차 이 평원이 시야에서 사라지고 자신들이 사는 초원이 나타날 때면 속이 후련할 것이다. 덤불 사이로 코요테가 살금살금 돌아다니고, 푸른 하늘에서는 대머리수리가 바람을 가른다. 회색곰이 시커먼 산골짜기를 뒤뚱뒤뚱 어슬렁거리며 바위 사이에서 먹이를 찾는다. 오로지 이들만이 황무지를 지키고 있다.

온 세상을 뒤져도 시에라블랭코 산의 북쪽 경사면만큼 우울하고 따분한 풍경을 찾을 수 있을까. 눈을 어디로 돌려도 넓고 넓은 평원뿐이다. 표면은 온통 소금 덩어리로 뒤덮였고 왜소한 관목들이 평원 곳곳에 자라고 있다. 저멀리 지평선을 따라 솟아오른 산들은 바위투성이의 꼭대기에 하얀 눈을 뒤집어쓰고 줄지어 있다. 이 광활한 땅에는 눈을 씻고 보아도 생명이 살고 있거나 과거 언제인가 발붙이고 살아보려 한 흔적이 없다. 눈이 시리도록 푸른 하늘에는 새 한 마리 날지 않고 칙칙한 잿빛의 땅에도 아무 움직임이 없다. 무엇보다, 절대적인 정적이 내려앉아 있다. 하루 종일 귀를 기울여도 광활한 황무지에는 조그만 소리 하나 들리지 않는다. 정적 외에 아무것도 없다. 심장을 짓누르는 완전한 정적뿐이다.

지금껏 이 광막한 평원에 아무것도 뿌리를 내리려고 하지 않는다고 했다. 엄밀히 말해 그 말은 이제 사실이 아니다. 시에라 블랭코 산에서 내려다보면 황무지를 가로지르는 좁은 길이 보인다. 길은 꼬불거리며 이어져 저멀리 지평선 너머로 사라진다. 수많은 모험가들과 마차가 지나가며 다져진 길이다. 칙칙한 소금 평원 여기저기에는 하얀 물체가 흩어져 있다. 햇빛을 받아 반짝이며 유난히 시선을 끈다. 무엇인지 직접 확인해보라! 그것들은 모두 뼈다. 어떤 것은 크고 굵으며 어떤 것은 그보다 작고 가늘다. 큰 것은 황소의 뼈이며 작은 것은 인골이다. 그곳을 여행하려면 동물과 사람의 뼈가 주위에 흩어져 있는 으스스한 짐마차 길을 무려 2400킬로미터나 가야 한다.

1847년 5월 4일 바로 이런 풍경을 굽어보는 외로운 여행자가 있었다. 얼핏 보기에 지역을 지키는 수호신 같기도 하고 악마 같기도 했다. 누가 보더라도 나이가 마흔인지 예순인지 선뜻 판단하지 못하리라. 남자의 얼굴은 몹시 야위고 파리했다. 갈색 양피지 같은 피부는 툭 튀어나온 뼈 위로 팽팽하게 당겨져 있었다. 갈색 머리와 턱수염은 군데군데 허옇게 세어 있고 푹 들어간 두 눈은 사람이 아닌 듯 형형하게 빛났다. 소총을 쥔 손은

살점이라고는 없이 뼈만 앙상했다. 그는 소총에 기대 비스듬히 서 있었다. 큰 키와 뼈대가 굵은 건장한 체격을 보면 강단이 있고 한때 활력이 넘쳤던 사람임이 분명했다. 하지만 헐렁한 옷이 가죽만 남은 팔다리에 걸려 있는 것 같은 모양새와 야윈 얼굴을 보면 영락없이 기력이 쇠한 노인네였다. 그는 죽어가고 있었다. 굶주림과 갈증으로.

그는 협곡을 따라 고통스럽게 느릿느릿 걸었다. 힘겹게 걸어 그곳까지 올라온 것은 물의 흔적을 찾을 수 있을까 하는 헛된 희망 때문이었다. 눈앞에는 거대한 소금 평원이 펼쳐졌고 저멀리 황량한 산들이 띠처럼 늘어서 있었다. 물이 있다는 사실을 알려주는 식물이나 나무가 자라는 흔적은 어디에도 보이지 않았다. 넓은 땅덩어리 어디에도 희망은 눈곱만큼도 보이지 않았다. 그는 북쪽에서부터 동쪽을 지나 서쪽까지 매섭게 질문을 던지는 듯한 눈빛으로 살펴보았다. 그제야 헤매는 것도 끝났다는 사실을 깨달았다. 황량한 협곡에서 곧 숨이 끊어지리라.

"이십 년 후에 깃털 침대에서 죽으나 여기서 죽으나 그게 그거지."

이렇게 중얼거리며 커다란 바위 아래 쉴 곳을 찾아 앉았다.

그는 앉기 전에 쓸모 없는 소총을 땅에 내려놓았다. 회색 숄로 싼 커다란 짐 꾸러미도 내렸다. 그는 지금까지 오른쪽 어깨에 꾸러미를 메고 있었다. 이제 짐을 지고 다니는 것도 힘에 부치는 듯했다. 꾸러미를 땅바닥에 내려놓는 동작이 살짝 거칠었다. 그러자 회색 꾸러미에서 희미하게 신음 소리가 나더니 잠시 후 작은 얼굴이 쑥 튀어나왔다. 겁에 질린 표정이었지만 갈색눈은 반짝거렸고 주근깨가 가득한 두 볼에는 보조개가 들어가 있었다.

"아프잖아!"

작은 얼굴의 주인이 칭얼거리는 목소리로 투덜거렸다.

"아팠겠구나. 일부러 그런 건 아니란다."

남자가 미안해하는 목소리로 대꾸했다. 그러면서 회색 숄을 펼쳐서 다섯 살 정도로 보이는 예쁘장한 여자아이를 꺼내주었다. 앙증맞은 구두와 작은 면 앞치마가 달린 예쁜 분홍색 원피스를 보니 지금껏 정성을 다해 아이를 보살폈을 엄마의 손길이 느껴졌다. 아이는 안색이 창백하고 힘이 없어 보였지만 아직 통통한 팔과 다리를 보니 남자에 비해 고생을 훨씬 덜한 것 같았다.

"지금도 아프니?"

남자는 걱정스러운 듯 물었다. 아이가 금발의 곱슬머리가 자란 뒷머리를 계속 문질렀기 때문이다.

"여기에 뽀뽀해서 안 아프게 해줘."

아이는 한 점 웃음기 없이 진지하게 말하며 남자에게 아픈 곳을 보여주었다.

"엄마는 늘 그렇게 해줬어. 그런데 우리 엄마 어디 있어?"

"엄마는 멀리 가셨다. 곧 만나게 될 거야."

"엄마가 갔다고! 이상하네, 엄마는 다녀오겠다는 말도 안 했는데. 엄마는 아줌마 집에 차를 마시러 갈 때 꼭 그렇게 말했단 말이야. 엄마가 간 지 벌써 세 밤이나 지났잖아. 그런데 여기는 정말 바싹 말랐네, 그렇지? 여기는 물도 밥도 없어?"

"그래, 아가야. 여기는 아무것도 없구나. 조금만 더 참아주렴. 그러면 괜찮아질 거야. 머리를 들어서 아저씨에게 기대거라. 그래, 그렇게. 그러면 훨씬 기분이 좋아질 거다. 입술이 가죽처럼 바짝 마르면 말하기가 힘들지. 우리가 어떤 상황인지 네게도 알려주어야겠구나. 그런데 지금 손에 쥐고 있는 게 뭐지?"

"예쁜 거야! 좋은 거! 집에 가면 이거 밥에게 줄 거야."

아이가 반짝이는 석영 두 조각을 들고 신이 나서 소리쳤다.

"그때는 더 예쁜 것들이 있을 거야."

남자가 확신을 담아 말했다.

"조금만 더 기다리면 돼. 자, 이제 아저씨 이야기를 잘 들어. 우리가 지나온 강 생각나?"

"응, 생각나."

"자, 들어봐라. 다른 강이 금방 나올 줄 알았단다. 그런데 뭔가 잘못된 것 같아. 나침반인지 지도인지 뭐가 문제인지는 모르겠지만 강은 나타나지 않았지. 물은 바닥이 났고. 너만 한 아이나 목을 축일 수 있을 만큼, 아주 조금밖에 남지 않았단다. 그래서, 그래서……."

"그래서 아저씨는 세수를 못 했어."

아이가 남자의 지저분한 얼굴을 올려다보며 진지하게 말했다.

"그래. 그리고 마실 물도 없어. 그래서 벤더 씨가 제일 먼저 갔고 원주민 피트도 갔단다. 맥그레거 부인이 뒤를 따랐고 다음은 조니 혼스 차례였지. 그리고 아가야, 엄마도 멀리 가고 말았어."

"엄마는 죽은 거구나."

아이는 얼굴을 원피스 앞치마에 파묻고 엉엉 울기 시작했다.

"그래. 너랑 나만 빼고 모두 가버렸어. 나는 이쪽으로 오면 물을 찾을 수 있을지도 모른다고 생각했단다. 그래서 너를 들쳐메고 여기까지 온 거야. 그런데 상황이 나아진 것 같지 않구나. 이제 가망이 거의 없어."

"그럼 우리도 죽는 거야?"

아이는 울음을 그치고 눈물범벅이 된 얼굴을 들며 물었다.

"아마 그럴 것 같구나."

"에이, 아저씨는 왜 이제 말해주는 거야?"

아이가 깔깔 웃으며 되물었다.

"아저씨 때문에 깜짝 놀랐잖아. 죽으면 엄마랑 같이 있을 수 있는데."

"그래. 그럴 거야, 아가야."

"그리고 아저씨도. 엄마한테 아저씨가 얼마나 잘해줬는지 얘기해줄게. 엄마가 커다란 물주전자를 들고 천국 문에서 우리를 기다리고 있을 거야. 내 친구 밥이랑 내가 좋아하는 것처럼 양쪽을 다 구운 따뜻한 메밀 팬케이크도 잔뜩 만들어뒀을 거야. 얼마나 있으면 죽어?"

"모르겠구나. 오래 걸리지 않을 거야."

남자는 북쪽 지평선을 뚫어져라 바라보았다. 아치 지붕 같은 푸른 하늘에 점 세 개가 나타나더니 점점 커졌다. 그것들은 두 사람을 향해 바람처럼 빠르게 다가왔다. 점들은 어느새 커다란 새 세 마리가 되더니 두 여행자의 머리 위를 빙빙 맴돌았다. 이윽고 두 사람이 잘 보이는 바위에 내려앉았다. 서부의 독수리인 대머리수리였다. 죽음이 멀지 않았다는 전조였다.

"수탉이랑 암탉이다!"

아이는 신이 나서 소리치며 불길한 징조인 새들을 가리켰다. 새들을 날아오르게 하려고 손뼉까지 쳤다.

"아저씨, 하나님이 여기를 만들었어?"

"물론 그분이 만드셨지."

남자는 생각지도 못한 질문에 흠칫 놀라며 대답했다. 아이가 말을 이었다.

"하나님은 일리노이를 만들었어. 그리고 미주리도 하나님이 만들었어. 그런데 여기는 하나님이 만든 것 같지 않아. 여기는 엉망진창이야. 하나님이 깜박하고 물도 안 만들고 나무도 안 만들었잖아."

"네가 기도를 드리면 어떠니?"

남자가 힘없이 물었다.

"아직 밤도 아닌데?"

아이가 되물었다.

"상관없어. 늘 올리던 시간은 아니지만 하나님은 신경쓰지 않으실 거다. 초원에 있을 때 밤마다 기도를 올렸으니까."

"아저씨는 왜 안 해?"

아이가 의아한 눈빛으로 물었다.

"나는 잊어버렸거든. 키가 저 총의 반만 할 때 이후로 기도를 드린 적이 없단다. 그래도 기도드리기에 아주 늦진 않았을 거야. 먼저 기도를 드리렴. 옆에서 너를 따라 하마."

"그러면 아저씨도 무릎을 꿇어야 해. 나도 그럴 거야."

아이는 무릎을 꿇을 곳에 숄을 먼저 깔며 말했다.

"두 손을 이렇게 올려. 기분이 좋아질 거야."

대머리수리가 아니라 다른 것이 지켜보고 있었다 해도 기묘한 장면임은 틀림없었다. 폭이 좁은 솔 위에 두 방랑자가 무릎을 꿇었다. 한 명은 쉴 새 없이 재잘거리는 작은 아이였고 다른 한 명은 무서운 게 없을 것 같은 강인한 용모의 남자였다. 아이와 남자는 통통한 얼굴과 초췌하고 뼈만 남은 얼굴을 들어 구름 한 점 없는 하늘을 우러러보았다. 그리고 자신들을 내려다보고 있을 두려운 존재에게 진심을 다해 간청했다. 가늘지만 또랑또랑한 목소리와 깊고 걸걸한 목소리가 하나되어 자비와 용서를 구했다. 기도가 끝나자 두 사람은 다시 바위 아래의 그늘에 자리를 잡고 앉았다.

어느새 아이는 자신의 수호자인 남자의 넓은 가슴에 머리를 편히 기댄 채 잠이 들었다. 남자는 잠이 든 아이를 한참이나 지켜보았다. 그가 저항하기에 자연은 너무 강했다. 그는 사흘 밤낮을 쉬지도 자지도 않았다. 지친 눈 위로 서서히 눈꺼풀이 내려왔다. 어느새 머리도 점점 가슴팍으로 내려오더니 남자의 희끗희끗한 턱수염과 아이의 풍성한 금발머리가 뒤섞였다. 이윽고 두 사람은 꿈도 없는 깊은 잠 속으로 빠져들었다.

그가 삼십 분만 더 버텼더라면 기묘한 장면을 목격했을 것이다. 소금 평원 끝에서 자그마하게 먼지가 일기 시작했다. 처음에는 보일 듯 말 듯해서 먼 곳의 엷은 안개와 거의 구분이 되지 않았다. 하지만 먼지구름은 점점 높이 솟아오르며 넓어지더니 어느새 모양이 또렷하게 구별되었다. 크기도 점점 커지더니 엄청난 숫자의 움직이는 동물들이 만들어냈다는 사실이 명확해졌다. 좀더 비옥한 지역이었다면 초원에서 풀을 뜯는 엄청난 들소 떼 한 무리가 다가오는 중이라고 생각했을 것이다. 하지만 이렇게 메마른 지역에서는 있을 수 없는 일이었다.

휘몰아치는 구름이 두 조난자가 잠들어 있는 외로운 절벽으로 다가왔을 때 캔버스 천을 덮은 포장마차와 말을 타고 무장한 남자들의 모습이 구름을 뚫고 나타났다. 유령 같은 그 모습은 서부로 떠나온 대규모 포장마차 행렬이었다. 규모가 어마어마했다! 행렬 앞쪽의 포장마차들이 산기슭에 도착한 후에도 대열의 끝부분은 아직 지평선에 모습을 드러내지도 않았다. 대열에서 떨어져나온 포장마차와 수레들, 말을 탄 남자들, 걷는 남자들이 광활한 평원을 곧장 가로질러 왔다. 셀 수도 없이 많은 여자들이 짐을 이고 비척비척 걸었다. 아이들도 마차 옆을 따라 걷거나 마차의 하얀 덮개 아래로 얼굴을 빼꼼 내밀고 밖을 바라보았다. 이들은 평범한 이주자가 아닌 게 분명했다. 상황이 어려워져서 살던 곳을 버리고 새로운 땅을 찾아 떠나온 유랑민 같았다. 어마어마한 수의 사람들이 내는 소음에 마차 바퀴가 삐거덕거리고 말들이 히힝 우는 소리가 뒤섞여 청명한 공기를 타고 사방으로 울려 퍼졌다. 소란스러웠지만 지쳐 곯아떨어진 두 사람을 깨울 정도는 아니었다.

진지하고 강인해 보이는 남자 스무 명가량이 말을 타고 선두에서 짐마차 행렬을 이끌고 있었다. 그들은 직접 짠 천으로 만든 칙칙한 빛깔의 옷차림에 소총으로 무장을 했다. 그들은 절벽 아래에 도착하자 말을 잠시 멈추고 회의를 열었다.

"형제들이여, 물은 오른쪽으로 가면 나올 겁니다."

입매가 단단하고 수염을 말끔하게 깎은 반백의 남자가 말했다.

"시에라블랭코 산의 오른쪽으로 가면 됩니다. 그러면 리오그란데 강에 도착할 겁니다."

다른 남자가 말했다.

"물이 없을까 봐 두려워하지 마시오. 바위에서 물을 끌어낼 수 있는 그분은 직접 선택한 사람들을 절대 버리지 않으십니다."

또 다른 남자가 말했다.

"아멘! 아멘!"

사람들이 이구동성으로 외쳤다.

다시 길을 떠나려는 순간이었다. 일행 중에 가장 젊고 시력이 좋은 남자가 깜짝 놀라 소리를 지르며 머리 위의 바위투성이 협곡을 가리켰다. 절벽 꼭대기에서 분홍색 천이 펄럭거리는 것이 아닌가. 온통 잿빛인 바위가 배경이라 유난히 선명하게 보였다. 보자마자 모두 말고삐를 잡아당기며 총을 풀었고 팔팔한 남자들이 선두에 선 사람들을 지원하려고 서둘러 말을 몰아 달려나왔다. 사람들은 원주민이 아니냐며 한마디씩 수군거렸다.

"이 지역에 원주민이 있을 리 없소."

통솔자처럼 보이는 노인이 말했다.

"우리는 포니족의 구역을 지나왔소. 다른 원주민은 산맥을 넘어가야 볼 수 있을 거요."

"스탠저슨 형제, 제가 가서 보고 올까요?"

무리 중 한 명이 말했다.

"저도 가겠습니다."

"저도요."

열 명이 넘는 사람들이 앞을 다투어 자원을 했다.

"말은 두고 가시오. 여기서 기다리겠소."

노인이 말했다. 잠시 후 말을 매어둔 젊은 남자들이 호기심을 자극한 물체를 향해 깎아지른 절벽을 올라가기 시작했다. 그들은 소리도 없이 재빠르게 움직였다. 잘 훈련된 정찰병들처럼 바위를 타는 모습이 자신만만하고 능숙했다. 이 바위에서 저 바위로 올라가다가 마침내 하늘을 배경으로 우뚝 서는 그들의 모습이 평원에서 기다리는 사람들의 눈에 들어왔다. 분홍색 천을 제일 먼저 보았던 청년이 선두에 서 있었다. 뒤따르던 사람들은 청년이 놀라 양팔을 쳐드는 모습을 보았다. 우르르 달려가 청년이 본 것을 뒤이어 목격한 사람들은 같은 반응을 보이지 않을 수 없었다.

적막한 절벽의 꼭대기에는 자그마한 공터가 있었다. 그 뒤로 우뚝 서 있는 거인 같은 바위에 웬 남자가 기대 있었다. 키가 훌쩍 크고 수염이 덥수룩하며 강인한 얼굴의 남자는 심하게 야윈 상태였다. 차분한 표정과 규칙적인 숨소리를 봐서 깊이 잠이 든 것 같았다. 남자의 품에는 어린아이가 안겨 있었다. 아이는 근육이 불거진 남자의 갈색 목을 하얗고 통통한 두 팔로 끌어안은 채 헐렁한 면벨벳 웃옷을 입은 남자의 가슴팍에 금발머리를 누이고 있었다. 장밋빛 입술이 살짝 벌어져 눈처럼 새하얗고 가지런한 치아가 보였다. 아직 젖살이 통통한 아이의 얼굴에 장난스러운 미소가 어려 있었다. 반짝거리는 버클이 달린 깔끔한 구두에 하얀 양말을 신은 통통하고 하얀 짧은 두 다리는 같이 잠이 든 남자의 말라비틀어진 팔다리와 기묘한 대조를 이루었다. 이 기묘한 한 쌍의 머리 위로 툭 튀어나온 바위에 대머리수리 세 마리가 가만히 앉아 있었는데, 새로 온 사람들을 보더니 실망해 괴성을 질러대고는 훌쩍 날아가버렸다.

새들의 울음소리에 남자와 아이가 잠을 깨어 어리둥절한 표정으로 주위를 두리번거렸다. 남자는 비틀거리며 일어서서 평원을 내려다보았다. 잠이 들 무렵만 해도 휑하니 삭막했던 평원이 사람들과 가축들로 가득했다. 남자의 얼굴에 놀라움이 번졌다. 그는 앙상한 손을 들어 눈으로 가져갔다.

"헛것이 보인다는 게 이런 건가."

남자가 중얼거렸다. 어느새 아이가 그의 겉옷 자락을 잡으며 일어섰다. 아이는 아무 말도 하지 않고 어린아이 특유의 호기심과 놀라움으로 눈을 반짝이며 주위를 둘러보았다.

구조대는 두 사람에게 헛것을 보는 게 아니라고 알아듣게 이야기를 했다. 그들 중 한 명이 여자아이를 안아 어깨 위에 태웠다. 다른 두 사람은 수척해진 남자를 부축해 포장마차 대열이 있는 곳으로 내려가기 시작했다.

"저는 존 페리어라고 합니다. 우리 일행은 스물한 명이었는데, 이제 저와 이 아이만 남았습니다. 다른 사람들은 갈증과 배고픔을 이기지 못하고 남쪽에서 죽었습니다."

남자가 사정을 설명했다.

"저 아이는 딸입니까?"

누가 묻자 남자가 정색을 하며 말했다.

"이제 제 딸이나 다름없습니다. 내가 구했으니 내 아이입니다. 누구도 내게서 아이를 빼앗을 수 없습니다. 아이는 오늘부터 루시 페리어입니다. 그런데 여러분은 누구십니까?"

그는 건장하고 피부가 새까맣게 탄 구원자들을 호기심 어린 눈빛으로 돌아보며 이렇게 덧붙였다.

"여러분의 일행은 규모가 정말 커 보이네요."

"만 명에 가깝습니다. 우리는 주님의 박해받는 자녀들입니다. 모로나이 천사의 선택을 받은 자들이죠."

일행 중 젊은 남자가 말했다.

"그런 천사에 대해서는 처음 들어봤습니다. 그 천사가 여러분을 잔뜩 선택했나 보군요."

남자가 대꾸했다.

"성스러운 이름을 조롱하지 마시오. 우리는 금판에 이집트문자로 적힌 성스러운 경전을 믿는 사람들이오. 금판은 팔미라의 성스러운 조지프 스미스께 전해졌소. 우리는 일리노이 주의 노부에 우리의 성전을 세웠었소이다. 하지만 지금은 불신자들과 난폭한 자들을 피해 여기까지 피난처를 찾아온 거요. 설령 사막 한복판이라고 해도 상관없소."

다른 남자가 엄한 목소리로 말했다.

노부라는 지명을 듣자 존 페리어에게 무언가 얼핏 떠올랐다.

"이제 알겠습니다. 여러분은 모르몬교도로군요."

"그렇소. 우리는 모르몬교도요."

남자들이 한목소리로 대답했다.

"그럼 이제 어디로 가실 겁니까?"

"우리도 모르오. 하나님께선 선지자를 통해 우리를 이끌어주고 계시오. 당신도 반드시 그분을 뵈어야 하오. 당신을 어떻게 할지 그분이 결정하실 거요."

이런 대화를 나누는 틈에 그들은 절벽을 다 내려왔다. 수많은 사람들이 그들을 에워쌌다. 안색이 창백하지만 온화한 표정의 여자들과 씩씩하게 깔깔 웃는 아이들이 보였다. 불안한 기색을 숨기지 못하는 진지한 얼굴의 남자들도 있었다. 구조된 두 사람 가운데 한 명은 너무 어리고 한 명은 너무 야위었다는 사실에 그들은 놀라움과 가여움으로 탄식을 금하지 못했다. 평원으로 내려온 후에도 구조대는 흩어지지 않고 두 사람을 어떤 포장마차로 데려갔다. 모르몬교도들이 구름떼처럼 뒤를 따랐다.

그들이 향한 포장마차는 크기로 보나 화려하고 세련된 외양으로 보나 이목을 끌기에 충분했다. 다른 마차는 말이 많아 보았자 두 필이고 대개는 한 필이 끌었지만 그 마차는 모두 여섯 필의 말이 끌고 있었다. 마부 옆에는 젊은 남자가 앉아 있었다. 얼핏 봐도 서른을 넘지 않았을 것 같았지만 큼지막한 머리와 단호한 표정에서 지도자의 위엄이 느껴졌다. 그는 갈색 표지의 책을 읽다가 사람들이 몰려오니 옆에 내려놓고 성도들의 이야기에 귀를 기울였다. 이야기를 다 듣자 두 조난자를 바라보았다.

그는 엄숙한 어조로 말문을 열었다.

"너희 두 사람이 우리와 함께 가려면 교리를 따라야 한다. 늑대들을 품고 갈 수는 없다. 훗날 과일이 전부 썩은 후에야 너희가 최초의 썩은 부분이었다는 사실을 확인하느니 황무지에서 백골이 되도록 내버려두고 가는 편이 훨씬 나을 터. 조건을 받아들이고 우리와 함께 가겠느냐?"

"어떤 조건이라도 여러분을 따르겠습니다."

존 페리어가 어찌나 힘주어 대답을 했던지 장로들조차 슬며시 미소를 지었다. 하지만 선지자의 엄격하고 당당한 표정에선 한 치의 흐트러짐도 찾아볼 수 없었다.

"스탠저슨 형제, 저 사람을 데려가 먹을 것과 물을 주시오. 아이도 보살피시오. 이제부터 저 사람에게 신성한 교리를 가르치는 일이 형제의 임무요. 여기서 너무 오래 지체했소! 출발하시오! 시온을 향해! 전진!"

"시온을 향해! 전진!"

모르몬교도들이 한목소리로 외쳤다. 그들이 외친 말은 기다란 포장마차 행렬을 따라 입에서 입으로 전해졌다. 어느새 까마득한 행렬의 끝까지 전해졌을 때는 웅얼거리는 소리로밖에 들리지 않았다. 채찍이 허공을 가르고 마차 바퀴가 삐걱거리는 소리가 사방에서 울리자 대형 마차들이 움직이기 시작했다. 마침내 전체 행렬이 다시 구불거리며 앞으로 나아가기 시작했다. 두 사람을 맡게 된 장로가 그들을 자신의 마차로 데려갔다. 그곳에는 벌써 음식이 준비되어 있었다.

"이 마차에서 지내시오. 며칠 쉬면 피로가 풀릴 거요. 그리고 이제 영원히 우리의 믿음을 따라야 한다는 사실을 명심하시오. 브리검 영이 그렇게 말씀하셨으니, 그것은 곧 조지프 스미스 님의 목소리이자 하나님의 목소리요!"

유타의 꽃

2.

새 터전을 찾아 떠난 모르몬교도들이 마침내 안식처를 찾기까지의 고난과 결핍으로 점철된 이야기를 여기서 전부 풀어놓지는 않겠다. 미시시피 강에서 출발해 로키산맥의 서쪽에 다다르는 동안 굳센 의지로 역경을 이겨낸 이들의 사연이 역사상 유례를 찾아보기가 힘들었다는 정도로 정리하자. 야만인과 야생동물, 배고픔, 갈증, 피로, 질병 등 자연이 내놓을 수 있는 온갖 장애물을 그들은 앵글로색슨족이 타고난 불굴의 의지로 모두 극복했다. 하지만 시간이 갈수록 커지는 공포와 기나긴 여정 앞에서는 일행 중에서 가장 심지가 굳은 사람들조차 마음이 흔들렸다. 마침내 햇살을 한가득 받고 있는 유타의 드넓은 골짜기에 당도해 이곳이 약속의 땅이며 이 미개척지가 영원히 자신들의 것이 되리라는 선지자의 말을 듣자 그들은 너 나 할 것 없이 무릎을 꿇으며 가슴 절절한 기도를 올리기 시작했다.

브리검 영은 굳은 의지를 지닌 지도자이기도 했지만 유능한 관리자의 자질도 여실히 보여주었다. 육지와 물길을 보여주는 지도가 작성되었다. 지도를 바탕으로 장차 그들이 건설할 도시의 밑그림이 만들어졌다. 정착민은 각자의 지위에 따라 농장을 세울 땅을 나눠 받았다. 상인은 각자의 물건을 팔았고 장인은 각자의 물건을 만들었다. 마술처럼 거리와 광장이 들어서며 도시는 조금씩 모습을 갖춰갔다. 교외의 들녘에는 배수 시설을 만들고 울타리를 치고 땅을 갈아 씨를 뿌렸다. 그 결과 이듬해 여름에는 밀을 심은 들녘이 온통 황금빛으로 출렁거렸다. 이 묘한 정착지에서는 모든 것이 번창했다. 무엇보다 도시의 중심부에 세운 거대한 성전이 점점 더 높아지고 커졌다. 이주민들이 수많은 역경을 헤쳐 오는 동안 안전하게 이끌어준 하나님께 바치는 기념 성전에서는 그 후로 새벽의 첫 햇살이 하늘을 물들일 때부터 황혼이 내려앉을 때까지 하루 종일 뚝딱거리는 망치 소리와 슬근슬근 톱질하는 소리가 떠나지 않았다.

존 페리어는 여자아이와 함께 이들과 운명을 같이하기로 하고 아이를 딸로 받아들였다. 그리고 모르몬교도들의 위대한 순례가 끝나는 순간까지 함께했다. 여행 내내 어린 루시 페리어는 스탠저슨 장로의 포장마차에서 즐겁게 지냈다. 아이는 장로의 세 아내와 조숙한 고집불통인 열두 살의 외동아들과 함께 지냈다. 루시는 아이 특유의 회복력으로 엄마를 여읜 충격에서 벗어났다. 여자들의 사랑을 듬뿍 받으며 캔버스 천을 덮은 움직이는 집에서의 새 생활에도 익숙해졌다. 그동안 건강을 회복한 존 페리어는 유능한 길잡이에 지칠 줄 모르는 사냥꾼으로 두각을 나타내 얼마 지나지 않아 새로운 동료들의 존경을 얻었다. 유랑이 끝날 즈음에는 그가 다른 성도들과 똑같이 넓고 비옥한 토지를 받아 마땅하다고 모두가 인정했으며 그보다 많은 땅을 가진 사람은 지도자인 브리검 영과 주요 장로인 스탠저슨과 켐볼과 존스턴과 드레버뿐이었다.

이렇게 받은 농장에 존 페리어는 크고 튼튼한 통나무집을 지었다. 세월이 흐르면서 집은 계속 증축되어 나중에는 어엿한 시골 저택이 완성되었다. 그는 실용성을 중시하는 성격을 타고났고 일 처리에 빈틈이 없었으며 손재주도 좋았다. 강철 같은 체력으로 아침부터 밤까지 땅을 일구고 농사를 지었다. 그 결과 농장은 물론 그가 소유한 모든 것이 눈부시게 번창했다. 삼 년이 지나자 인근에서 가장 형편이 나은 정도가 되더니 육 년이 지나자 유복한 농부가 되었다. 그리고 구 년이 지나자 명실상부한 부자가 되었고 십이 년이 지나자 비슷한 재력을 갖춘 사람이 솔트레이크시티 전역을 뒤져도 여섯 명이 될까 말까 한 거부가 되었다. 그레이트솔트 호에서 저멀리 워새치산맥에 이르기까지 존 페리어보다 더 유명한 이름이 없었다.

그런데 모르몬교도들이 그를 두고 마음에 들어 하지 않는 점이 딱 하나 있었다. 아무리 설득을 하고 말싸움을 해도 존은 다른 신자처럼 아내를 맞이하려 하지 않았다. 끈질기게 독신을 고수하는 이유는 밝히지 않았다. 자신의 결정을 단호하고 고집스럽게 밀어붙일 뿐이었다. 사람들은 그가 신앙생활에 성의를 다하지 않는다고 비난하거나 본래 탐욕스러운 사람이라 결혼을 하면 재산이 축날까 봐 그런다고 숙덕거렸다. 젊은 시절의 사랑 때문이라며 저멀리 동부 연안에 그리움으로 시들어간 금발 아가씨가 있을 거라고 수군대는 사람들도 있었다. 이유가 뭔지는 몰라도 존은 끝내 독신을 고수했다. 하지만 그 외의 모든 면에서는 갓 들어선 정착지의 종교에 순응했으므로 신앙을 바르게 지키는 올곧은 남자라는 평판을 얻었다.

루시 페리어는 존 페리어가 지은 통나무집에서 자랐다. 그녀는 양아버지가 하는 일은 뭐든 도왔다. 산에서 내려오는 매서운 공기와 소나무에서 뿜어져 나오는 은은한 향기는 어머니를 잃은 어린 소녀에게 엄마 같기도 하고 유모 같기도 했다. 해가 갈수록 그녀는 키가 훌쩍 크고 강인한 성품의 소녀로 자라났다.

두 볼은 발그레 홍조가 피어나고 걸음걸이는 사뿐사뿐 날아갈 듯했다. 페리어가의 농장 옆으로 난 큰길을 지나다니는 수많은 여행자들은 밀밭에 있는 루시의 싱그러운 모습이 눈에 언뜻언뜻 들어오거나 그녀가 진정한 서부의 아이답게 양아버지의 말을 능숙하고 우아하게 모는 모습을 마주칠 때면 오래전에 기억 저편으로 사라진 옛 추억들을 새록새록 떠올렸다. 그렇게 꽃봉오리는 꽃으로 활짝 피어났다. 양아버지가 일대에서 가장 부유한 농부가 되는 동안 그녀는 미국 서부에서 가장 아름다운 아가씨로 성장했다.

루시가 소녀에서 어느덧 여자가 되었다는 사실을 처음으로 알아차린 사람은 양아버지인 존이 아니었다. 아버지가 그런 사실을 먼저 알아차리는 경우는 보기 드물다. 이런 신비로운 변화는 워낙 미묘하고 서서히 진행되므로 변화가 시작된 날짜를 콕 짚어 말하기 어렵다. 누구보다 당사자가 변화에 가장 둔감하다. 그러다가 변성기가 찾아오거나 누군가의 손길만 닿아도 심장이 콩닥거리기 시작하면 저절로 변화를 알아차린다. 그리고 뿌듯함과 두려움을 동시에 느끼며 자기 안에 새롭고 더 큰 자아가 깨어났다는 사실을 깨닫는다. 새로운 삶이 찾아오리라는 전조가 나타난 날짜나 사소한 계기를 기억하지 못하는 사람은 드물리라. 루시 페리어의 경우 그 계기가 된 사건이 앞으로 그녀 자신이나 수많은 사람들의 운명에 지대한 영향을 미쳤다는 점은 말할 것도 없거니와 그 자체로도 무척 중요했다.

바야흐로 따뜻한 유월의 어느 아침이었다. 때가 때인지라 후기성도[■] 신자들은 그들의 상징인 벌집의 벌처럼 분주했다. 벌이 윙윙거리며 분주하게 꿀을 모으듯 들판에서도 거리에서도 사람들이 일하는 소리가 울려 퍼졌다. 먼지가 자욱한 큰길마다 짐을 가득 실은 노새의 행렬이 길게 이어졌다. 목적지는 황금을 향한 열기로 뜨거운 서부의 캘리포니아 주. 그곳으로 가는 육로가 선택받은 자들의 도시를 통과했던 것이다. 한편으로는 외진 목초지에서 풀을 뜯던 양과 거세한 수송아지떼도 도시로 몰려왔다. 그뿐 아니라 이주자들도 지친 몸을 이끌고 꼬리에 꼬리를 물고 도착했다. 사람도 말도 끝이 보이지 않는 여정에 지칠 대로 지친 상태였다. 뛰어난 승마 실력을 자랑하는 루시 페리어는 사람과 가축으로 북적거리는 곳을 요리조리 잘도 빠져나갔다. 일단 빠져나온 뒤에는 전속력으로 말을 몰았다. 뽀얀 얼굴은 힘껏 말을 몬 탓에 붉게 상기되었고 긴 밤색 머리카락이 바람을 받아 휘날렸다. 그녀는 아버지의 심부름으로 시내에 가는 중이었다. 전에도 수없이 그랬던 것처럼 기세 좋게 말을 몰았다. 아

■ 모르몬교인이 초기 기독교회의 교인들과 자신들을 구분 지어 부르는 말.

무것도 두려울 것 없는 청춘이기에 그녀의 머릿속은 맡은 일과 일을 해낼 방법에 대한 생각뿐이었다. 꾀죄죄한 행색의 여행자들은 경탄의 눈길로 그녀를 바라보았다. 모피를 거래하러 온 원주민들조차 감정을 좀처럼 드러내지 않는 금욕주의적인 태도를 잠시 벗어던지고 백인 아가씨의 미모에 감탄했다.

도시의 변두리에 당도해보니 도로는 소떼로 가로막혀 있었다. 거칠어 보이는 소몰이꾼 여섯 명이 평원에서 몰고 온 어마어마한 수의 소떼였다. 그녀는 조급한 마음을 참지 못하고 말을 몰았다. 어떻게든 장애물 사이를 지나가볼 셈이었다. 하지만 소떼의 틈으로 들어가자마자 소들에 둘러싸였다. 긴 뿔을 달고 무시무시한 눈빛을 한 거세 수송아지들 사이에 끼어 옴짝달싹도 못 하는 신세가 되어버린 것이다. 가축을 다루는 데 익숙한 그녀는 크게 놀라지 않고 흐르는 강물 같은 소떼에서 빠져나오려고 틈이 보일 때마다 말을 그곳으로 몰았다. 우연인지 고의인지 불행하게도 소 한 마리가 뿔로 말의 옆구리를 거칠게 들이받았다. 난데없이 뿔에 받힌 말은 미친듯이 흥분했다. 분을 참지 못한 말이 앞다리를 쳐들었다. 어찌나 심하게 날뛰는지 어지간히 솜씨 좋은 기수가 아니고서야 말에 붙어 있지도 못할 지경이었다. 절체절명의 순간이었다. 말은 흥분해 날뛸 때마다 소뿔에 들이받혔고 그러면 또다시 신경질을 내며 흥분을 했다. 루시는 말에 딱 붙어 버티는 것 말고는 아무것도 할 수 없었다. 낙마라도 했다가는 겁에 질려 잔뜩 흥분한 소들에게 밟혀 끔찍한 최후를 맞이할 것이기 때문이다. 이렇게 위급한 상황에 처할 줄 생각지도 못했던 루시는 머리가 빙빙 돌고 고삐를 잡은 손에서도 힘이 빠졌다. 땅에서 올라온 자욱한 먼지와 사방에서 날뛰는 가축들이 뿜어대는 열기로 숨조차 제대로 쉴 수 없었다. 자포자기해 그만 모든 것을 놓아버리고만 싶었다. 바로 그때 옆에서 누가 자상한 목소리로 도와주겠다고 말했다. 동시에 근육질의 갈색 손이 나타나 놀란 말의 고삐를 잡더니 소떼 사이로 끌고 가기 시작했다. 어느새 그녀는 소떼 밖으로 나와 있었다.

"다친 데가 없기를 바랍니다, 아가씨."

생명의 은인이 정중하게 말했다.

루시는 고개를 들어 검게 그을린 강렬한 인상의 남자를 바라보았다. 그러다가 깔깔거리며 순진하게 대답했다.

"혼이 쏙 빠질 정도로 놀랐어요. 판초 녀석이 소떼에 이렇게 겁을 먹을 줄 누가 상상이나 했겠어요?"

"말에서 떨어지지 않아 천만다행입니다."

남자가 진지한 표정으로 말했다. 키가 크고 야성적인 분위기의 청년이었다. 조악한 사냥꾼 옷차림에 어깨에는 긴 소총을 멘 채 힘이 좋은 갈색 말을 타고 있었다.

"존 페리어 씨의 따님이시죠? 댁에서 말을 타고 나오는 아가씨를 본 적이 있습니다. 아버님을 뵙거든 세인트루이스의 제퍼슨 호프 가족을 기억하시는지 여쭤봐주세요. 제가 기억하는 페리어 씨가 맞다면 제 아버지와 막역한 사이셨을 테니까요."

"와서 직접 물어보시지그래요?"

루시가 새침하게 말했다.

젊은 남자는 그 말에 내심 반색을 한 것 같았다. 기쁨으로 반짝이는 검은 눈동자를 보면 말이다.

"그렇게 하도록 하죠. 저와 동료들은 두 달 동안 산에서 지낸 터라 댁에 방문할 만한 몰골은 아니지만 이런 꼴로 찾아가더라도 이해해주시면 좋겠군요."

"아버지는 정말 고마워하실 거예요. 저도 그렇고요. 아버지는 저를 끔찍이 아끼시거든요. 제가 소들에 밟혀 죽었다면 아버지는 상심해서 어떻게 되셨을지 몰라요."

"그건 저도 마찬가지일걸요."

"당신이요? 제가 어떻게 되든 무슨 상관이죠. 어차피 제 친구도 아니잖아요."

이 말에 검게 탄 젊은 사냥꾼의 얼굴이 순식간에 어두워졌다. 루시는 참지 못하고 크게 웃어버렸다.

"기분 푸세요. 그냥 해본 말이었어요. 이제 당신이 제 친구인

건 당연하잖아요. 우리집에 꼭 오세요. 저는 이만 가봐야겠어요. 안 그러면 아버지가 더이상 절 믿고 일을 맡기지 않으실 테니. 안녕!"

"잘 가요."

남자는 챙이 넓은 솜브레로를 벗고 루시가 내민 작은 손 위로 몸을 숙였다. 그녀는 말머리를 홱 돌리더니 채찍을 한 번 휘두르고는 먼지구름을 자욱하게 일으키며 넓은 길을 달려갔다.

제퍼슨 호프도 동료들과 함께 갈 길을 재촉했다. 한데 표정이 뚱하니 울적했다. 그는 원래 동료들과 함께 은광맥을 찾아 시에라네바다산맥으로 들어갔었다. 그곳에서 은광맥을 찾았지만 채굴을 할 자금이 없어서 자금을 마련하려고 솔트레이크시티로 온 것이다. 원래 그는 동료들 가운데 누구보다 열심히 일하는 사람이었지만 방금 전 예기치 못한 사건을 겪은 후로 루시 말고 아무것도 생각할 수 없었다. 산에서 불어오는 미풍처럼 시원스럽고 건강한 금발머리의 아가씨를 만나고 나니 가슴속 깊은 곳에서 활화산처럼 뜨거운 정열이 부글부글 끓어오르기 시작했다. 그녀의 뒷모습이 시야에서 사라지자 호프는 인생의 전환점을 맞닥뜨렸다는 사실을 깨달았다. 은광 탐사든 뭐든 어떤 문제도 지금 막 나타나 모든 것을 송두리째 집어삼킨 사랑보다 더 중요할 수 없었다. 그의 마음에서 솟아오른 사랑은 어린 소년의 변덕스럽고 부질없는 환상이 아니었다. 의지력이 강철 같고 투지가 넘치는 남자의 심장을 뜨겁고 격렬하게 타오르게 한 열정이었다. 그는 마음먹은 일은 어떻게든 해내고 마는 사람이었다. 노력과 끈기로 그녀의 사랑을 얻을 수 있다면 반드시 얻고 말겠다고 마음속으로 맹세했다.

제퍼슨 호프는 그날 밤 당장 존 페리어를 찾아갔다. 그 후로도 수도 없이 찾아가 마침내 페리어가의 가족 같은 사람이 되었다. 존은 지난 십이 년간 골짜기에 틀어박혀 일만 하고 살았던 탓에 바깥세상이 어떻게 돌아가는지 통 몰랐다. 제퍼슨 호프는 존에게 바깥세상에 대해 들려주었다. 존만 아니라 루시도 젊은 사냥꾼의 이야기에 흥미를 보였다. 그는 캘리포니아의 개척자였다. 즐겁고 평화로웠던 시절 캘리포니아에서 사람들이 한재산을 모으기도 하고 한재산을 날리기도 했던 흥미로운 이야기를 잔뜩 알고 있었다. 그는 정찰자요, 덫을 놓는 사냥꾼이요, 은맥을 찾는 탐험가요, 목동이었다. 가슴 떨리는 모험이 있는 곳이라면 어디든 목적지로 삼고 떠났다. 그는 이내 늙은 농부 존의 눈에 들었다. 존은 제퍼슨 호프의 됨됨이를 매일같이 칭찬했다. 그럴 때마다 루시는 아버지의 말을 듣고만 있었지만 붉게 물든 두 볼과 행복감으로 환하게 빛나는 두 눈을 보면 그녀의 마음은 더이상 자신의 것이 아니었다. 순진한 아버지는 이런 징조들을 못 알아차렸을지 몰라도 그녀의 사랑을 차지한 남자에게는 확실히 전해졌다.

어느 여름날 저녁 말을 타고 달려온 제퍼슨 호프가 존 페리어의 집 대문 앞에 말을 세웠다. 집의 문가에 있던 루시가 보고 맞으러 나왔다. 그는 고삐를 울타리에 매어둔 후 마당에 난 좁은 길을 따라 그녀에게 향했다.

"루시, 나는 지금 떠납니다."

그는 루시의 두 손을 맞잡고 얼굴을 부드러운 눈빛으로 바라보며 말했다.

"당장 함께 가자는 말은 하지 않겠습니다. 하지만 다시 돌아오면 그때는 나와 함께 가겠어요?"

"그때가 언제죠?"

루시가 두 볼을 붉히며 웃음을 터뜨렸다.

"두 달 정도 이곳을 떠나게 되었습니다. 돌아오면 당신에게 청혼하겠습니다, 내 사랑. 우리 사이는 아무도 방해할 수 없어요."

"아버지는요?"

그녀가 물었다.

"광산을 정식으로 개발하면 무조건 승낙해주신다고 하셨어요. 그 점에 대해서는 걱정하지 않아도 됩니다."

"오, 당신과 아버지가 그렇게 이야기가 되었다면 신경쓰지 않아도 되겠군요."

그녀가 속삭이고는 호프의 넓은 가슴에 볼을 갖다 대었다.

"하나님, 감사합니다!"

그는 쉰 목소리로 말한 후 고개를 숙여 그녀에게 입을 맞추었다.

"그럼 약속했습니다. 더 머무를수록 발걸음이 안 떨어질 거예요. 협곡에서 동료들이 기다리고 있습니다. 잘 지내요, 내 사랑. 잘 있어요. 두 달 안에 돌아올게요."

그는 그녀에게서 몸을 뗐다. 그리고 훌쩍 말에 올라탄 후 한 번도 뒤돌아보지 않고 전속력으로 말을 몰았다. 마치 떠난 곳을 뒤돌아보기만 해도 굳게 먹은 마음이 무너질까 두려운 사람처럼 말이다. 루시는 문가에 서서 떠나가는 뒷모습을 계속 지켜보았다. 그가 더이상 보이지 않게 되어서야 비로소 몸을 돌려 집으로 들어가는 그녀는 이제 유타 전역에서 가장 행복한 여자였다.

존 페리어가 선지자와 이야기를 나누다

3.

제퍼슨 호프가 동료들과 함께 솔트레이크시티를 떠난 지도 삼 주가 지났다. 존 페리어는 곧 그가 돌아올 테고 그러면 딸을 떠나보내야 한다는 생각만 하면 가슴이 찢어지듯 아팠다. 하지만 제퍼슨 호프와의 약속을 지키는 데는 어떤 설득력 있는 주장도 필요하지 않았다. 그저 행복에 겨워 환하게 빛나는 루시의 얼굴을 보는 것으로 충분했다. 그에게는 예전부터 무슨 일이 있어도 지키겠다고 마음 깊이 다짐한 일이 하나 있었다. 하늘이 무너져도 루시를 모르몬교도와 결혼시키지 않는다는 것이었다. 그는 모르몬교도와의 결혼은 결혼이라고 할 수도 없으며 그저 수치스럽고 불명예스러운 일일 뿐이라 여겼다. 모르몬교의 다른 교리에 대해서야 어떻게 생각하든 결혼 제도에 대해서만큼은 절대 마음을 바꾸지 않았다. 하지만 이런 결심을 절대 입에 담지 않았다. 당시 성자들의 땅에서는 전통을 따르지 않겠다는 생각을 입 밖에 내는 것만으로도 위험했기 때문이다.

그랬다. 위험한 일이었다. 어찌나 위험한지 믿음이 가장 깊은 사람조차 자신이 내뱉은 말이 곡해되어 응징을 받는 불상사가 일어나지 않도록 종교적 견해에 대해서는 최대한 목소리를 낮추어야 했다. 박해의 피해자였던 사람들 사이에서 이번에는 자신들을 상대로 하는 박해자가 태어났다. 그것도 가장 무섭고 끔찍한 박해자 말이다. 독일의 펨게리히트 법정이나 이탈리아의 비밀결사, 심지어 세비야의 종교재판소보다도 무시무시한 조직이 유타에 먹구름을 드리우기 시작한 것이다.

그 조직은 신비에 싸여 실체를 알 수 없다는 점에서 이중의 공포를 자아냈다. 조직은 뭐든 다 아는데다 못 하는 일이 없었다. 하지만 조직에 대해 듣거나 본 사람은 아무도 없었다. 교회에 반기를 든 사람은 소리소문 없이 자취를 감추었다. 어디로 갔는지 무슨 일을 당했는지 아무도 몰랐다. 아내와 아이들은 사라진 가장을 집에서 기다렸다. 하지만 비밀 판사들에게 판결을 받은 후 어떤 일을 겪었는지 집으로 돌아와 말해준 가장은 아무도 없었다. 경솔한 말이나 성급한 행동 뒤에는 반드시 파멸이 뒤따랐다. 누구도 자신들을 손아귀에 넣은 이 끔찍한 권력이 무엇인지 몰랐다. 그들이 늘 두려움에 벌벌 떨며, 허허벌판에서 모기만 한 소리로도 마음을 무겁게 짓누르는 의심을 입 밖에 내지 못하는 것은 당연했다.

처음에 이 모호하고 무시무시한 조직은 모르몬교를 받아들였으나 후에 신앙을 그르치거나 버리려는 사람들만 응징했다. 하지만 응징의 범위는 이내 넓어졌다. 성인 여성의 수가 줄어들기 시작했다. 모르몬교의 결혼 제도를 유지하기 위해 꼭 필요한 여성 인구가 유입되지 않는다면 일부다처제가 무슨 소용이 있겠는가.

얼마 후 묘한 소문이 나돌기 시작했다. 원주민이 한 번도 나오지 않은 지역에서 야영을 하던 이주자들을 누군가 살해하고 철저하게 약탈했다는 소문이었다. 그런 소문이 돌고 나면 장로들의 하렘에 못 보던 여자들이 나타났다. 슬픔에 잠겨 울음을 그치지 않는 여자들의 얼굴에는 공포의 흔적이 깊이 새겨져 있었다. 날이 저문 후 산을 넘어와 도시에 도착한 사람들은 무장한 남자들 무리에 대한 이야기를 했다. 모두 복면을 하고 소리도 없이 조용히 나타나 어둠 속에서 순식간에 스쳐지나갔다는 것이다. 이런 이야기와 소문들이 점점 구체적인 형태를 갖춰가더니 여기저기서 증거가 나타나고 마침내 이름까지 만들어졌다. 오늘날까지도 서부의 외딴 농장에서는 모르몬교의 비밀결사를 가리키는 '대나이트 조직'이나 '복수의 사자'라는 이름을 사악하고 불길하게 여길 정도다.

이토록 무서운 결과를 낳은 조직에 대해 알면 알수록 사람들 마음속의 공포는 줄어들기는커녕 더 커질 뿐이었다. 이 무자비한 단체에 누가 속해 있는지 아무도 몰랐다. 종교의 이름으로 피비린내 나는 폭력을 행사한 사람들의 이름은 철저하게 비밀에 붙여졌다. 선지자와 그의 사명에 대한 의구심을 친구에게 털어놓았다고 하자. 그러면 친구가 한밤중에 총칼을 들고 불쑥 찾아와 불경한 말을 지껄인 대가를 치르게 할지도 몰랐다. 사람들은 이웃을 두려워해 마음속 깊은 곳의 생각을 절대 입 밖에 내지 않게 되었다.

어느 화창한 아침이었다. 존 페리어가 밀밭을 둘러보려고 나갈 채비를 하는데 대문에서 딸깍하는 소리가 들렸다. 창밖을 내다보니 체격이 건장하고 연한 금발머리의 중년 남자가 마당을 걸어오는 중이었다. 그 모습을 본 페리어는 깜짝 놀랐다. 그도 그럴 것이 위대한 브리검 영이었기 때문이다. 놀란 이유는 그뿐이 아니었다. 브리검 영이 성도를 직접 찾아올 때는 좋은 일을 기대하기 힘들었다. 두려움에 찬 존이 선지자를 맞이하여 인사를 하자 무서운 얼굴을 한 영은 차가운 반응을 보이며 존의 안내를 받아 거실로 들어갔다.

"페리어 형제."

영이 자리에 앉아 말문을 뗐다. 연한 색의 속눈썹 아래로 노인을 보는 날카로운 눈매가 예사롭지 않았다.

"믿음이 신실한 우리 성도들은 지금껏 당신의 좋은 친구들이었소. 우리는 당신이 사막에서 굶주리고 죽어갈 때 거둬주었소. 음식을 함께 나누고 선택받은 골짜기로 안전하게 인도했지. 그 후 땅을 넉넉히 나눠주었으며 우리의 보호 아래 부를 쌓도록 돌봐주었소. 그렇지 않소?"

"그렇습니다."

존 페리어가 대답했다.

"모든 것을 베푸는 대신 단 한 가지 조건을 내걸었소. 믿음을 받아들이고 어떤 식으로든 교리를 따르라는 것이었소. 당신은 그렇게 하겠다고 약속을 했고. 그런데 요즘 떠도는 소문이 사실이라면 당신은 약속을 저버렸소."

"무슨 약속을 저버렸다는 겁니까?"

존 페리어는 영의 비난에 양팔을 벌리며 되물었다.

"제가 공동 기금에 돈을 내지 않았습니까? 예배에 참석하지 않았나요? 아니면?"

"당신의 아내들은 어디에 있소?"

영이 주위를 둘러보며 물었다.

"모두 불러오시오. 내가 인사를 할 수 있도록 말이오."

"제가 결혼을 하지 않은 건 사실입니다. 하지만 우리에게는 여자들의 수가 얼마 되지 않습니다. 게다가 저보다 나은 남편감들이 많습니다. 저는 혼자가 아닙니다. 딸이 저를 잘 돌봐주고 있습니다."

존 페리어가 대답했다.

"지금 하려는 이야기도 바로 그 아가씨에 관한 것이오. 그녀는 잘 자라 이제 유타의 꽃이 되었소. 이 땅의 고귀한 이들이 호감을 품고 있소."

존은 속으로 신음했다.

"그녀에 대해 도저히 믿고 싶지 않은 소문이 돈다고 들었소. 어떤 이교도와 결혼을 약속했다고 하던데. 분명 호사가들이 멋모르고 떠들어대는 이야기일 테지."

영이 계속 말을 이었다.

"조지프 스미스 성인의 교리 중 열세 번째 규율이 뭐요? '진실한 믿음을 가진 처녀는 선택받은 사람과 결혼을 해야 한다. 이교도와 결혼을 하는 여자는 통탄할 죄를 저지르는 것이다.' 신성한 교리를 지키고 따르는 당신이 계율을 깨뜨리려는 딸을 그대로 내버려두지는 않겠지."

존 페리어는 말없이 초조하게 채찍만 만지작거렸다.

“이 조항 하나로 당신의 신앙을 시험하리라 ‘신성한 사인四人 위원회’가 결정했소. 당신의 딸은 젊소. 우리도 노인과 결혼시킬 생각은 없소. 선택권을 빼앗지도 않을 거요. 우리 장로들은 모두 암소를 여럿 거느리고 있소. 그러니 우리 자식들에게도 여럿 마련해주어야 하오. 스탠저슨과 드레버 모두 아들이 한 명씩 있소. 두 집 가운데 누구라도 당신 딸을 기꺼이 식구로 맞이할 거요. 딸에게 둘 중에서 남편을 고르라고 하시오. 두 사람 다 젊고 부유하오. 신앙 또한 진실하지. 자, 어떻게 할 거요?”

존 페리어는 눈썹을 찌푸린 채 한동안 아무 말도 하지 않았다.

“시간을 주십시오. 제 딸은 아직 어립니다. 결혼을 하기엔 이릅니다.”

마침내 입을 연 그의 대답이었다.

“생각할 시간을 한 달 주겠소. 한 달이 지나면 딸은 대답을 해야 하오.”

영이 자리에서 일어나며 말했다.

문으로 나가려던 영이 갑자기 몸을 돌렸다. 얼굴이 붉게 상기되고 눈도 충혈되어 있었다.

“존 페리어, 이제 와서 나약한 의지로 신성한 사인 위원회의 명령을 거역한다면 차라리 옛날 시에라블랭코 산에서 백골로 눕는 편이 나았겠다고 후회하게 될 거요.”

그는 쩌렁쩌렁한 목소리로 호통을 쳤다.

그는 마지막으로 위협적인 손짓을 하더니 다시 몸을 돌려 그곳을 떠났다. 존은 조약돌이 깔린 좁은 길을 절걱거리며 지나가는 육중한 발걸음 소리를 가만히 듣고 있었다.

그는 무릎에 팔꿈치를 괸 채 가만히 앉아서 이 이야기를 딸에게 어떻게 알려야 할지 고민을 했다. 바로 그때 보드라운 손이 그의 손을 잡았다. 고개를 들어보니 어느새 루시가 옆에 와 있었다. 창백하고 겁에 질린 얼굴을 보니 이야기를 들은 게 분명했다.

"일부러 들으려고 한 건 아니에요. 그분의 목소리가 온 집안에 쩌렁쩌렁 울렸어요. 오, 아버지. 이제 어떻게 하면 좋아요?"

루시가 표정을 읽기라도 한 듯 말했다.

"겁먹지 말거라."

그는 딸을 끌어당겨 크고 거친 손으로 그녀의 밤색 머리를 부드럽게 쓰다듬어주었다.

"어떻게든 방법을 찾을 수 있을 거야. 혹시라도 그 청년을 연모하는 마음이 식은 건 아니지?"

루시는 흐느끼며 손을 꼭 쥐었다. 그것이 대답이었다.

"그래, 물론 그렇겠지. 나도 네 마음이 식었다는 대답을 듣고 싶지 않구나. 네게 잘 어울리는 상대야. 기독교인이기도 하고,

노상 기도를 하고 설교를 해대는 이곳 사람보다 더 기독교도답지. 내일 네바다 주로 떠나는 사람들이 있어. 어떻게든 그에게 편지를 보내서 지금 어떤 상황인지 알려야겠다. 내가 그 친구를 제대로 알고 있다면 그는 전보가 날아가는 속도로 돌아올 거야."

눈물을 흘리던 루시는 아버지의 마지막 말에 그만 웃음을 터뜨렸다.

"그가 돌아오면 우리에게 최선의 방도를 알려줄 거예요. 하지만 지금은 아버지의 안전이 더 걱정스러워요. 선지자의 뜻을 거스르는 사람들이 어떻게 되는지 들으셨잖아요. 그 사람들에게는 항상 무서운 일이 일어났대요."

"우리는 아직 뜻을 거스르지 않았잖니. 그를 거스르는 때가 정말로 위험에 대비해야 할 때야. 아직 한 달이라는 시간이 있다. 한 달이 지나기 전에 유타를 빠져나가는 게 최선이야."

"유타를 떠난다고요?"

"그 수밖에 없지 않겠니."

"농장은 어떻게 하고요?"

"최대한 현금으로 바꿔야지. 나머지는 버리고 가자꾸나. 루시, 솔직히 말하면 이곳을 떠나야 한다고 생각한 게 이번이 처음은 아니란다. 여기 사람들은 빌어먹을 선지자의 권위를 아무렇지도 않게 받아들이지만, 나는 말이다, 그렇게 복종하고 싶지 않아. 나는 태어날 때부터 자유로운 미국인이란 말이다. 그러니 이런 삶이 도저히 적응이 안 되는구나. 내가 너무 늙어서 뭔가를 새로 배우기 힘든 건지도 모르겠다. 아까 그놈이 근처를 어슬렁거린다면 총알 세례를 각오해야 할 거야."

"우리가 도망치도록 보고만 있지 않을걸요."

루시가 말했다.

"일단 제퍼슨이 돌아올 때까지 기다리자꾸나. 그만 오면 어떻게든 떠날 수 있을 거야. 그동안은 너무 조바심을 내지 말거라, 아가야. 눈물 흘리지도 말고. 안 그러면 제퍼슨이 네 얼굴을 보고 나를 나무랄 게야. 두려워하지 않아도 돼. 전혀 위험하지 않으니까."

존은 어느 때보다 확고한 목소리로 딸을 안심시켰다. 하지만 루시는 아버지가 그날 밤 유난히 꼼꼼하게 문단속을 하는 것도, 침실 벽에 걸려 있던 녹슨 낡은 산탄총을 청소한 후 장전해두는 것도 모두 보았다.

필사의 탈출

4.

존 페리어는 선지자와 면담을 하고 난 다음 날 아침 시내로 향했다. 그곳에서 시에라네바다산맥으로 떠나는 지인을 만나 제퍼슨 호프에게 보낼 편지를 맡겼다. 그는 편지에다 자신과 딸에게 닥친 위험에 대해 설명을 하고 한시바삐 돌아오라고 썼다. 그렇게라도 하고 나자 마음이 조금 놓여 한결 가벼운 마음으로 집으로 향했다.

농장이 가까워지자 대문의 양쪽 기둥에 누가 매어놓은 말 두 필이 눈에 들어왔다. 존은 의아하게 여기며 집으로 들어갔다가 젊은 남자 두 명이 거실을 차지하고 있는 모습을 보고 깜짝 놀랐다. 얼굴이 길쭉하고 안색이 파리한 남자가 흔들의자에 앉아 난로에 발을 올려놓고 있었다. 다른 남자는 얼굴이 투실투실하고 음탕하게 생긴데다 목이 굵고 짧았다. 그는 양손을 주머니에 넣고 창가에 서서 유행하는 찬송가를 휘파람으로 불고 있었다. 두 사람은 존이 거실로 들어오자 고개를 까닥하며 인사를 했다. 이윽고 흔들의자에 앉은 쪽이 먼저 말문을 열었다.

"우리가 누군지 모르시겠죠. 저 사람은 드레버 장로의 아들이고 저는 조지프 스탠저슨입니다. 주님이 직접 당신을 진실한 교회의 품으로 보내셨던 사막에서부터 함께 여행을 했죠."

"'때가 되면 주께서 모든 어를 인도하시리니 맷돌은 천천히 돌아도 알갱이는 대단히 곱다.'"

다른 쪽 남자가 콧소리를 섞어 말했다.

존 페리어는 차가운 태도로 인사를 했다. 보자마자 그들이 누구인지 짐작이 갔다.

스탠저슨이 계속 말을 이었다.

"오늘 우리가 이렇게 찾아온 것은 아버지들이 충고를 해주셨기 때문입니다. 그분들은 우리 중 당신과 따님에게 더 어울리는 쪽이 따님을 얻으리라고 하셨습니다. 저는 아내가 넷밖에 없습니다만 드레버는 벌써 일곱이나 있습니다. 그러니 제가 따님을 아내로 맞을 확률이 더 높은 것 같군요."

"아니지. 그건 아니야, 스탠저슨 형제. 중요한 건 아내가 얼마나 있느냐가 아니야. 몇 명이나 먹여 살릴 능력이 있느냐지. 나는 얼마 전에 아버지의 제분소를 물려받았어. 재산이 더 불었지."

드레버가 반박을 했다.

"전망은 내가 더 밝아. 주님이 아버지를 데려가시면 무두질 작업장과 가죽 공장을 전부 물려받을 테니까. 게다가 나는 자네보다 연상이고 교회에서 지위도 더 높지 않나."

스탠저슨이 온화하게 말했다.

"아가씨에게 직접 고르라고 하지. 결정을 그녀에게 넘기는 거야."

드레버가 유리잔에 비친 자신의 얼굴을 보고 능글맞게 히죽거리며 말했다.

이런 대화가 진행되는 동안 존 페리어는 애써 분을 참으며 문간에 서 있었다. 분통을 터뜨리며 둘의 등짝에 채찍을 휘두르고 싶은 마음을 억누르는 중이었다.

그는 둘을 향해 성큼성큼 다가가 마침내 말문을 열었다.

"이것들 봐. 딸이 부르면 그때 오게. 부르기 전에는 이 집에 낯짝도 들이밀지 마!"

두 사람은 깜짝 놀라 존을 멍하니 바라보았다. 자신들이 앞다투어 루시에게 청혼을 하면 부녀가 지극히 영광스럽게 여겨야 한다고 생각했던 것이다.

"여기서 나가는 법은 두 가지가 있다. 하나는 문이고 하나는 창문이다. 어느 쪽으로 나갈 건가?"

존이 소리쳤다.

우락부락하고 검게 그을린 얼굴과 커다란 손은 위협적이었다. 그 모습을 본 두 방문객은 벌떡 일어나 허둥지둥 문으로 달려갔다. 그러자 뒤따라간 존이 허겁지겁 떠나는 두 사람의 등에 대고 한껏 비꼬았다.

"네놈들 선택은 잘 알았다."

분노로 하얗게 질린 스탠저슨이 고래고래 소리를 질렀다.

"이 일로 꼭 대가를 치를 거야! 당신은 선지자와 신성한 사인위원회를 거역했어. 숨이 끊어지는 순간까지 후회하게 만들어주마!"

드레버도 지지 않고 악을 썼다.

"신의 무거운 손이 당신을 가만두지 않을 거야. 주님이 일어나 벌하실 거다!"

"그렇다면 내가 먼저 벌을 내려야겠구나!"

존은 불같이 화를 냈다. 루시가 팔에 매달려 말리지 않았다면 그대로 2층으로 올라가 총을 가지고 왔을 것이다. 존이 딸의 손을 뿌리치려고 실랑이를 벌이는 동안 말발굽 소리가 요란하게 나더니 두 남자는 어느새 멀리 달아나버렸다.

"천하의 위선자에 난봉꾼들 같으니라고!"

존은 이마의 땀을 닦으며 분통을 터뜨렸다.

"얘야, 저런 놈 중 하나의 아내가 되느니 차라리 세상을 하직하는 게 낫겠다."

"제 생각도 그래요, 아버지. 하지만 제퍼슨이 곧 돌아올 거예요."

루시가 짐짓 씩씩하게 말했다.

"그래. 곧 돌아올 거야. 어쨌든 빠르면 빠를수록 좋겠지. 저 놈들이 무슨 짓을 할지 짐작도 안 되니 말이다."

강철 같은 의지를 갖춘 노인과 그의 딸에게는 조언과 도움으로 힘이 되어줄 사람이 절실한 시기였다. 골짜기에 모르몬교도들이 정착을 한 이래로 장로들의 권위를 이렇게 거역한 사람은 아무도 없었다. 사소한 실수조차 엄한 벌을 받는데 이 정도로 심각한 반역 행위를 저지르면 어떤 꼴을 당할까? 존 페리어는 재산과 지위가 소용이 없다는 사실을 잘 알았다. 지금껏 그 못지않게 유명하고 부유한 사람들이 소리소문 없이 사라진 일이 한두 건이 아니었다. 게다가 그들의 재산은 모두 교회로 넘어가지 않았던가. 그는 용감한 사람이었다. 그런 그도 자신의 운명을 뒤덮은 실체를 알 수 없는 그림자 같은 공포에 소름이 오싹 끼쳤다. 어떤 위험이든 정체가 뭔지 알면 입을 굳게 다물고 맞설 수 있다. 하지만 이런 공포에는 그조차 용기가 사라졌다. 딸 앞에서만은 두려움을 숨기고 별일 아닌 척 행동했지만 루시는 아버지를 사랑하는 마음의 눈으로 그답지 않게 불안해한다는 사실을 꿰뚫어 보았다.

존 페리어는 자신이 한 행동이 알려지면 영으로부터 모종의 전갈이나 비난이 날아오리라 예상했다. 짐작은 빗나가지 않았다. 그런데 선지자의 뜻은 노인이 전혀 생각하지 못한 방식으로 전해졌다.

다음날 아침 일어나보니 놀랍게도 그가 덮고 잔 이불에 네모난 종이 한 장이 꽂혀 있었다. 그것도 가슴팍 부근에 말이다. 종이에 굵은 글씨로 적힌 내용은 보는 이의 간담을 서늘하게 했다.

네 뜻을 바꿀 날이 29일 남았다. 그 이후에는

미완성으로 끝난 문장은 그 어떤 위협보다 무시무시했다. 어떻게 경고문을 두고 갔는지 어리둥절했다. 그도 그럴 것이 하인들은 모두 별채에서 잤고 문과 창문은 모두 단단히 잠가두었기 때문이다. 그는 경고문을 구겨버리고 루시에게는 아무 말도 하지 않았다. 하지만 뼛속까지 공포로 물들고 말았다. '29일'은 영이 약속한 한 달 중 남은 날을 의미하는 게 분명했다. 이토록 불가사의한 힘을 휘두르는 적에게 맞서려면 얼마나 용감하고 강인해야 할까? 지난밤 이불에 핀을 꽂은 손은 심장을 노릴 수도 있었다. 그랬다면 존은 누구의 손에 죽었는지 결코 알 수 없었으리라.

다음날 아침에는 더욱 충격적인 것이 기다리고 있었다. 부녀가 아침을 먹으려고 식탁에 앉았는데, 루시가 깜짝 놀라 비명을 지르며 위를 가리켰다. 천장의 중앙에 누가 끝을 그을린 나뭇가지로 28이라는 숫자를 적어놓은 것이 아닌가. 루시는 숫자의 의미를 몰랐다. 존도 굳이 알려주지 않았다. 그날 밤 그는 총을 준비해 밤새 집을 지켰지만 아무것도 보지도 듣지도 못했다. 그런데도 아침에 밖으로 나가보니 문에 27이란 숫자가 페인트로 씌어 있는 게 아닌가.

그 후로도 그런 일이 계속 일어났다. 아침이면 어김없이 숫자가 눈에 잘 띄는 곳에 있었다. 보이지 않는 적들이 선택의 날까지 며칠이 남았는지 알려주려고 써둔 것이었다. 벽일 때도 있고 바닥일 때도 있었다. 가끔은 숫자가 적힌 작은 천이 정원의 문이나 울타리에 걸려 있었다. 아무리 밤을 새워가며 지켜보아도 그들이 어떻게 경고장을 두고 가는지 알 길이 없었다. 경고장을 볼 때마다 초자연적인 현상을 목격하는 것처럼 두려움이 엄습했다. 그는 점점 더 안절부절못하고 초췌해졌다. 쫓기는 사냥감처럼 눈빛에는 불안한 기색이 역력히 떠올랐다. 이제 남은 희망은 단 하나였다. 그는 호프가 시에라네바다산맥에서 돌아오기만 오매불망 기다렸다.

이십 일이 보름으로 줄어들더니 보름이 어느새 열흘이 되었다. 제퍼슨 호프에게서는 아무 연락도 없었다. 숫자가 하나씩 줄어가는 동안 내내 감감무소식이었다. 말발굽 소리가 들리거나 소몰이꾼이 동료들에게 소리쳐 말하는 소리가 들릴 때마다 존은 마침내 도움을 주러 호프가 돌아온 줄 알고 대문으로 달려나갔다.

어느새 남은 시간이 닷새에서 나흘이 되고 나흘이 사흘로 바뀌자 그는 마침내 절망에 빠져 그곳을 빠져나갈 희망을 버렸다. 정착지를 에워싼 산악 지대에 대해 알지도 못하면서 혼자서 도망치려고 해봐야 잘될 리 없었다. 상대가 엄중하게 감시하고 지키는 길목이 점점 더 늘어났다. 위원회의 지시가 없으면 아무도 길목을 통과할 수 없었다. 어느 쪽을 보아도 그의 머리 위에 걸려 있는 파멸의 운명을 피할 길이 없었다. 하지만 딸에게 치욕을 안겨주느니 차라리 목숨을 내놓겠다는 각오만큼은 결코 흔들리지 않았다.

유예 기간이 이틀 남은 저녁 그는 홀로 앉아 상황을 곰곰이 짚어보며 벗어날 방법을 고민하던 중이었다. 그날 아침 벽에는 숫자 2가 적혀 있었다. 하룻밤만 지나면 주어진 시간의 마지막 날이었다. 그러고 나면 어떻게 될까? 구체적으로 무슨 일이 벌어질지 알 수 없으니 막연히 끔찍한 상상만이 머릿속을 가득채웠다. 그가 죽고 나면 루시는 어떻게 될까? 주위에 쳐져 있는 보이지 않는 그물을 빠져나갈 방법은 정녕 없는 걸까? 그는 탁자 위로 고개를 푹 숙였다. 자신이 너무나 무력하다는 생각에 흐느낌이 새어 나왔다.

바로 그때 주위에 내려앉은 정적 속에서 뭔가를 살며시 긁어대는 소리가 들렸다. 무슨 소리지? 작은 소리였지만 밤이라 주위가 워낙 조용해 또렷하게 들렸다. 소리는 문에서 났다. 존은 복도로 살금살금 기어나가 밖에서 들리는 소리에 집중했지만 소리는 이내 끊어져 몇 분 동안 들리지 않았다. 이제 그쳤나 했는데 또다시 들리기 시작했다. 문의 판자 하나를 매우 조심스럽게 두드리는 것이 분명했다. 비밀 재판소의 살인 명령을 받고 집에 침입하려는 한밤의 암살자일까? 유예 기간의 마지막날이 밝았다는 사실을 표시하려고 온 자일까? 그는 간이 철렁하고 심장이 서늘해지는 공포로 가슴을 졸이느니 차라리 당장 죽는 게 낫겠다 싶었다. 앞으로 튀어나가 빗장을 들어올리고 문을 활짝 열어젖혔다.

밖은 아무 일도 없이 평화로웠다. 밤하늘은 청명했고 머리 위에서 별들이 찬란하게 빛났다. 눈앞에 놓인 작은 앞마당은 울타리와 대문으로 둘러싸여 있었다. 하지만 앞마당에도 집 앞을 지나는 길에도 사람이라고는 한 명도 보이지 않았다. 그는 안도의 한숨을 내쉬며 좌우를 다시 살폈다. 그러다 우연히 발밑을 내려다보고는 넋이 나갈 정도로 놀랐다. 어떤 남자가 대자로 땅바닥에 엎드려 있었던 것이다.

어찌나 놀랐는지 그는 등뒤의 벽에 달라붙었다. 무심코 소리를 치지 않으려고 한 손을 입으로 가져갔다. 처음에는 부상을 입거나 죽어가는 사람인 줄 알았다. 그런데 남자가 엎드린 채 몸을 꿈틀거려 뱀처럼 빠르고 소리 없이 복도로 기어들어오는 것이 아닌가. 집으로 들어오자 남자는 벌떡 일어나서 문을 닫았다. 놀란 노인이 마침내 제퍼슨 호프의 얼굴을 알아보았다. 그는 결연한 각오를 다진 듯 무시무시한 표정이었다.

"세상에, 간 떨어지는 줄 알았네. 왜 이렇게 온 건가?"

존 페리어가 물었다.

"먹을 것부터 주십시오. 꼬박 이틀 동안 뭘 먹고 마실 짬도 없이 달려왔거든요."

그가 잔뜩 쉰 목소리로 말했다. 그는 마침 존 페리어가 저녁에 먹다 남긴 차가운 고기와 빵을 보더니 그대로 달려들어 게 눈 감추듯 먹어치웠다.

"루시는 잘 버티고 있습니까?"

"그렇다네. 루시는 아직 상황이 얼마나 위험한지 잘 몰라."

노인이 대답했다.

“차라리 다행이군요. 사방에서 집을 감시하고 있습니다. 그래서 여기까지 기어온 겁니다. 그자들은 무서울 정도로 노련합니다만 워슈족의 사냥꾼이나 다름없는 저를 잡을 정도는 아니더군요.”

존 페리어는 든든한 동료가 생겼다는 사실을 깨닫자 완전히 딴사람이 되었다. 제퍼슨 호프의 거친 손을 다정하게 잡고 꼭 쥐었다.

“자네가 자랑스럽네. 우리에게 닥친 위험과 고난을 함께하려고 기꺼이 달려와줄 사람은 없을 걸세.”

“바로 말씀하셨습니다. 저는 아버님을 존경합니다. 하지만 이 일에 휘말린 사람이 아버님 혼자였다면 벌집에 머리를 들이밀기 전에 한 번 더 생각했을 겁니다. 제게 여기까지 올 힘을 준 사람은 루시였습니다. 유타에 호프 집안 사람이 눈을 뜨고 살아 있는 한 아무도 루시에게 해코지를 하지 못할 겁니다.”

“이제 어떻게 하지?”

“내일이 마지막날이니 오늘밤에 움직이지 않으면 안 됩니다. 독수리 골짜기에 노새 한 마리와 말 두 마리를 대기시켜놓았습니다. 지금 수중에 얼마나 가지고 계십니까?”

“금으로 이천 달러와 현찰로 오천 달러네.”

"그거면 될 겁니다. 제 수중에 있는 돈은 그보다 조금 더 많습니다. 산을 넘어 카슨시티로 가야 합니다. 지금 당장 루시를 깨우세요. 하인들이 별채에서 자고 있어서 다행이군요."

존 페리어가 길을 떠나기 위해 딸을 준비시키러 간 동안 제퍼슨 호프는 집에 있는 식량을 작은 꾸러미로 싸고 질그릇 물통에 물을 채웠다. 지금까지의 경험으로 보아 산속에서는 샘을 찾기 힘들고 샘과 샘 사이도 멀었다. 그가 준비를 끝냈을 때 노인과 루시 역시 옷을 다 입고 출발 준비를 마쳤다. 연인들의 재회의 순간은 애틋하지만 짧았다. 그들에게는 단 몇 분도 소중했으며 그밖에 할 일이 많았기 때문이다.

"당장 출발해야 합니다."

제퍼슨 호프가 결연한 어조로 소리를 죽여 말했다. 절체절명의 위기가 닥쳐오더라도 강철 같은 심장으로 위기에 맞설 각오가 된 사람의 목소리였다.

"앞문과 뒷문에는 지키는 자들이 있습니다. 조심해서 옆 창문으로 빠져나가면 들키지 않고 들판을 가로지를 수 있습니다. 일단 길로 나가면 삼 킬로미터 정도 가야 합니다. 거기에 말이 기다리고 있으니까요. 날이 밝을 즈음이면 산을 반은 넘을 수 있을 겁니다."

"잡히면 어떻게 하지?"

노인이 되물었다.

호프가 상의의 앞주머니에서 비쭉 튀어나온 권총의 끝부분을 탁 치고는 악의에 찬 미소를 지으며 대답했다.

"수가 많아서 상대할 수 없다면 두세 놈은 저승 가는 길동무로 데리고 가야죠."

집안의 불이 모두 꺼졌다. 존 페리어는 컴컴한 창문을 통해 그의 것이었으나 이제 영원히 버리고 떠나야 하는 들판을 내다보았다. 이미 오랫동안 희생할 각오를 해온 것들이었다. 딸의 명예와 행복을 생각하면 재산을 잃는 안타까움은 아무것도 아니었다. 창밖의 풍경은 어딜 봐도 평화롭고 행복해 보였다. 바람에 바스락거리는 나무들이며 넓고 고요한 밭을 보고 있자니 저곳에 살인자들이 도사리고 있다는 사실이 도저히 믿어지지 않았다. 하지만 호프의 창백한 얼굴에 새겨진 표정을 보면 오면서 확신할 만한 증거를 충분히 목격한 것이 분명했다.

존 페리어는 금과 돈을 넣은 가방을 들었다. 호프는 얼마 안 되는 식량과 물을 맡았고 루시 페리어는 귀중품 몇 가지가 든 작은 꾸러미를 들었다. 천천히 최대한 조심스럽게 창문을 열고, 시커먼 구름이 밤의 풍경을 가려줄 때까지 창밖을 보며 기다렸다. 이윽고 세 사람은 창문을 통해 차례로 작은 정원으로 나왔다. 숨을 죽인 채 몸을 잔뜩 웅크리고 정원을 가로질러 산울타리 그늘에 몸을 숨겼다. 그들은 울타리를 따라 걷다가 마침내 옥수수밭 쪽으로 난 틈에 도착했다. 세 사람이 그곳에 도착하자마자 제퍼슨 호프는 존과 루시를 그림자 속으로 잡아끌었다. 그곳에서 전율에 휩싸여 가만히 엎드린 채 상황을 지켜보았다.

호프가 야생에서 생활하며 스라소니처럼 귀를 예민하게 단련해놓아 천만다행이었다. 그와 페리어 부녀가 쪼그려 앉자마자 몇 미터도 떨어지지 않은 곳에서 산부엉이의 고적한 울음소리가 들렸다. 근처에서 다른 부엉이가 화답하듯 부엉부엉 울었다. 그와 동시에 세 사람이 빠져나가려고 하는 산울타리 틈으로 그림자처럼 흐릿한 형체가 불쑥 비치더니 구슬픈 울음소리를 내며 신호를 보내는 모습이 보였다. 그 소리에 두 번째 남자가 어둠 속에서 스윽 나타났다.

"내일 자정, 부엉이가 세 번 울 때야."

그에게 첫 번째 남자가 말했다. 우두머리인 듯 보였다.

"알겠습니다. 드레버 형제에게 전할까요?"

두 번째 남자가 물었다.

"그러게. 다른 형제들에게도 전하라고 하고. 구에서 칠!"

"칠에서 오!"

남자가 대답했다. 두 사람은 각기 다른 방향으로 재빨리 사라졌다. 마지막으로 한 말은 서로 주고받는 암호가 분명했다. 발소리가 멀리 사라지자 호프가 벌떡 일어섰다. 그리고 두 사람을 도와 틈을 빠져나온 후 전속력으로 들판을 가로지르며 길을 안내했다. 그 와중에 힘이 부치는 듯 보이는 루시를 들쳐업다시피 하고 달렸다.

"서둘러요! 서둘러! 지금 보초가 지키는 곳을 통과했어요. 이제는 모든 게 발에 달렸습니다. 힘내세요!"

그는 때때로 숨을 헉헉거리며 재촉했다.

큰길로 접어들자 세 사람의 이동 속도는 한결 빨라졌다. 도중에 누군가와 마주칠 뻔했지만 간신히 들판에 몸을 숨긴 덕에 들키지 않았다. 호프는 시내에 닿기 전에 산으로 이어진, 돌투성이의 좁은 오솔길로 두 사람을 이끌었다. 삐죽삐죽한 시커먼 산봉우리 두 개가 어둠을 뚫고 우뚝 솟아 있었다. 두 산 사이의 골짜기가 말들을 대기시켜놓은 독수리 골짜기였다. 그는 직감을 발휘해 커다란 바위 사이를 요리조리 빠져나가서는 말라붙은 물길을 따라 정확하게 길을 찾아갔다. 세 사람은 마침내 바위로 가려져 보이지 않는 깊숙한 구석에 도착했다. 그곳에는 말과 노새가 충직하게 주인을 기다리고 있었다. 루시는 노새에 올라탔고 존은 돈 가방을 챙겨 말에 올랐다. 제퍼슨 호프가 나머지 말을 끌고 위험천만한 가파른 길로 향했다.

험준한 자연에 익숙치 않은 사람에게는 당혹스럽기 짝이 없는 길이었다. 한쪽으로는 시커먼 바위 절벽이 위용을 자랑하며 삼천 미터도 넘게 솟아 있었다. 험하고 위협적인 절벽의 표면에는 괴물의 갈비뼈처럼 현무암 기둥이 삐죽삐죽 튀어나와 있었다. 맞은편은 큰 바위와 바위가 부서진 돌멩이가 마구잡이로 나뒹굴고 있어서 도저히 지나갈 수 없었다. 절벽과 바위밭 사이로 폭이 일정하지 않은 길이 뻗어 있었다. 길을 따라가다 보면 폭이 좁아져 한 줄로 지나가야 하는 부분이나 험해서 숙련된 기수들만이 지나갈 수 있는 부분이 군데군데 나타났다. 하지만 아무리 가기 힘들고 위험한 길이라도 마음만큼은 가벼웠다. 한 발씩 앞으로 내디딜 때마다 무시무시한 폭압으로부터 그만큼 더 멀어지는 셈이니 왜 아니겠는가.

하지만 그들은 이내 여전히 후기성도의 땅에 있다는 증거와 맞닥뜨렸다. 독수리 골짜기에서 가장 험하고 외진 곳에 다다랐을 즈음 루시가 깜짝 놀라 소리를 지르며 위를 가리켰다. 그곳에는 길을 굽어보며 툭 튀어나온 바위가 있었다. 하늘을 배경으로 시커멓게 보이는 바위 위에 보초가 한 명 서 있었다. 보초를 알아본 것과 동시에 보초도 세 사람을 보았다. 군대식으로 던진 질문이 고요한 골짜기에 울려 퍼졌다.

"거기 누구야?"

"네바다 주로 가는 여행자들이오."

호프가 안장에 걸어둔 소총에 살며시 손을 올리며 대답했다.

감시자가 자신의 총을 만지는 모습이 아래에서도 보였다. 그는 호프의 대답이 마음에 들지 않는지 세 사람을 유심히 내려다보았다.

"누구의 허가를 받았소?"

그가 되물었다.

"신성한 사인 위원회요."

존 페리어가 냉큼 대답했다. 모르몬교도들과 함께 산 경험으로, 권위가 높은 쪽을 대야 한다는 사실을 알고 있었다.

"구에서 칠."

보초가 말했다.

"칠에서 오."

호프가 앞마당에서 들었던 암호를 떠올려 재빨리 대답했다.

"통과. 주님의 가호가 있기를."

바위 위의 남자가 말했다. 그가 지키고 선 골목을 지나자 길이 넓어졌다. 마침내 말을 전속력으로 달릴 수 있는 곳에 당도한 것이다. 뒤를 돌아보니 혼자 그곳을 지키는 보초가 총을 짚고 서 있었다. 그들은 선택받은 자들이 설치한 마지막 초소, 도시에서 가장 먼 곳의 초소를 막 통과했다는 사실을 직감했다. 이제 그들 앞에 자유가 기다리고 있다는 사실도.

복수의 사자

5.

세 사람은 밤새도록 꼬불꼬불한 오솔길과 폭이 들쭉날쭉하고 온통 바위 천지인 길을 지났다. 몇 번이나 길을 잃었지만 호프가 산에 대해 잘 알았던 덕에 매번 다시 길을 찾을 수 있었다. 날이 밝아오자 야생의 생생한 아름다움을 간직한 장관이 눈앞에 펼쳐졌다. 어느 방향이나 그들을 둘러싼 높은 산봉우리들이 눈을 뒤집어쓴 채 서로의 어깨 너머로 까마득하게 먼 지평선을 바라보고 있었다.

길 양쪽으로 늘어선 바위 절벽이 어찌나 가파른지 절벽에서 자라는 낙엽송이나 소나무는 간신히 절벽에 매달려 있는 것처럼 보였다. 그 나무들은 일진광풍 한줄기면 곧장 떨어져 세 사람의 머리를 덮칠 것만 같았다. 전혀 근거가 없는 두려움도 아니었다. 왜냐하면 삭막해 보이는 골짜기 곳곳에 추락한 나무와 바위 들이 흩어져 있었기 때문이다. 심지어 그들이 지나가는 동안에도 거대한 바위가 우레 같은 소리를 내며 굴러떨어졌다. 쿵쾅거리는 굉음이 잠자던 골짜기를 깨우며 메아리치는 바람에 지친 말들이 놀라 펄쩍 뛰어오르기까지 했다.

동쪽 지평선 위로 태양이 서서히 떠올랐다. 그러자 차례차례 축제를 밝히는 등처럼 산꼭대기를 뒤덮은 눈이 빛을 받아 다음 산으로 전해주었다. 어느새 주위의 산꼭대기는 아침놀로 붉게 타올랐다. 눈앞에 펼쳐진 장관에 세 도망자의 마음이 덩달아 밝아지며 새로운 힘이 솟아났다. 계곡을 휘감고 흐르는 급류를 만나자 그들은 걸음을 멈췄다. 말에게 물을 먹이고 간단하게 요기를 하기로 했다. 페리어 부녀는 좀더 쉬자는 말을 기대했지만 제퍼슨 호프는 가차없이 재촉했다.

"지금쯤이면 추적대가 출발했을 겁니다. 모든 게 속도에 달렸습니다. 일단 카슨시티에 도착하면 안전합니다. 그러면 평생 실컷 쉴 수 있어요."

그날 내내 세 사람은 좁고 험한 길을 고군분투하며 통과했다. 날이 저물어 거리를 계산해보니 추적자들보다 오십 킬로미터가량 앞서 있었다. 밤이 찾아오자 툭 튀어나온 바위 아래에 자리를 잡기로 했다. 바위들이 차가운 바람을 어느 정도 막아

줄 수 있는 곳이었다. 그들은 서로의 온기에 의지해 몇 시간 동안 다디단 잠을 잤다. 하지만 날이 밝기도 전에 일어나 다시 길을 떠났다. 아직 추적대가 따라오는 기색은 보이지 않았다. 그러자 호프도 자신들이 원한을 산 무시무시한 조직의 손아귀에서 상당히 벗어났을지도 모른다고 생각하게 되었다. 그때 그는 꿈에도 상상하지 못했다. 그들이 악착같이 추적을 해오고 있다는 것과 잠시 후면 그들이 덮쳐 파멸을 선사하리라는 사실을 말이다.

도주 둘째 날 정오가 되자 얼마 챙겨 오지 못한 식량이 바닥을 보이기 시작했다. 사냥꾼이기도 한 호프는 걱정하지 않았다. 산속에는 사냥감이 있고 예전에도 종종 총에 의지해 목숨을 이어 간 적이 있었다. 그는 커다란 바위 아래를 쉴 곳으로 정하고 마른 가지를 모아서 불을 피워 페리어 부녀가 몸을 녹이며 쉬게 했다. 해발고도 1500미터가 넘는데다 바람도 차고 매서웠기 때문이다. 말을 근처에 묶어둔 그는 루시에게 다녀오겠다는 인사를 했다. 그리고 소총을 어깨에 걸친 후 뭐든 잡아오려고 사냥을 떠났다. 뒤를 돌아보니 모닥불 앞에 몸을 웅크린 두 사람 뒤로 말과 노새가 미동도 않고 서 있었다. 잠시 후 여기저기 튀어나온 바위가 시야를 가려 두 사람은 더이상 보이지 않았다.

협곡을 따라 돌아다녀봤지만 아무 소득도 없었다. 삼 킬로미터가 넘게 돌아다닌 끝에 도착한 곳은 나무껍질 같은 흔적들로 보아 근처에 곰들이 많이 사는 것 같았다. 두세 시간을 소득 없이 허비한 탓에 호프는 낙담해 돌아가려고 했다. 그리고 무심코 고개를 들어 위를 보았다. 그 순간 시선에 포착된 모습에 심장이 유쾌한 흥분으로 마구 뛰기 시작했다.

머리 위로 백 미터가량 지점에 툭 튀어나온 뾰족 바위가 있었는데, 그 위에 짐승 한 마리가 서 있었다. 얼핏 보면 양처럼 생겼지만 머리에 커다란 뿔이 한 쌍 달려 있었다. 뿔 때문에 큰뿔양이라고 부르는 야생양이었다. 그의 시야가 미치지 않는 곳에 무리가 있는 듯했다. 보초라도 서는 것 같은 양은 안타깝게도 반대편을 보고 있었기에 미처 호프를 보지 못했다. 그는 납작 엎드린 채 소총을 바위에 내려놓았다. 신중을 기해 한참 조준을 한 후 마침내 방아쇠를 당겼다. 양이 공중으로 풀쩍 뛰어오르더니 바위 가장자리에서 잠시 비틀거리다가 결국 바위 아래 계곡으로 떨어졌다.

죽은 양을 들쳐 메고 가려니 여간 성가신 게 아니었다. 그래서 뒷다리 하나와 옆구리 살만 잘라가기로 했다. 어느새 해가 저물고 있었기에 그는 전리품을 어깨에 멘 채 서둘러 온 길을 되돌아가려 했다. 하지만 발걸음을 떼자마자 자신이 난관에 부딪혔음을 알아차렸다. 사냥감을 찾겠다는 일념으로 지형을 잘 아는 협곡에서 너무 멀리까지 와버린 탓에 되돌아가는 길을 찾기가 쉽지 않았다.

그가 들어간 협곡은 몇 갈래로 갈라졌는데, 작은 계곡들이 비슷비슷하게 보여서 구별할 수가 없었다. 이 길이다 싶어 이 킬로미터 가까이 갔는데 어느새 한 번도 본 적이 없는 급류가 나타났다. 아차 하는 생각에 서둘러 다른 길로 가봤지만 결과는 매일반이었다. 주위에 어둠이 빠르게 내려앉았다. 마침내 낯익은 좁은 길로 접어들었을 때는 완전히 깜깜해지기 직전이었다. 낯익은 곳까지 왔다고는 해도 길을 제대로 찾아가기는 여전히 쉽지 않았다. 아직 달이 뜨지 않은데다 길 양쪽으로 높이 솟은 절벽 때문에 방향을 가늠할 수가 없었다. 양고기가 어깨를 짓누르고 피로가 더해갔지만 호프는 비틀거리면서도 한 발씩 내디뎠다. 카슨시티에 도착할 때까지 먹을 식량을 충분히 확보한데다가 한 발씩 내디딜 때마다 루시에게 가까워진다는 생각만으로도 기운을 잃지 않고 버틸 수 있었다.

마침내 사냥을 위해 떠났던 바로 그 길의 입구로 접어들었다. 주위는 어두웠지만 길 양쪽으로 우뚝 솟은 절벽이 낯이 익었다. 존과 루시가 불안에 떨며 기다리고 있을 것 같았다. 그가 곁을 떠난 지 벌써 다섯 시간 가까이 흘렀기 때문이다. 다 왔다는 기쁨에 그는 양손을 입에 대고 큰 소리로 자신이 왔다는 신호를 보내 협곡에 메아리치게 했다. 그는 신호에 답하는 소리가 들리기를 가만히 기다렸다. 하지만 자신의 목소리만 들릴 뿐이었다. 그 소리가 적막하고 음울한 계곡들로 울려 퍼져 끊임없이 되돌아와 귓전을 때렸다. 다시 신호를 보냈다. 이번에는 더 크게 소리를 질렀다. 하지만 얼마 전에 두고 떠나온 동행인들이 두런두런 이야기를 나누는 소리는 어디에서도 들리지 않았다. 까닭 모를 공포가 덮쳤다. 호프는 불안한 마음에 소중한 식량도 던져버리고는 미친듯이 달리기 시작했다.

모퉁이를 돌자 불을 피웠던 곳이 한눈에 보였다. 여전히 땔감이 발갛게 달아올라 있었지만 그가 떠난 뒤로 불을 돌본 흔적은 없었다. 주위는 죽음 같은 정적이 내려앉아 있었다. 이제 두려움은 확신으로 변했다. 겁에 질린 그는 서둘러 주위를 살폈다. 모닥불 근처에는 생명체가 전혀 보이지 않았다. 말들도, 존도, 루시도 없었다. 그가 사냥을 떠난 후 끔찍한 재앙이 느닷없이 들이닥친 게 분명했다. 남은 이들을 모두 휩쓸어 아무런 흔적도 남기지 않은 재앙이었다.

제퍼슨 호프는 갑작스러운 충격에 당황하고 충격을 받은 탓에 머리가 핑 하고 돌았다. 쓰러지지 않으려고 소총으로 몸의 균형을 잡았다. 하지만 그는 본디 행동력이 강한 사람이었으므로 순간적으로 찾아온 무기력한 상태에서 금세 벗어났다. 다 꺼져가는 모닥불에서 반쯤 타버린 나뭇조각을 꺼내 후후 불어 불을 붙였다. 그렇게 횃불을 만들어 야영지를 샅샅이 살폈다. 지면에 잔뜩 있는 말발굽 자국을 보니 말을 타고 온 한 무리의 남자들이 두 사람을 데려간 것이 분명했다. 말발굽 자국이 이어진 흔적을 보면 솔트레이크시티로 되돌아간 것이 틀림없었다. 노인과 딸을 다 데려갔을까?

그렇게 믿자고 생각할 즈음 온몸의 신경을 뒤흔드는 광경이 눈에 들어왔다. 야영지에서 조금 떨어진 곳에 붉은 흙이 봉긋하게 쌓여 있었다. 분명히 낮에는 그런 흙무더기를 본 기억이 없었다. 누가 보더라도 갓 만든 무덤이었다. 가까이 가보니 막대기가 하나 박혀 있었다. 막대기의 갈라진 끝에 종이 한 장이 꽂혀 있었다. 종이에 적힌 글은 짧았지만 명료했다.

솔트레이크시티의 주민이었던
존 페리어 여기 잠들다.
1860년 8월 4일

그곳을 떠날 때만 해도 정정했던 노인은 죽고 없었다. 비문은 고작 몇 줄이 다였다. 호프는 다른 무덤이 없는지 눈에 불을 켜고 주위를 살폈다. 무덤은 더이상 없었다. 장로 아들의 여러 아내 중 한 명이 되는 원래의 운명을 따르도록 악마 같은 추적자들이 루시를 끌고 간 것이 분명했다. 호프는 루시가 어떤 짓을 당할지 잘 알면서도 막을 길이 없다는 사실에 절망해 노인의 마지막 안식처에 자신도 함께 잠들고 싶었다.

하지만 이번에도 체념에 익숙하지 않은 정신이 절망에서 튀어나온 무기력을 그대로 날려버렸다. 설령 아무것도 남지 않았다고 해도 그에게는 복수에 바칠 목숨이 있지 않은가. 불굴의 끈기와 인내심에 더해 호프에게는 절대 사그라들지 않는 복수심이 있었다. 원주민들과 지내면서 배운 것일지도 몰랐다. 모닥불 곁에 홀로 서 있으니 이 비통함을 달래려면 자신의 손으로 원수들에게 철저하고도 확실히 복수를 하는 수밖에 없다는 생각이 들었다. 그는 강철 같은 의지와 지치지 않은 정열을 복수를 위해 모두 쏟기로 다짐했다.

그는 핏기 없이 창백하고 굳은 표정으로 길을 되돌아가 아까 버린 양고기를 챙겨 왔다. 그리고 꺼져가는 모닥불을 다시 피워서 며칠을 버틸 수 있을 만큼 먹을 것을 만들었다. 갓 만든 식량을 꾸러미로 싼 후 지친 몸도 아랑곳하지 않고 복수의 사자가 돌아간 흔적을 추적하며 산을 되돌아 나가기 시작했다.

호프는 말을 타고 왔던 좁은 길을 닷새에 걸쳐 걸었다. 발이 아프고 몸은 지칠 대로 지쳤다. 밤이 되면 바위 사이든 어디든 몸을 뉘고 쪽잠을 잔 뒤 날이 밝기 전에 다시 길을 떠났다. 엿새째 그는 마침내 독수리 골짜기에 도착했다. 비극으로 끝난 도주를 시작했던 지점 말이다. 그곳에서 내려다보니 모르몬교의 보금자리가 눈에 들어왔다. 지친 그는 소총에 몸을 기댄 채 수척한 손을 들어 저 아래 고요한 도시를 향해 뼈만 남은 앙상한 손을 휘둘렀다. 잘 보니 큰길가에 깃발이 걸려 있었다. 축제를 알리는 다른 표시도 보였다. 깃발과 축제 분위기가 무슨 뜻인지 곰곰이 생각을 하는데 어디선가 말발굽 소리가 들렸다. 소리가 나는 곳을 보니 그쪽으로 말을 타고 오는 남자가 보였다. 가까이 가보니 카우퍼라는 모르몬교도였다. 호프는 몇 번이나 카우퍼의 일을 도와준 적이 있었다. 그는 루시 페리어가 어떤 일을 당했는지 알아보려고 그가 다가오도록 기다렸다가 말을 걸었다.

"제퍼슨 호프입니다. 저를 기억하시죠."

그가 불쑥 말을 걸었다.

카우퍼는 그를 빤히 바라보며 놀라움을 감추지 못했다. 다 떨어진 누더기 차림에 머리는 산발을 하고 귀신처럼 파리한 얼굴에 사납게 눈빛을 번득이는 남자를 보고 과거의 말쑥한 젊은 사냥꾼을 금세 떠올리기는 힘들었다. 마침내 눈앞의 남자가 누구인지 알아보자 그는 놀라는 정도가 아니라 대경실색하고 말았다.

"여기에 나타나다니 제정신인가? 자네와 이야기하는 걸 들키기만 해도 목이 날아갈지도 몰라. 페리어 부녀를 도망치게 했다는 죄목으로 신성한 사인 위원회로부터 자네를 붙잡으라는 명령서까지 내려왔어."

"그놈들도 그놈들의 명령서도 전혀 두렵지 않습니다."

호프가 진지하게 대답했다.

"카우퍼 씨라면 이 일에 대해서 뭔가를 알고 있겠죠. 부디 옛정을 생각해서 몇 가지만 알려주세요. 우리는 친구이지 않았습니까. 제발 부탁이니 대답해주세요."

"궁금한 게 뭔가? 얼른 말하게. 바위도 귀가 있고 나무도 눈이 달렸으니까."

카우퍼는 불안한 기색으로 말했다.

"루시 페리어 양은 어떻게 되었습니까?"

"그 아가씨는 어제 드레버 장로의 아들과 결혼식을 올렸다네. 진정하게, 친구. 진정해. 지금도 거의 죽어가는 것 같은데."

"신경쓰지 마십시오."

호프가 힘없이 말했다. 입술마저 핏기가 사라지더니 온통 하얗게 질렸다. 결국 그는 몸을 기대고 있던 바위로 무너지듯 주저앉고 말았다.

"결혼이라고 하셨습니까?"

"어제 식을 올렸지. 교회에 걸린 깃발들은 바로 어제 결혼식 때문에 단 거야. 드레버와 스탠저슨 사이에 누가 아가씨를 차지하느냐를 놓고 다툼이 있었다더군. 둘 다 추적대에 참가해 부녀를 뒤쫓아갔네. 스탠저슨이 노인을 쏘아 죽였기 때문에 그에게 권리가 있어 보였다네. 하지만 위원회에서 논쟁을 벌인 뒤로는 드레버 쪽이 우세했어. 그래서 선지자가 드레버에게 넘겨준 걸세. 하지만 아무도 그 아가씨를 오랫동안 차지하지는 못할 거야. 어제 보니 얼굴에 죽음의 기운이 드리워져 있었어. 사람이 아니라 숫제 유령 같더군. 이제 가려고?"

"네, 가겠습니다."

호프는 이렇게 대답하며 일어났다. 대리석으로 깎은 것처럼 딱딱하게 굳은 얼굴과 달리 두 눈이 무섭게 번득였다.

"어디로 갈 건가?"

"신경쓰지 마십쇼."

그는 어깨에 총을 걸고 성큼성큼 골짜기로 걸어 들어갔다. 그리고 깊은 산속으로 향했다. 야생동물들이 우글거리는 곳이었지만 누가 뭐래도 그곳에서 가장 무시무시하고 위험한 짐승은 제퍼슨 호프였다.

카우퍼의 예상은 빗나가지 않았다. 아버지의 참혹한 죽음 탓인지 증오스러운 강제 결혼 탓인지는 알 수 없지만 가련한 루시는 다시 기운을 차리지 못했다. 서서히 야위어가더니 한 달을 넘기지 못하고 세상을 떠났다. 술주정뱅이 남편은 존 페리어의 재산을 독차지하려는 속셈에 결혼을 했다는 본심을 숨기지 않았고 갓 맞이한 아내의 죽음에도 별로 비통해하지 않았다. 하지만 다른 아내들은 루시의 죽음을 슬퍼하며 모르몬교의 전통대로 장례식 전날 밤을 지새웠다.

장례식 날 새벽 드레버의 아내들이 관 주위에 모여 있었을 때 말할 수 없을 만큼 무섭고 놀라운 일이 벌어졌다. 문이 활짝 열리더니 누더기를 걸친 남자가 성큼성큼 들어왔다. 산전수전 다 겪은 듯한 남자의 표정은 무시무시했다. 그는 겁에 질린 여자들에게는 눈길을 주지도 말을 걸지도 않은 채, 한때 루시 페리어의 때묻지 않은 영혼이 깃들어 있었으나 지금은 말없이 누워 있는 핏기 없는 육신을 향해 곧장 걸어갔다. 그는 몸을 숙여 차갑게 식어버린 루시의 이마에 경건하게 입을 맞추었다. 그러더니 그녀의 손을 들어올려 결혼반지를 뺐다.

"이런 걸 끼고 가게 할 순 없어!"

절규하는 그의 모습은 처절했다. 남자는 놀란 여자들이 다른 사람들을 부를 틈도 없이 순식간에 계단을 내려가 그대로 자취를 감추어버렸다. 그 상황이 어찌나 기묘하고 순식간에 벌어졌던지 루시가 한 남자의 아내가 되었다는 징표인 금반지가 사라지지 않았다면, 그 자리에서 모든 것을 목격한 사람들조차 정말로 일어난 일이라고 다른 사람들을 설득하기는커녕 자신들도 믿을 수 없었을 것이다.

호프는 몇 달 동안 짐승이나 다름없이 홀로 산속에서 지냈다. 복수에 대한 강렬한 열망에 사로잡혀 가슴속에서 복수심을 키워나갔다. 그 무렵 도시 주변을 배회하거나 산속 골짜기를 홀로 떠도는 기묘한 인물에 대한 소문이 돌았다.

한번은 탄환이 스탠저슨의 집 창문을 깨고 날아온 사건이 있었다. 총알은 그가 있는 곳에서 삼십 센티미터도 떨어지지 않은 벽에 박혔다. 또 이런 일도 있었다. 드레버가 절벽 아래를 지나가는데 위에서 거대한 바위가 떨어졌다. 재빨리 옆으로 몸을 날리지 않았다면 분명 참혹한 최후를 맞았을 것이다. 드레버와 스탠저슨은 자신들이 목숨을 위협받는 이유를 알아차렸다. 그래서 원흉을 생포하거나 여의치 않을 경우 죽일 생각으로 주위의 산을 몇 번이고 수색했지만 소득이 없었다. 그러고 나서는 각자 예방 조치를 취하게 되었다. 혼자서는 절대 외출을 하지 않거나 해가 지면 아예 집밖으로 나가지 않았다. 집 주위에 경비원들도 배치했다. 그 후 몇 달이 지나도록 호프를 봤다는 사람도 없고 소문도 들리지 않았다. 마침내 두 사람은 마음놓고 경계를 풀었다. 타오른 복수심은 시간이 식혀주기만을 바랄 뿐이었다.

하지만 복수심은 시간이 흘러 옅어지기는커녕 더 짙어질 뿐이었다. 제퍼슨 호프는 강인하고 포기할 줄 모르는 심장을 가진 사나이였다. 기어이 복수를 하고 말겠다는 집념에 사로잡힌 마음에 다른 감정이 들어설 여지는 없었다. 한편 그는 현실적으로 판단하는 남자였다. 자신이 아무리 강철 같은 체력의 소유자라고 해도 지금처럼 아무렇게나 살면 오래 버티지 못하리라는 사실을 잘 알았다. 아무데서나 노숙을 하고 제대로 먹지 못하는 생활이 이어지자 건강이 점점 나빠졌다. 산속에서 개처럼 죽는다면 복수는 어떻게 되겠는가? 이런 삶을 고집하다가는 개죽음을 피할 길이 없을 터였다. 그것이야말로 적의 뜻대로 되는 것이 아니겠는가. 그래서 내키지는 않았지만 유타를 뒤로하고 네바다 주의 광산으로 돌아가기로 했다. 어려움 없이 목적을 이룰 수 있도록 그곳에서 건강을 되찾고 필요한 돈을 모을 생각이었다.

처음에는 길어야 일 년이면 돌아올 수 있으리라 생각했다. 하지만 예상 못 한 일들이 꼬리를 물고 이어지는 바람에 오 년이 다 되어서야 마침내 광산을 떠날 수 있었다. 시간이 그렇게 흘러도 자신이 저지른 과오의 기억과 복수를 향한 갈망은 존 페리어의 무덤가에 서 있었던, 죽는 순간까지 잊을 수 없는 그날 밤처럼 생생했다. 그는 변장을 하고 가명으로 솔트레이크시티로 되돌아갔다. 자신의 정의를 실현할 수만 있다면 인생은 어떻게 되든 상관없었다. 그러나 솔트레이크시티에서는 불운이 기다리고 있었다. 그가 도착하기 몇 달 전 신도들 사이에 분열이 일어났다. 교회의 일부 젊은 신도들이 장로들의 권위에 반기를 든 것이다. 그 결과 불만을 품은 세력은 교단에서 떨어져나가며 유타를 떠나 믿음도 버리고 말았다. 이런 자들 가운데 드레버와 스탠저슨도 있었다. 행방을 아는 사람은 아무도 없었다. 소문에 따르면 드레버가 용케 재산을 현금으로 바꿔 밑천을 두둑하게 챙겨서 떠난 반면 스탠저슨은 재산을 챙기지 못했다. 어쨌든 그들의 행방을 알아낼 만한 단서가 그곳에는 전혀 남아 있지 않았다.

아무리 원한이 깊다 한들 이런 난관에 부딪히면 사람들은 대부분 복수의 뜻을 접을 것이다. 하지만 호프는 단 한 순간도 흔들리지 않았다. 자신에게 있는 약간의 재산을 바탕으로 닥치는 대로 일을 해 먹고살며 이 마을에서 저 마을로 적들을 찾아 미국 전역을 떠돌았다. 세월은 속절없이 흘러 검었던 머리가 반백이 되었지만 인간 사냥개가 된 그는 일생의 목표를 가슴속에 새기며 추적을 단념하지 않았다.

결국 끈기는 결실을 거두었다. 창문으로 힐끗 본 것에 불과했지만 자신이 흘러들어온 오하이오 주의 클리블랜드에 쫓는 두 남자가 있다는 사실을 확인했다. 복수의 계획을 짠 그는 일단 보잘것없는 숙소로 돌아왔다. 그런데 그때 우연히 드레버도 창문으로 길거리를 내다봤다가 부랑자의 얼굴을 알아보았다. 그뿐만 아니라 눈에 서린 살의도 읽었다. 그는 비서로 고용한 스탠저슨을 대동한 채 서둘러 치안판사를 찾아갔다. 그리고 질투심과 증오에 눈이 먼 과거의 연적이 목숨을 노려 자신들이 위험에 처했다고 고발했다. 당장 그날 저녁 호프는 연행되었다. 보석금을 낼 형편이 안 되었기에 몇 주 동안 유치장 신세를 져야 했다. 마침내 유치장에서 풀려나 자유를 되찾았지만 드레버의 집은 텅 비었고 그는 비서와 함께 유럽으로 떠난 후였다.

복수는 다시금 좌절되었다. 하지만 그때까지 쌓이고 쌓인 증오가 원수를 추적할 힘을 주었다. 당장 그들을 유럽까지 뒤쫓아갈 돈이 없었기 때문에 유럽에 가기 위해 한동안 닥치는 대로 일을 해 한 푼 두 푼 악착같이 돈을 모았다. 드디어 필요한 여비가 마련되자 그는 유럽으로 떠났다. 그곳에서도 닥치는 대로 잡일을 하며 이 도시에서 저 도시로 추적의 끈을 늦추지 않았다. 하지만 자신을 피해 도망치는 자들을 여간해서 따라잡을 수 없었다. 상트페테르부르크에 도착해보니 이미 파리로 떠난 후였다. 뒤쫓아 파리로 갔더니 또다시 코펜하겐으로 떠나고 없었다. 덴마크의 수도에 도착해보니 이번에도 며칠 늦었다. 드레버와 스탠저슨이 벌써 런던으로 향했기 때문이다.

하지만 마침내 런던에서 그는 기어이 둘을 지상에서 사라지게 만들었다. 런던에서 일어난 일에 대해서는 늙은 사냥꾼의 진술을 그대로 옮기는 것이 가장 좋을 것 같다. 그의 진술 내용은 이미 우리가 신세를 지고 있는 왓슨 박사의 일지에 시간순으로 잘 정리되어 있다.

존 왓슨 박사의 회고록에서

6.

제퍼슨 호프는 체포 과정에서 격렬하게 저항하기는 했지만 본래부터 흉악한 사람은 아닌 것 같았다. 저항해봐야 상황을 바꿀 수 없게 되자 사람 좋은 웃음을 지으며 몸싸움 중에 우리를 다치게 할까 봐 내심 걱정을 했다고 털어놓은 걸 보면 말이다.

"이제 저를 경찰청으로 데려가셔야 하겠군요. 제 마차가 밑에 있습니다. 다리를 풀어주시면 제 발로 걸어가겠습니다. 저도 예전보다 무거워진 터라 여러분이 들기 힘드실 테니까요."

그가 셜록 홈스를 향해 말했다.

그레그슨과 레스트레이드는 제안이 뻔뻔스럽다고 생각하는지 말없이 눈짓을 주고받았다. 하지만 홈스는 말 그대로 받아들여 발목을 결박한 수건을 풀어주었다. 그는 다리를 자유롭게 사용할 수 있는지 확인하려는 듯 일어서서 다리를 쭉 폈다. 당시 그 모습을 보면서 저렇게 체격이 좋은 사람은 처음 봤다고 중얼거린 기억이 난다. 검게 그을린 얼굴에서는 강한 의지와 활력이 느껴졌다. 외모만 봐도 체력뿐 아니라 정신력도 대단할 것 같았다.

호프는 존경을 금치 못하는 표정으로 내 동거인에게 말했다.

"경찰 수장 자리가 공석이라면 당신이 적임자일 것 같군요. 당신이 추적하는 방식은 정말 놀라웠습니다."

홈스는 두 형사에게 말했다.

"두 분도 나와 함께 가시는 게 좋겠군요."

그러자 레스트레이드가 제안했다.

"내가 마차를 몰고 가죠."

"좋습니다. 그러면 그레그슨 형사님이 나와 함께 손님석에 타고 가시죠. 박사님도요. 박사님은 처음부터 사건에 관심이 많으셨으니 함께 가십시다."

나는 홈스의 제안을 기꺼이 받아들였다. 우리는 다 함께 내려갔다. 호프는 도망치려고 하지 않았다. 오히려 자신이 몰고 온 마차에 차분하게 올라탔다. 우리도 뒤를 따랐다. 레스트레이드가 마부석에 올라가 말에게 채찍을 휘둘렀다. 우리를 태운 마차는 순식간에 경찰청에 도착했다. 우리는 곧장 작은 방으로 안내를 받아 들어갔다. 그곳에 있던 경위가 범인의 이름과 그가 살해했다는 혐의를 받고 있는 피해자들의 이름을 받아 적었다. 얼굴이 하얗고 감정을 좀처럼 드러내지 않는 경위는 자신의 직무를 단조롭고 기계적으로 처리했다.

"피의자는 일주일 안에 재판을 받을 겁니다. 제퍼슨 호프 씨, 그전에 하고 싶은 말이 있습니까? 당신이 하는 말은 모두 기록되며 당신에게 불리하게 사용될 수 있다는 점을 미리 알려드립니다."

"할 이야기가 너무 많죠. 여러분에게 전부 털어놓고 싶습니다."

호프가 천천히 대답을 했다.

"재판을 위해서 말을 아끼는 편이 더 낫지 않겠습니까?"

경위가 물었다.

"재판을 받을 일은 없을 겁니다. 놀라지들 마세요. 자살을 하려는 게 아니니까요."

그는 이렇게 말하더니 날카로운 검은 눈동자를 내게 향하며 질문을 했다.

"의사 선생님이십니까?"

"그렇습니다. 의사입니다."

내가 대답했다.

"그렇다면 여기를 짚어보시죠."

그는 미소를 지으며 수갑을 찬 손으로 가슴을 가리켰다.

나는 그가 가리킨 곳을 짚어보았다. 손을 대자마자 그의 몸에서 심상치 않은 일이 일어나고 있다는 생각이 들었다. 심장박동이 이상했다. 흉벽이 마구 뛰고 진동하는 것 같았다. 허술하게 지은 건물 안에서 강력한 엔진이 돌 때 벽이 진동하듯이 말이다. 주위가 쥐죽은듯 고요한 덕분에 가슴에서 단조롭게 윙윙거리는 잡음도 들렸다.

"세상에, 대동맥류군요!"

내가 소리쳤다.

"병명이 그렇다고 하더군요."

그가 담담하게 대답했다.

"그렇지 않아도 지난주에 진료를 받았습니다. 의사 선생님이 며칠 안에 터지겠다고 하더군요. 오래전부터 계속 악화되었습니다. 솔트레이크의 산악 지대에서 제대로 먹지 못하고 고생을 많이 한 탓에 얻은 병이죠. 오래전에 마음먹은 일을 해치웠으니 언제 가도 상관없습니다. 다만 그전에 제가 한 일에 대해서 전부 말하고 싶습니다. 이대로 살인마로 기억되고 싶지는 않거든요."

경위와 두 형사는 피의자에게 이야기를 하도록 허용하는 것이 타당한지를 놓고 급하게 의견을 주고받았다.

"박사님, 위급 상황이 언제라도 일어날 수 있다고 보십니까?"

경위가 물었다.

"두말하면 잔소리죠."

"그렇다면 재판을 위해서 진술을 미리 받아놓는 것이 우리의 의무겠군요. 편하게 진술하십시오. 다시 한번 말하지만 내용은 모두 기록됩니다."

경위가 정리했다.

"죄송하지만 좀 앉겠습니다."

호프가 자리에 앉으며 계속 말을 이었다.

"요새는 동맥류 때문에 쉽게 지칩니다. 삼십 분 전에 몸싸움을 벌였으니 상태가 좋을 리 만무하지요. 벌써 한쪽 발을 관에 걸치고 있는 마당에 거짓말을 해서 뭐하겠습니까. 지금부터 들려드릴 이야기는 한 점 거짓 없는 사실입니다. 그걸 어떻게 이용하시든 저는 아무 상관도 없습니다."

호프는 의자에 편히 기댔다. 그리고 우리에게 놀라운 이야기를 들려주었다. 말하는 품이 담담하고 내용에 조리가 있어 흔히 일어나는 일을 듣고 있다는 착각마저 들었다. 내가 이곳에 추가로 기록한 내용의 정확성은 보증할 수 있다. 레스트레이드 형사의 수첩을 참고했기 때문이다. 그 수첩에는 제퍼슨 호프의 진술이 토씨 하나 틀리지 않고 정확하게 기록되어 있다.

"제가 왜 두 사람을 증오하는지는 여러분에게 별로 중요하지 않을 겁니다. 그들이 어느 아버지와 딸의 죽음에 책임이 있으며 그로 인해 목숨을 잃게 되었다는 것만으로 충분합니다. 그놈들이 살인을 저지른 후 오랜 세월이 흘렀기 때문에 어떤 법정에서도 그들이 유죄판결을 받게 할 수 없었습니다. 물론 저는 그들이 유죄라는 사실을 똑똑히 알죠. 그래서 제가 판사도 되고 배심원도 되고 사형집행인도 되기로 결심한 겁니다. 여러분이 저라면 그리고 진짜 남자라면 분명히 저처럼 하셨을 겁니다.

이야기 속의 아가씨는 이십 년 전에 저와 결혼을 약속한 사이였습니다. 하지만 드레버와 강제로 결혼식을 올린 후 마음이 부서지고 말았죠. 저는 죽은 그녀의 손에 끼워져 있던 결혼반지를 빼냈습니다. 그리고 맹세를 했습니다. 그자들이 자기 죗값을 치른다는 사실을 똑똑히 깨달으며 죽도록 해주겠다고요. 어딜 가나 그 반지를 몸에서 떼지 않았습니다. 그리고 그자와 공범을 두 대륙에 걸쳐서 추적한 끝에 마침내 붙잡았습니다. 그자들은 저를 나가떨어지게 할 생각이었지만 그렇게 되지 않았죠. 얼마 남지 않은 이 목숨, 설령 내일 끊어진다 해도 할 일을 다 했고 성공도 했으니 맘 편히 갈 수 있습니다. 그들은 끝내 목숨을 잃었죠. 제 손에 말입니다. 이제 아무 여한이 없습니다.

그자들은 부유하고 저는 가진 게 없어서 추적이 여간 힘들지 않았습니다. 런던에 도착하니 돈이 바닥나기 직전이더군요. 먹고살 길부터 찾아야 했습니다. 말을 타고 모는 일이라면 제게는 식은 죽 먹기나 다름없습니다. 그래서 마차 대여 사무소에 찾아가 금방 일자리를 얻을 수 있었죠. 일주일마다 마차 임대업자에게 정해진 돈을 내면 남은 돈은 전부 제 몫이었습니다. 업자에게 주고 나면 남는 게 거의 없었지만 어떻게든 혼자 먹고살 만했습니다. 런던에서 마차를 몰아보니 길 찾기가 제일 힘들더군요. 지금껏 온갖 미로를 잘 헤쳐 나왔다고 생각했는데, 이 도시만큼 정신없는 곳은 처음이었습니다. 그래서 늘 지도를 가지고 다녔죠. 주요 호텔과 역을 기억하고 난 후로는 꽤 능숙해졌습니다.

두 놈이 어디에 묵고 있는지 알아내기까지 시간이 걸렸습니다. 수소문을 하고 또 하다가 마침내 우연히 마주치게 되었죠. 강 건너 캠버웰의 어느 하숙집에 묵고 있더군요. 찾아낸 이상 제 손아귀에서 빠져나가게 내버려둘 생각은 조금도 없었습니다. 턱수염을 기른 덕에 그들이 저를 알아볼 리 만무했죠. 저는 뒤를 악착같이 따라다니다가 마침내 기회를 잡았습니다. 이번에야말로 도망치게 놔두지 않겠다고 맹세했죠.

그렇게 고생을 했지만 하마터면 놓칠 뻔하기도 했습니다. 그 자들이 어디를 가든 뒤를 따라갔습니다. 제 마차로 따라다닐 때도 있었고 걸어서 뒤를 밟기도 했습니다. 미행을 할 때는 마차가 제일 편하더군요. 저를 절대 따돌릴 수 없었으니까요. 얼마가 되었든 돈을 벌 수 있는 시간은 이른 아침이나 늦은 밤밖에 없었습니다. 그래서 업자에게 줄 돈이 밀리기 시작했죠. 그자들만 잡을 수만 있다면 생활은 아무래도 상관없었습니다.

그자들은 여간 교활한 게 아니었죠. 미행을 당할 수도 있다고 생각했던 모양입니다. 혼자서 외출을 하지도 않고 야간에는 절대 하숙집을 나오지 않았거든요. 이 주 동안 마차로 따라다녀보니, 그 둘은 절대 개인행동을 하지 않았습니다. 드레버는 늘 반쯤 취한 상태였지만 스탠저슨은 하루 종일 잠깐이라도 조는 법이 없더군요. 아침부터 밤까지 한시도 눈을 떼지 않았습니다만 좀처럼 기회가 나타나지 않았습니다. 그래도 낙심하지 않았죠. 마침내 때가 왔다는 예감이 들었거든요. 유일한 두려움은 가슴에 든 이 녀석이 너무 일찍 터져서 일을 미처 끝내지 못하고 세상을 떠나는 것이었습니다.

그리고 마침내 때가 왔습니다. 어느 날 저녁 토키 테라스에서 계속 방향을 바꾸며 마차를 몰고 있었습니다. 그자들이 하숙하던 거리죠. 그런데 그자들이 묵고 있는 집 앞에 마차가 한 대 서는 게 아니겠습니까. 짐을 내오더니 잠시 후 드레버와 스탠저슨이 나와서 마차를 타고 떠났습니다. 저는 연신 채찍을 휘두르며 마차를 시야에서 놓치지 않으려고 바짝 따라붙었습니다. 예감이 좋지 않더군요. 또 어디로 떠나려는 건가 싶어서 걱정스러웠죠.

마차가 유스턴 역에 도착하자 둘은 내렸습니다. 저는 길가에 있던 소년에게 말을 잡고 있으라고 한 후에 승강장까지 미행을 했습니다. 리버풀행 기차에 대해 물어보더군요. 안내원이 한 대가 막 떠났고 다음 기차는 몇 시간 후에나 출발한다고 했습니다. 그 말에 스탠저슨은 불안해했지만 드레버는 오히려 좋아하는 것 같았습니다. 드레버가 사소한 볼일이 있다면서 스탠저슨에게 기다리라고 하더군요. 볼일을 보고 오겠다고요. 그 말에 스탠저슨이 대뜸 불평을 하면서 항상 같이 다니기로 하지 않았느냐고 따졌습니다. 드레버는 미묘한 문제이기 때문에 반드시 혼자 가야 한다고 했습니다. 스탠저슨이 뭐라고 했는지는 못 들었습니다만 드레버가 욕설을 퍼부으며 말하더군요. 비서인 너는 돈을 받는 하인이나 다름이 없으니 감히 이래라저래라 해도 되는 줄 착각하지 말라고요. 그런 소리를 듣고 나니 스탠저슨은 말해봐야 소용없다 싶었던지 마지막 기차를 놓치면 할리데이 프라이빗 호텔에서 만나자고 했습니다. 드레버는 승강장에 11시 전에 오겠다며 역을 떠났습니다.

오매불망 기다렸던 순간이 마침내 찾아온 겁니다. 원수들을 손아귀에 넣게 된 거죠. 둘이 함께라면 서로를 보호해줄 수 있지만 혼자라면 먹잇감에 불과했습니다. 하지만 절대 성급하게 나서지 않았습니다. 이미 세워둔 계획이 있었죠. 그 악당에게 자신을 습격한 사람이 누구며 왜 그런 응징을 받게 되었는지 깨달을 시간을 충분히 주지 않는다면 복수를 해봤자 만족스러울 리 있겠습니까. 저를 그토록 고통스럽게 만든 남자가 과거에 저지른 죄악을 떠올릴 기회를 주는 계획을 짰습니다. 공교롭게도 며칠 전에 브릭스턴 로드에 있는 집들을 둘러봤던 어느 신사가 마차에 그 집들의 열쇠 하나를 떨어뜨린 덕분에 가능한 계획이었죠. 신사는 그날 저녁에 분실신고를 하고 열쇠를 찾아갔지만 그사이에 본을 떠 열쇠를 복사해두었습니다. 덕분에 이 대도시에서 누구의 방해도 받지 않고 편하게 있을 곳을 적어도 한 군데 손에 넣은 셈이었죠. 이제는 드레버를 그 집으로 어떻게 끌어들이는가 하는 골치 아픈 문제를 해결할 차례였습니다.

드레버는 거리로 나와서 술집을 한두 곳 들렀습니다. 마지막으로 들른 술집에서 삼십 분 가까이 머물렀죠. 나올 때는 똑바로 걷지도 못하더군요. 코가 비뚤어지게 마신 것 같았습니다. 그리고 제 앞에 서 있던 이륜마차를 부르더군요. 저는 그 마차에 바짝 따라붙었습니다. 가는 동안 제 말의 코가 앞에 있는 마차의 마부로부터 일 미터 이상 떨어진 적이 없었죠. 드레버가 탄 마차는 워털루 브리지를 건너더니 한참을 돌아다녔습니다. 그러다가 여기가 어딘가 싶어 살펴보니 놀랍게도 그의 하숙집이 있는 거리 뒤쪽이 아니겠습니까. 도대체 왜 되돌아왔는지 짐작도 못 하겠더군요. 저는 일단 하숙집을 지나쳐 백 미터가량

더 간 후에 마차를 세웠습니다. 드레버가 그 집으로 들어간 후 그가 타고온 마차는 그대로 떠났습니다.

괜찮다면 물 한 잔 주시겠습니까. 계속 말을 했더니 입술이 바짝 타네요."

내가 물을 건네자 그는 그대로 들이켰다.

"이제 살겠군요. 음, 저는 그곳에서 십오 분이 넘게 기다렸는데 갑자기 집안에서 사람들이 싸우는지 시끄러운 소리가 나더군요. 다음 순간 문이 확 열리고 남자 둘이 나타났는데, 한 명은 드레버였고 다른 한 명은 모르는 청년이었습니다. 드레버가 청년에게 멱살을 잡혀 있었습니다. 청년은 멱살을 잡은 채로 드레버를 건물 입구 계단으로 끌고 와 밀치더니 길 한복판으로 냅다 차버렸습니다. 드레버에게 몽둥이를 흔들며 소리쳤죠.

'이 버러지 같은 놈! 정숙한 아가씨를 모욕하면 어떻게 되는지 똑똑히 가르쳐주마!'

청년은 무시무시하게 화를 내며 금방이라도 들고 있는 몽둥이로 드레버 놈을 후려칠 기세였습니다. 그 개만도 못한 놈은 비틀거리며 제 딴에는 최대한 빠르게 도망을 쳤습니다. 그곳에서 가능한 한 떨어지려고 달리다가 제 마차를 보자마자 부르더니, 훌쩍 올라타서는 할리데이 프라이빗 호텔로 가자고 하는 겁니다.

그놈이 제 발로 올라타주니 어찌나 좋던지 그 순간에 동맥류가 어떻게 될까 봐 걱정스러울 정도였죠. 저는 뭐가 최선일지 이리저리 저울질을 하면서 천천히 마차를 몰았습니다. 당장 교외로 나가서 외진 길가에 마차를 세워놓고 최후의 대화를 나눌 수도 있었습니다. 그렇게 하려는데 그가 대신 고민을 해결해주더군요. 다시 술을 마시고 싶어졌는지 제게 싸구려 술집 앞에 세우라고 했습니다. 드레버는 거기서 기다리라는 말을 남기고 술집으로 들어갔습니다. 그곳에서 술집이 문을 닫을 때까지 나오지 않았죠. 마침내 그가 꼭지가 돌아가도록 퍼마신 상태로 가게를 나왔을때, 저는 사냥감이 완전히 손아귀에 들어왔다는 걸 알았습니다.

제가 그자를 냉혹하게 죽이려 했다고는 생각하지 마십시오. 정말로 그랬다면 정의를 융통성 없이 실현한 것에 불과하겠죠. 하지만 그럴 수는 없었습니다. 오래전부터 그자가 원한다면 목숨을 부지할 기회를 한 번 주기로 마음을 먹었거든요.

미국에서 떠돌이 생활을 하면서 온갖 일을 다 했습니다. 한번은 요크 칼리지의 연구소에서 관리인 겸 청소부로 일한 적이 있었습니다. 어느 날 교수님이 독극물에 대한 강의를 하셨죠. 학생들에게 무슨 알칼로이드를 보여주셨습니다. 교수님이 그렇게 부르시더군요. 남미에서 가져온 화살촉에 묻은 독에서 교수님이 직접 추출한 알칼로이드였는데, 아주 작은 알갱이 하나만 먹어도 즉사를 할 정도로 치명적이었습니다. 독이 들어 있는 병을 잘 봐뒀다가 사람들이 나간 후 조금 챙겼습니다. 제가 원래 약을 꽤 잘 다루거든요. 작고 물에 녹는 알약으로 독약을 여러 개 만들었습니다. 그리고 작은 약갑 두 개에 독이 든 알약과, 비슷하게 생겼지만 독은 없는 알약을 하나씩 같이 넣었습니다. 그때 저는 이렇게 결심했습니다. 그놈들을 붙잡으면 약갑에서 알약 하나를 골라 먹게 하고 남은 알약을 제가 먹기로요. 이 방법이면 죽일 확률도 높지만 총구를 손수건으로 감싸고 쏘는 것보다 훨씬 덜 소란스럽지 않습니까. 이후로 어딜 가든 약갑을 가지고 다녔습니다. 그리고 마침내 그 약을 쓸 날이 오고 말았죠.

시간은 12시를 넘어 어느덧 1시에 가까워지고 있었습니다. 바람이 거세게 휘몰아치고 비가 억수같이 쏟아졌죠. 거칠고 으스스한 밤이었습니다. 바깥 날씨가 그렇게 음울한데도 기분이 좋아 날아갈 것 같았죠. 어찌나 좋은지 우쭐거리며 환호성이라도 지르고 싶었습니다. 어떤 대상을 갈망한 나머지 장장 이십 년이라는 세월 동안 애를 태웠다고 생각해보십시오. 어느 순간 그것을 손에 넣을 수 있는 상황이 찾아왔다고요. 여러분도 그런 상황이 오면 제 심정을 이해할 수 있을 겁니다.

저는 시가에 불을 붙여 피우며 마음을 가라앉혔죠. 하지만 흥분이 가라앉지 않아 손이 떨리고 관자놀이마저 욱신거렸습니다. 마차를 모는데 존 페리어 어르신과 사랑스러운 루시가 암흑 속에서 저를 보며 미소를 짓고 있었습니다. 지금 눈앞에 여러분이 보이는 것처럼 또렷하게 보였죠. 브릭스턴 로드의 빈집으로 가는 내내 두 사람은 말의 양쪽에 자리를 잡고 저와 함께 있었습니다. 마침내 그 집에 도착해 마차를 세웠습니다.

그 시간에 길거리를 돌아다니는 사람은 아무도 없었습니다. 쏟아지는 빗소리 말고는 아무 소리도 들리지 않았죠. 창밖으로 마차 안을 보니 드레버가 술에 취해서는 웅크리고 곯아떨어졌더군요. 저는 팔을 잡고 흔들어 깨웠습니다.

'다 왔습니다. 이제 내리세요.'

'알았어, 마부 양반.'

드레버는 자신이 말한 호텔에 도착한 줄 아는 것 같더군요. 별말 없이 마차에서 내려 저를 따라 순순히 정원을 지나온 걸 보면 말입니다. 저는 그가 쓰러지지 않도록 옆에서 부축을 하며 걸어야 했습니다. 아직도 술이 덜 깬 상태였거든요. 집 앞에 도착하자 문을 열고 그를 거실로 안내했습니다. 장담하는데, 가는 내내 페리어 씨와 루시가 앞장섰습니다.

'지옥처럼 컴컴한걸.'

그가 쿵쿵거리고 돌아다니며 말했습니다.

'금방 불을 밝히죠.'

저는 성냥을 켜서 가지고 온 양초에 불을 밝혔습니다. 그리고 그를 향해 돌아서며 촛불을 얼굴에 가까이 대고 물었습니다.

'자, 이넉 드레버. 내가 누군지 알겠나?'

그는 술에 취해서 흐릿해진 눈으로 물끄러미 쳐다보았습니다. 잠시 후 얼굴이 순식간에 공포로 뒤덮이며 발작을 일으키듯 뒤틀리더군요. 저를 알아본 게 분명했죠. 드레버는 무시무시한 얼굴을 하고 뒷걸음질을 쳤습니다. 이마에 송글송글 맺힌 땀이 보이고 이를 딱딱 부딪히는 소리도 들리더군요. 문에 기댄 채 그 모습을 지켜보며 한참을 큰 소리로 웃었습니다. 복수가 달콤한 줄은 진작 알았지만 영혼까지 만족시킬 줄은 몰랐습니다.

'이 개 같은 자식아! 나는 너를 솔트레이크시티에서 상트페테르부르크까지 추적했다. 너는 매번 나를 피해 도망쳤지. 하지만 이제 네 방랑도 여기서 막을 내리겠구나. 너와 나 둘 중 한 사람은 내일 아침 떠오르는 해를 볼 수 없을 거야.'

제가 말하는 동안 그는 점점 뒷걸음질을 쳤습니다. 표정을 보니 제가 미쳤다고 생각하는 것 같더군요. 그래요, 그때는 정말 미쳤습니다. 관자놀이는 누가 커다란 망치로 내려치는 것처럼 쿵쿵 뛰었습니다. 코피가 뿜어져 나와 쿵쿵대던 머리가 편해지지 않았다면 발작이라도 일으켰을 겁니다.

'루시 페리어에 대해 어떻게 생각하나?'

저는 문을 잠그고 열쇠를 그의 코앞에 흔들어 보이며 소리쳤습니다.

'복수의 시간은 천천히 왔지만 결국 너는 천벌을 받게 된 거야.'

제 말에 겁쟁이 자식이 입술을 바들바들 떨더군요. 목숨을 구걸하고 싶었겠죠. 하지만 그래봤자 아무 소용도 없다는 사실을 잘 알았을 겁니다.

'나를 죽이고 살인자가 될 건가?'

그자가 더듬거리며 물었습니다.

'살인이라니 그게 무슨 말이야. 미친개를 죽이는 걸 어느 누가 살인이라고 하겠어? 네놈은 내 가련한 연인의 아버지를 참혹하게 살해했다. 그리고 그녀를 강제로 끌고 가 수치스럽고 가증스러운 하렘에 넣어버렸지. 이런 만행을 저지를 때 너는 그녀에게 자비를 베풀었나!'

'그 영감은 내가 안 죽였어!'

그가 울부짖었습니다.

'그녀의 순수한 마음을 산산이 부숴버린 놈은 바로 너지.'

저는 소리치며 그놈에게 약갑을 들이밀었습니다.

'우리 사이의 원한은 이제 하늘에 계신 분에게 맡기자. 약을 하나 골라서 먹어. 하나는 죽음이고 다른 하나는 삶이다. 남은 약 하나는 내가 먹겠다. 이 세상에 정의란 것이 과연 존재하는지 아니면 우연이 우리 삶을 좌지우지하는지 한번 지켜보자고.'

그자는 몸을 웅크린 채 짐승처럼 비명을 지르고 자비를 청하는 기도를 하더군요. 그래서 저는 칼을 빼 그놈의 목에 들이대고 억지로 먹게 했습니다. 남은 알약은 제가 먹었죠. 우리는 일 분이 지나도록 말없이 마주보고 서서 누가 죽고 누가 살아남을지 기다렸습니다. 자신이 삼킨 것이 독약이라는 사실을 알려주는 격통이 시작되었을 때 그놈의 얼굴에 떠오른 표정을 어떻게 잊을 수 있을까요?

그 모습을 보니 절로 웃음이 나왔습니다. 눈앞에 루시의 결혼반지를 내밀었지요. 모든 게 순식간에 끝났습니다. 독약의 효과가 그만큼 신속했거든요. 드레버는 독약의 고통으로 얼굴이 뒤틀렸습니다. 양손을 저를 향해 뻗은 채 비틀거리더니 잘 나오지도 않는 목소리로 비명을 지르며 그대로 앞으로 고꾸라졌습니다. 발로 그놈을 뒤집고 심장을 짚었습니다. 아무 움직임도 없더군요. 죽은 겁니다!

코에서 피가 계속 흘렀습니다만 전혀 몰랐습니다. 그 피로 벽에 뭔가를 쓰겠다는 생각이 왜 들었을까요. 잘 모르겠습니다. 아마도 경찰의 수사를 엉뚱한 방향으로 유인하겠다는 짓궂은 생각이 들었던 거겠죠. 너무 통쾌한 나머지 다소 경박한 기분이 되었거든요. 문득 뉴욕에서 일어났던 사건이 떠올랐습니다. 독일인이 살해되었는데, 그 위에 RACHE라는 단어가 적혀 있었죠. 당시에 언론은 비밀결사의 소행이 틀림없다며 떠들썩하게 보도를 했습니다. 그런 걸로 뉴욕 사람들이 어리둥절해했다면 런던 사람들도 그렇겠거니 단순하게 생각했습니다. 그래서 손가락으로 제 피를 찍어 벽에 같은 단어를 남겼습니다. 마침내 집을 나가 마차로 가는데, 주위에 아무도 보이지 않았습니다. 그날 밤은 날씨가 지독하게 나빴으니까요.

한동안 마차를 몰다가 항상 루시의 반지를 넣어두는 주머니에 손을 넣었습니다. 그런데 반지가 없었습니다. 번개라도 맞은 것처럼 화들짝 놀랐습니다. 그도 그럴 것이 제가 가지고 있는 유일한 그녀의 유품이니까요. 드레버의 시체로 몸을 숙였을 때 반지를 떨어뜨렸을 거라는 생각에 마차를 돌렸습니다. 옆길에 마차를 세워두고 대담하게 그 집으로 다시 돌아갔습니다. 반지만 찾을 수 있다면 무슨 짓이라도 할 각오가 되어 있었으니까요. 하지만 도착하자마자 집에서 나오는 경관과 맞닥뜨리고 말았습니다. 코가 비뚤어지게 마신 시늉을 해 간신히 경관의 의심을 피했죠.

이녁 드레버는 그렇게 최후를 맞이했습니다. 이제 남은 일은 스탠저슨도 똑같은 최후를 맞이하게 해 존 페리어의 원수를 갚는 것이었죠. 그자가 할리데이 프라이빗 호텔에 있다는 사실은 알고 있었습니다. 하루 종일 근처를 어슬렁거려봤지만 그는 절대 밖으로 나오지 않았습니다. 드레버가 나타나지 않자 뭔가 짚이는 게 있어서 그러는 게 아닌가 싶더군요. 그자는 교활했습니다. 스탠저슨은 역시 스탠저슨이었어요. 한시도 경계를 풀지 않았죠.

하지만 집밖으로 나오지만 않으면 저를 피할 수 있다고 생각한 것이 엄청난 착각이었습니다. 저는 그의 방 창문을 금세 알아냈습니다. 다음날 아침 동이 터올 무렵 호텔 뒤쪽의 길가에 놓여 있던 사다리를 통해 방으로 들어갔습니다. 그를 깨웠죠. 그리고 오래전에 앗아간 목숨에 책임을 져야 할 때가 왔다고 일러주었습니다. 드레버의 죽음에 대해서 알리고는 똑같이 알약을 선택하게 했습니다. 목숨을 부지할 수 있는 기회를 주었건만 그는 선택을 하는 대신 침대에서 벌떡 일어나 제 목을 잡으려고 달려들었습니다. 저는 그걸 막으려다 그만 그를 찌르고 말았습니다. 심장을요. 어쨌거나 결과는 똑같았을 겁니다. 신께서 피에 물든 그의 손이 독약 외에 다른 약을 고르도록 내버려두실 리 없지 않습니까.

이야기가 좀더 남아 있지만 이제 속이 후련하군요. 거의 끝이 났습니다. 저는 하루나 이틀 정도 더 마차를 몰았습니다. 미국에 돌아갈 돈을 모을 때까지 버틸 생각이었죠. 마차장에 서 있는데 웬 넝마를 걸친 꼬마가 제퍼슨 호프라는 마부가 있는지 묻더군요. 베이커 스트리트 221B번지에 사는 신사분이 마차를 불렀다는 겁니다. 저는 위험한 낌새를 조금도 느끼지 못한 채 마차를 몰고 갔습니다. 다음 순간 정신을 차려보니 이 젊은 신사가 손목에 수갑을 걸기 무섭게 제 평생 본 중에 가장 깔끔한 솜씨로 채우셨지 뭡니까. 자, 이야기는 이걸로 끝입니다. 신사 여러분, 여러분은 저를 살인자라고 생각하실지도 모르겠습니다. 하지만 저는 정의의 집행자라는 점에서 제가 여러분과 크게 다르지 않다고 생각합니다."

남자의 이야기는 전율을 불러일으켰고 사연을 털어놓는 태도도 인상적이었다. 우리는 이야기가 남긴 강렬한 여운에 빠진 채 한동안 아무 말도 하지 않았다. 범죄의 세세한 사항이라면 신물이 날 정도로 잘 알고 있을 경찰들조차 이야기가 흥미로운 것 같았다. 그가 이야기를 마친 후에 아무도 말문을 열지 않았다. 레스트레이드가 속기록을 마무리하느라 연필을 바쁘게 놀리며 사각거리는 소리만이 정적을 깨뜨릴 뿐이었다.

"알고 싶은 부분이 딱 하나 더 있습니다."

마침내 셜록 홈스가 침묵을 깨고 질문을 했다.

"내가 신문에 낸 광고를 보고 반지를 찾으러 왔던 공범은 누굽니까?"

남자는 홈스에게 장난스럽게 윙크를 하며 대답했다.

"제 비밀은 다 털어놓아도 좋지만 저 때문에 다른 사람이 곤란해지는 상황은 원하지 않습니다. 선생님이 내신 광고를 보고 함정일지도 모르지만 반지를 찾을 기회일 수도 있다고 생각했죠. 그러자 제 친구가 직접 가보겠다고 선뜻 나서주었습니다. 그 친구가 영리하게 대처했다는 걸 당신도 인정하시겠지요."

"여부가 있겠습니까."

홈스가 진심을 담아 말했다.

"자, 여러분. 이제 기소에 필요한 서류를 작성해야 합니다. 피의자는 목요일에 법정에 설 것이며 그 자리에 여러분도 출두해야 합니다. 그때까지 제가 피의자를 맡겠습니다."

경위가 엄숙하게 말하고 벨을 눌렀다. 그러자 간수 두 명이 나타나 호프를 데려갔다. 나와 홈스는 경찰청을 나와 마차를 타고 베이커 스트리트로 돌아왔다.

대단원

7.

우리는 목요일에 법정에 출두해야 한다는 통보를 받았다. 하지만 그날 증언을 할 일은 생기지 않았다. 마침내 저 높은 곳의 재판관이 사건을 주재하여, 제퍼슨 호프가 엄중한 재판을 받게 될 하늘의 법정으로 소환된 것이다. 무슨 말인고 하니, 그를 검거한 바로 그날 밤 마침내 동맥류가 터졌다. 이튿날 아침 그는 감방 바닥에 널브러진 채 발견되었다. 마지막 순간 끝내 삶의 보람을 찾고 훌륭하게 끝낸 일을 떠올리기라도 했는지 얼굴에 잔잔한 미소를 띠고 있었다.

"그레그슨과 레스트레이드가 그의 죽음에 길길이 날뛰겠군요. 이제 두 사람이 어디다가 자랑을 하겠습니까?"

이튿날 저녁 사건에 대해 이런저런 이야기를 나누는데 셜록 홈스가 이렇게 말했다.

내가 대꾸했다.

"어차피 두 사람은 제퍼슨 호프 검거에 별로 한 일도 없지 않습니까."

"이런 세상에서는 무엇을 했느냐는 전혀 중요하지 않아요. 무엇을 했다고 믿게 만드느냐가 더 중요하죠. 뭐, 신경쓰지 않습니다."

그는 씁쓸한 어조로 말했다. 그러더니 좀더 밝은 투로 이렇게 덧붙였다.

"설령 그렇다고 해도 나는 수사를 포기하지 않을 겁니다. 이 사건만 해도 지금까지 수사한 사건들 중에서 최고입니다. 사건 자체는 단순하지만 유익한 부분을 몇 가지나 찾을 수 있었거든요."

"단순하다고요!"

내가 깜짝 놀라 소리쳤다.

"그렇죠. 단순하다는 말 외에 달리 설명할 길이 없지 않습니까."

셜록 홈스는 놀라는 나를 보며 싱긋 미소를 지었다.

"다른 도움 없이 상식적인 추리만 해서 단 사흘 만에 범인을 잡았다는 사실부터가 이 사건이 본질적으로 단순하다는 증거죠."

"그건 그렇군요."

내가 수긍을 했다.

"설명드렸다시피 사건을 수사할 때 평범하지 않은 특징은 대개 장애물이 아니라 오히려 길잡이가 됩니다. 이런 종류의 사건을 풀기 위해 가장 중요한 것은 역행 추리입니다. 쓸모도 있고 써먹기도 쉬운 기법인데 정작 제대로 사용하는 사람이 별로 없어요. 평소에는 앞으로 일어날 일을 추리하는 편이 훨씬 쓸모가 있으니 시간을 거슬러 올라가는 역행 추리법은 무시하기 일쑤죠. 종합적 추리를 하는 사람 오십 명에 분석적 추리를 하는 사람은 한 명꼴입니다."

"솔직히 무슨 말씀을 하시는지 잘 따라가지 못하겠습니다."

내가 솔직하게 인정했다.

"설명을 쉽게 이해하실 거라는 기대는 하지 않았습니다. 좀 더 쉽게 설명을 해드리죠. 박사님이 사람들에게 여러 사건을 발생한 순서대로 들려준다고 해봅시다. 그러면 사람들은 대부분 앞으로 어떤 일이 결과로 일어날지 예측을 할 겁니다. 머리에 사건들을 집어넣고 일어날 일을 도출하는 거죠. 그런데 어떤 사람들은 결과를 들려주면 머리를 굴려서 어떤 과정을 거쳐서 그런 결과가 일어났는지 알아낼 수 있습니다. 물론 그런 사람들은 매우 드뭅니다만 그런 능력이 바로 내가 말하는 역행 추리, 분석적 추리입니다."

"이제 알겠군요."

"이 사건은 이미 나온 결과를 가지고 나머지를 직접 찾아내야 하는 사건이었습니다. 자, 내가 어떤 과정을 거쳐서 추리를 했는지 설명을 하겠습니다.

제일 처음부터 시작할까요. 박사님도 기억하시겠지만 나는 마차에서 조금 먼저 내려 사건이 발생한 집까지 걸어갔습니다. 머릿속은 아무 선입견이 없는 백지상태였죠. 나는 당연하게 길가를 조사하는 것으로 수사를 시작했습니다. 이미 설명했지만 그곳에서 마차 바퀴자국을 똑똑히 목격했죠. 조사를 통해 전날 밤에 온 마차의 흔적이라는 사실을 확인했고요. 바퀴 사이의 폭이 좁은 것으로 보아 개인 마차가 아니라 영업용 마차라는 사실도 알 수 있었습니다. 런던의 영업용 마차는 신사들의 사륜마차보다 바퀴 사이의 폭이 훨씬 좁거든요.

이것이 처음 확보한 사실입니다. 거기서부터 천천히 걸어서 정원의 오솔길로 들어섰습니다. 마침 정원의 땅이 점토질이더군요. 본을 뜨기에 매우 적당한 토질이죠. 박사님의 눈에는 사람들이 마구 지나다닌 진창으로만 보였을 겁니다. 하지만 훈련된 눈은 길 표면에 남은 모든 흔적에서 의미를 읽을 수 있습니다. 탐정학의 여러 세부 분야들 가운데 발자국을 추적하는 기술 만큼 중요하면서 홀대받는 분야도 없을 겁니다. 다행스럽게도 나는 항상 그 분야를 중요시했죠. 수많은 연구와 현장 경험을 통해 발자국 관찰이 몸에 배었을 정도니까요.

먼저 깊게 팬 경관의 발자국이 눈에 들어왔지요. 그 사이로 경관보다 먼저 정원을 걸어간 남자 둘의 발자국이 보였습니다. 두 사람이 다른 이들보다 먼저 지나갔다는 사실은 쉽게 알 수 있었습니다. 나중에 지나간 사람들 발자국에 둘의 발자국이 군데군데 뭉개져 있었거든요. 이렇게 해서 두 번째 연결 고리가 완성되었습니다. 고리에 따르면 야밤의 방문객은 두 명인데, 보폭으로 계산을 해본 결과 한 명은 키가 상당히 컸습니다. 다른 한 명은 작고 우아한 부츠의 발자국을 보아 옷을 세련되게 입은 사람이었죠.

집에 들어서는 순간 바로 앞의 추론이 사실로 드러났습니다. 좋은 부츠를 신은 남자가 바닥에 드러누워 있었으니까요. 그러니까 키가 큰 쪽이 살인을 저지른 겁니다. 물론 살인 사건이 발생했다는 전제하에서지요. 죽은 남자의 시신에는 외상이 없었습니다. 하지만 시신에 남은 고통스러운 표정을 본 순간, 죽음이 덮치기도 전에 그가 운명을 직감했다고 판단했습니다. 심장병이나 다른 원인으로 느닷없이 자연사한 사람은 그런 표정을 남기지 않거든요. 시신의 입술에서 냄새를 맡아보니 살짝 시큼한 냄새가 났습니다. 그래서 억지로 독약을 먹었다는 결론에 도달한 겁니다. 표정에 남아 있는 증오와 공포에서도 그가 순순히 먹은 게 아니라는 사실을 이끌어낼 수 있었습니다.

다양한 가설을 차례로 소거해가며 도달한 결론입니다. 다른 가설들은 엄연한 사실과 모순되었으니까요. 금시초문이라고 하실 수는 없을걸요. 범죄사에서 강제로 독극물을 먹이는 행위가 결코 새로운 일은 아니니까요. 독물학자라면 오데사의 돌스키 사건이나 몽펠리에의 르튀리에 사건이 떠오를 테죠.

자, 이제부터는 사건의 동기를 파헤쳐야 합니다. 금품을 빼앗으려고 저지른 살인이 아니었습니다. 아무것도 없어지지 않았으니까요. 그렇다면 정치적인 문제였을까요? 아니면 여자? 이런 의문들이 떠올랐죠. 나는 처음부터 후자에 무게를 두었습니다. 정치적인 목적의 암살범이라면 재빨리 일을 끝내고 그대로 도주했을 겁니다. 그런데 이 살인은 어느 모로 보나 숙고에 숙고를 거쳐 행한 범죄입니다. 게다가 범인은 자신의 흔적을 온 방에 남겨뒀죠. 자신이 내내 그곳에 있었다는 사실을 숨기지 않았습니다.

그러므로 동기는 분명 정치적인 목적이 아니라 개인적인 원한입니다. 그 정도로 철저한 복수를 꾀할 정도의 원한 말입니다. 벽에 적힌 글자가 발견되자 내 추론을 더 확신하게 되었죠. 눈속임이라는 사실이 너무 빤히 들여다보인 겁니다. 뒤이어 반지도 발견되었습니다. 그것으로 동기는 확실해졌죠. 분명 살인범은 반지를 보여주며, 피해자에게 죽임을 당했거나 그곳에 없는 어떤 여자를 떠올리게 했던 겁니다. 이 점에 주목했기 때문에 나는 그레그슨에게 클리블랜드로 전보를 보냈을 때 드레버 씨의 이전 경력의 어떤 부분에 대해 문의했는지 질문을 했던 겁니다. 기억하시겠지만 그는 문의를 하지 않았다고 했습니다.

다음으로 나는 방을 자세하게 조사했습니다. 그 결과 살인범의 키에 대한 짐작을 확인했습니다. 게다가 그가 피운 트리커나펄리 시가와 손톱 길이에 대한 세부적인 정보도 확보할 수 있었죠. 그때는 이미 결론을 내린 후였습니다. 몸싸움을 한 흔적이 없다는 점으로 미루어 보아 바닥을 뒤덮은 피는 살인범이 극도로 흥분하는 바람에 터진 코피라고요. 피가 떨어진 방향과 범인의 발자국이 이어진 방향이 일치한다는 사실을 깨달았습니다. 혈색이 좋은 사람이 아니라면 감정이 격해졌다고 이런 식으로 피를 쏟아내는 일은 드물 겁니다. 그래서 범인이 팔팔하고 혈색이 좋은 사람이라는 추측을 과감하게 이야기해본 겁니다. 그 후의 사건들로 내가 옳았다는 사실이 판명되었죠.

그 집을 나온 후 그레그슨이 간과했던 부분을 조사했습니다.

일단 클리블랜드의 경찰에 전보를 쳤습니다. 단, 이넉 드레버의 결혼과 관련된 상황에 한정해 문의를 했죠. 답변은 결정적이었습니다. 답신에 따르면 드레버는 제퍼슨 호프라는 오랜 연적으로부터 신변 보호를 요청한 적이 있으며 호프라는 남자는 현재 유럽에 있었습니다. 수수께끼의 해답이 손에 들어온 게 확실했습니다. 남은 문제는 살인자를 붙잡는 것뿐이었죠.

나는 드레버와 함께 그 집으로 들어간 남자가 그를 태운 마차의 마부라는 사실을 확신하고 있었습니다. 길에 남은 말발굽 자국을 살펴보니 말이 여기저기 아무렇게나 어슬렁거렸더군요. 마차에 마부가 있었다면 자국이 그렇게 남을 리 없죠. 마부가 그 집에 있지 않았다면 도대체 어디에 있었을까요? 아무리 미쳤기로서니 제삼자, 그러니까 분명 신고할 사람이 뻔히 지켜보는 데서 교묘한 범죄를 저지르는 건 터무니없지 않습니까. 마지막으로, 런던 같은 곳에서 누군가의 뒤를 철저하게 밟고 싶다면 마부가 되기보다 더 좋은 방법이 어디에 있겠습니까. 이런 판단을 종합해볼 때 제퍼슨 호프가 런던의 영업용 마차 마부들 사이에 있을 것이라는, 뒤집을 수 없는 결론에 도달했습니다.

그가 마부라면 바로 일을 그만뒀다고 생각할 이유가 없죠. 오히려 그의 입장에서 보면 갑작스러운 변화가 주의를 끌지 모릅니다. 한동안 하던 일을 계속할 작정이었을 겁니다. 가명을 쓴

다고 의심할 이유도 없었습니다. 본명을 아는 사람이 아무도 없는 나라에서 무엇 때문에 굳이 이름을 바꾸겠습니까? 그래서 나는 베이커 스트리트 탐정단을 조직해서 원하는 남자를 찾아낼 때까지 런던에 있는 마차 임대업자들에게 알아보게 한 겁니다. 아이들이 얼마나 훌륭하게 임무를 완수했고 내가 그 성과를 얼마나 신속하게 이용했는지 기억이 생생하실 겁니다. 스탠저슨의 죽음은 전적으로 돌발 상황이었습니다만 그게 아니라고 해도 저지할 수는 없었을 겁니다. 박사님도 아시다시피 두 번째 살인으로 나는 알약을 확보했습니다. 물론 알약의 존재는 예상하고 있었고요. 자, 보셨죠. 이 사건은 처음부터 끝까지 조금의 빈틈이나 흠집 없이 논리적인 인과관계로 이어져 있습니다."

"대단합니다. 당신의 능력은 널리 인정을 받아야 합니다. 이 사건을 기록해 발표하셔야 합니다. 당신이 하지 않겠다면 나라도 대신 하죠."

나는 탄복을 하며 소리쳤다.

"좋으실 대로 하십시오, 박사님."

그는 이렇게 대답하며 신문 한 부를 건넸다.

"여기 보십시오! 바로 여기 말입니다!"

그가 준 신문은 오늘 자 《에코》였다. 가리킨 기사는 문제의 사건에 지면을 할애했는데, 이런 내용이었다.

이녁 드레버 씨와 조지프 스탠저슨 씨를 살해했다는 혐의를 받고 있는 호프라는 남자가 급사함에 따라 자극적인 사건에 대한 대중의 관심은 그대로 식어버렸다. 사건의 자세한 내막이 드러날 일은 없을 것이다. 하지만 본지는 믿을 만한 소식통으로부터 이 범죄의 뿌리가 매우 깊으며 모르몬교와 관련된 치정 문제에서 비롯되었다는 사실을 알아냈다. 두 피해자는 젊은 시절에 후기성도였던 것 같으며 사망한 범인 호프는 솔트레이크시티에서 왔다. 이 사건이 더이상 다른 반향을 일으키지 않는다고 해도 최소한 우리 나라 경찰력의 우수성을 대외에 보여주는 확실한 계기는 될 것이다. 외국인들에게 자국에서 생긴 원한을 영국 땅으로 끌고 들어오지 않는 편이 현명하다는 교훈을 주었다.

범인을 솜씨 좋게 검거한 공은 런던 경찰청에서도 유명한 레스트레이드 형사와 그레그슨 형사의 몫이라는 사실은 공공연한 비밀이다. 범인은 셜록 홈스라는 사람의 집에서 검거된 것으로 보인다. 셜록 홈스 씨는 사건 수사에 미미하나마 재능이 있는 사설탐정이다. 앞으로 뛰어난 스승인 위의 두 형사에게 좀더 배운다면 언젠가는 그들의 수사 기법을 어느 정도 습득할 수 있을 것이다. 두 형사에게는 이번 사건에서 혁혁한 공을 세운 점을 인정해 표창장을 수여할 예정이다.

"내가 그러지 않았습니까?"

셜록 홈스가 웃음을 터뜨리며 말했다.

“이것이 우리가 ‘주홍색 연구’로 거둔 최종 성과입니다. 둘에게 표창장이라니!”

“신경쓰지 마십시오. 어차피 모든 사실을 내가 기록해뒀으니까요. 대중은 사실을 알아야 합니다. 하지만 그때까지 당신은 고대 로마의 구두쇠처럼 스스로 성공을 떠올리며 스스로 만족하는 수밖에 없겠군요.

‘모두가 내게 야유를 보내도, 나는 집에서 자신에게 갈채를 보내리라. 금고에 든 동전들을 떠올리며.’”

*

트리비아

TRIVIA

13쪽 | 왓슨의 학위

왓슨이 취득한 학위는 무엇일까? 왓슨이 보통 '의사'의 통칭으로 쓰이는 닥터Doctor로 불리기에 그가 정말 박사Doctor 학위까지 취득했는지 의문을 품는 사람들이 있다. 하지만 『주홍색 연구』 1부 제목에 있는 '박사'의 원어는 M.D.로, 의학박사Doctor of Medicine 학위의 약자이다. 또한 13쪽 첫머리에서도 왓슨이 런던 대학에서 의학박사 학위를 취득했다는 언급이 있으니 왓슨이 의사이자 박사인 점은 확실하다. 논쟁거리는 박사 학위에 앞서 학사 학위를 어디서 땄느냐다. 박사 학위는 작품이 시작되는 지점에서 런던 대학에서 땄다고 공언하고 있으므로, 의학사 학위를 딴 곳은 자연히 왓슨이 이전에 다녔다고 언급한데다 홈스와 만난 장소인 세인트 바살러뮤 병원 의대일 수밖에 없다. 그러나 도일은 모교인 에든버러 대학의 바자회를 위해 쓴 이벤트성 단편 「경기장 바자회The Field Bazaar」에서 왓슨이 에든버러 대학에서 의학사 학위를 땄다고 적었다. 도일이 단순히 깜빡한 건지 이벤트를 위해 일부러 달리 적은 건지는 확인할 길이 없다.

15쪽 | 왓슨의 수당

왓슨의 하루 수당인 십일 실링 육 펜스는 영국 보존 기록관The National Archives 웹사이트에서 제공하는 화폐 가치 변환기를 이용해 계산하면 한화 육만 원에 가깝다. 서울 한복판에서 거실과 침실이 구분되며 식사와 청소 서비스까지 제공하는 집에 머물려면 어느 정도의 세를 내야 할까? 당시의 하루 평균 하숙비가 칠 실링, 약 삼만 오천 원이었다는 기록을 참고하면 왓슨은 저런 서비스를 제공하는 하숙집에 사는 대신 집세를 빼고 남은 수당, 약 이만 오천 원의 돈으로 하루를 살아야 했다. 교통이 발달하지 않은 시대이니만큼 외출 시 이동 비용이 많이 들었을 테고 식사와 술에 드는 비용도 상당했을 테니, "가진 돈을 흥청망청 쓰"던 왓슨이 집세를 나눠 부담할 사람을 찾은 것도 당연한 노릇이다. 109쪽에서 드레버가 하루 숙박비만 일 파운드, 약 십만 원에 달하는 돈을 지불하며 고급 하숙집에 묵는다고 언급되는 것을 참고하면 왓슨의 빈곤함을 더욱 실감할 수 있다.

23쪽 | 과이액 시험

과이액 시험은 소량의 유창목 수지(과이액)를 이용하는, 19세기부터 지금까지 사용되는 혈액검사법이다. 빅토리아시대에는 범죄 수사에 이용되기도 했다. 피 외에 타액, 과즙 등에도 반응해 이 검사법으로는 범죄 현장에 남겨진 흔적을 정확히 파악하기 어렵다. 셜록 홈스는 자신이 과이액 시험의 단점을 보완해 만든 검사법에 '셜록 홈스 검사법'이라는 이름을 붙이고 왓슨에게 크게 거들먹거리지만, 안타깝게도 시리즈의 다른 작품에서 다시는 언급하지 않는 것으로 보아 섣부른 자랑으로 보인다.

26쪽 | 왓슨의 권총

왓슨은 이 부분에서 본래 "새끼 불도그를 데리고 있다I keep a bull pup"라고 말하지만, 왓슨이 데리고 있는 새끼 불도그는 불도그라는 이름을 가진 자동권총으로 보는 것이 정설이다. 전체 시리즈에서 왓슨이 개를 키운다는 이야기는 전혀 없으나 권총을 가지고 있다는 묘사는 계속되기 때문이다. 특히 필립 웨블리 앤드 선 회사에서 1872년 영국에 출시한 권총 중 '브리티시 불도그 리볼버'가 있어 이 추측에 힘을 더한다. 왓슨은 자신이 가진 권총의 크기가 작다는 것을 빗대어 농담을 던진 것이다.

62쪽 | 19세기 말의 전보

1887년 발표된『주홍색 연구』에서 등장인물들은 전화를 전혀 사용하지 않고 전보만 친다. 전화가 1876년에 발명되었고, 사건 배경 또한 1881년으로 전화가 발명된 이후인데 말이다. 시리즈의 다른 작품을 보아도 압도적으로 전보를 더 많이 사용한다. 이는 19세기 말과 20세기 초의 전보에 대한 인식이 반영된 것으로 보인다. 특히 영국에서는 1845년 전보로 경찰이 살인 용의자를 잡으면서 전보가 빠르고 정확한 통신수단이라는 인식이 퍼졌다. 1890년대 영국에서 아직 널리 보급되지 않은 전화는 친숙하지도 않은데다 효용이 입증되지 않은 통신수단이었다.

81쪽 | 주홍색 연구 A Study in Scarlet

『주홍색 연구』이전까지 'A Study in ○○'라는 표현은 책 제목에 쓰인 바가 없었다. 문화 예술 분야에서 'Study'는 습작이라는 뜻이기에, 애초에 습작처럼 완성도가 떨어지는 원고로 출판되는 일이 없다시피 한 책에는 제목으로 어울리지 않았던 것이다. "방금의 멋진 표현 어떻습니까"의 원문인 "Why shouldn't we use a little art jargon"을 생각하면 더욱 의미심장하다. 이 말은 맥락과 상관없이 직역하면 '예술 용어를 활용해 보면 어떨까요?'라는 말이다. 예술 용어로서 Study는 악보의 제목에 'A Study in D Minor'라는 식으로 쓰일 경우 '라단조의 습작'으로 번역되는데, 이런 관점에서 보면 'A Study in Scarlet'은 '주홍색조의 습작' 정도가 될 것이다. 본문에서 Study가 사용되는 맥락으로 보면 도일이 Study의 '연구'라는 뜻도 염두에 둔 것이 확실하며, 2016년까지 한국어판 제목은 모두 '연구'로 번역되었다. 현재 'A Study in ○○'라는 식의 표현은 연구 발표 등 다양한 기록의 제목에 쓰인다.

94쪽 | 사륜마차

'셜록 홈스' 시리즈에 등장하는 사륜마차는 영국의 대법관을 지낸 헨리 브루엄이 고안한 사륜마차 브루엄Brougham이 대부분이다. 94쪽에서도 원문의 서술은 브루엄이다. 이 마차는 대부분의 사륜마차처럼 상자와 흡사하게 생긴 손님석을 중심으로 바퀴가 네 개 달려 있고, 한 필의 말이 끌며 마부는 손님석 앞에 앉는 구조였다. 마부는 뒤에 있는 손님석을 살필 수 없었다. 대조적으로 홈스가 작중에서 주로 타고 다니는 이륜마차, 핸섬Hansom은 바퀴가 두 개 달려 있고, 2인승 손님석 뒤쪽에 마부가 앉는 좌석이 한 단 높이 설치되어 있다. 마부는 그곳에 앉아 손님석 위를 가로지르는 고삐를 잡고 마차를 몰았다. 94쪽에서 노파는 마부가 손님석의 움직임을 볼 수 있는 이륜마차를 고르지 않는다. 다분히 의도적인 행동이다. 이륜마차였다면 홈스가 마차 뒤에 매달리는 것도, 노파가 마부에게 들키지 않고 도망치기도 불가능했다. 관련해 224쪽에서 제퍼슨 호프는 드레버가 탄 이륜마차를 쫓으며 "제 말의 코가 앞에 있는 마차의 마부로부터 일 미터 이상 떨어진 적이 없"다고 말하기도 한다. 이륜마차의 마부가 마차 꽁무니에 앉아 있기 때문에 하는 이야기다.

95쪽 | 홈스의 유일한 욕설

반지를 가져간 노파가 마차에서 몰래 내린 것이냐고 왓슨이 홈스에게 사실을 확인하자, 홈스는 "노파는 무슨! 제길! Old Woman be damned!" 하고 날카롭게 되받는다. 흥미로운 사실은 시리즈 전체에서 홈스가 흥분해서 저주를 했다거나 욕을 했다거나 하는 서술이 잦은 데 비해 실제로 지문에 욕이 표현된 부분은 단 한 부분, 이 부분밖에 없다는 점이다. 『주홍색 연구』에 이어 두 번째 작품인 『네 사람의 서명』이 엄격한 청교도 윤리를 준수하는 《리핀코츠 매거진Lippincott's Magazine》에 발표되었다는 것이 이유로 추측된다. 도일은 『네 사람의 서명』에도 직접적인 욕설을 썼겠지만, 《리핀코츠 매거진》의 편집자에게 반려된 끝에 이후 작품에서는 적지 않았을 것이다.

128쪽 | 자동 잠금 수갑

『주홍색 연구』 발표 당시 런던 경찰청에서 사용하던 무쇠 수갑은 갖고 다니기에 무겁고 태엽을 감듯 열쇠로 돌려 잠그는 구조였다. 범인을 완벽히 제압한 후라면 몰라도 수갑을 제압 용도로 사용하기는 불가능했다. 채우는 순간 자동으로 잠겨 순식간에 채울 수 있는 수갑은 『주홍색 연구』 발표 시기에도 이미 발명되어 있기는 했으나 영국에서는 널리 쓰이지 않아 상상의 물건이나 다름없었다. 128쪽에서 홈스가 "스프링이 얼마나 잘 작동하는지 보십시오. 순식간에 수갑을 채울 수 있습니다"라며 신제품 수갑을 보이자, "지금 쓰는 것도 충분히 훌륭합니다. 물론 그걸 채울 사람부터 잡아야겠지만요"라고 대꾸하는 레스트레이드의 반응에서 애초에 수갑을 범인 제압 용도로 생각하지 않는 당대 경찰의 인식이 엿보인다.

150쪽 | 모르몬교

정식 명칭은 예수 그리스도 후기성도 교회. 기독교 종파의 하나로, 초기 기독교회와 구분하여 자신들을 후기성도로 부른다. 창시자 조지프 스미스에게 모로나이라는 천사가 나타나 계시를 주었다고 한다. 초기에는 미국 일리노이 주에 자리잡았으나 일부다처제를 주장하고 권장하는 것 때문에 많은 이들의 반발을 사 2대 지도자인 브리검 영이 교인들을 이끌고 유타로 이주했다. 도일은 『주홍색 연구』에서 후기성도 교인들이 유타로 이주한 후에도 유지한 일부다처제 때문에 비극이 일어나는 것으로 묘사한다. 도일은 훗날 후기성도 교회를 헐뜯었다는 이유로 비난을 받았다. 하지만 도일은 널리 알려진 것처럼 실존하는 무언가에 대해 고의로 평판을 훼손하는 것을 좋지 않게 생각하는 사람이었다. 1838년에 조직된 후기성도 교회의 비밀결사 '대나이트 조직'이 실제로 악명 높았던 사실 등을 고려하면 작품의 후기성도 교회에 관한 묘사는 당시의 일반적인 인식을 반영한 것으로 보인다. 후기성도 교회는 1890년에 일부다처제를 포기했다.

트리비아 참고 문헌

Arthur Conan Doyle, 『A Study in Scarlet』, Oxford University Press, 1993
Jack Tracy, 『The Ultimate Sherlock Holmes Encyclopedia』, Doubleday & co., 1977
Nick Utechin, 『Amazing & Extraordinary facts–Sherlock Holmes』, David & Charles, 2012
데이비드 스튜어트 데이비스 외, 이시은 · 최윤희 옮김, 『셜록 홈즈의 책』, 지식갤러리, 2015
아서 코넌 도일, 레슬리 S. 클링거, 승영조 옮김, '주석 달린 셜록 홈즈' 시리즈, 현대문학, 2013

*

일러두기

본문의 각주와 1), 2) 등 반괄호로 표시된 미주는 모두 해설자 주이다.

해설

위대한 탐정의 이야기가 세상에 드러나기까지

하지만 거짓 욕망으로 길을 잃은 부류의 사람들이 있다.
그리고 이것이 그들이 하는 말이다.
"아무리 가져도 충분하지 않소. 당신이 가진 것,
그게 당신의 가치를 정하지. 많든 적든 간에."
이러한 말들에 무슨 대답을 하겠는가?
아, 그들이 바란다면, 자신들의 불행을 마음껏 끌어안고 살게 하라.
사람들의 비난을 영웅의 얼굴을 하고 의연히 맞곤 했던
아테네의 구두쇠처럼.

– 호라티우스 『풍자, 서한, 시의 기술』[1] 중 '풍자' 1권

세계문학의 역사에서 가장 많이 회자되고 여러 모습으로 재생산되는 인물을 꼽으라면, 그 명단에 셜록 홈스는 빠지지 않을 것이다. 역사상 가장 많이 영화와 드라마로 만들어진 허구의 인물로 기네스북에 오르기도 한 셜록 홈스는 1887년 『주홍색 연구』로 처음 모습을 드러낸 뒤 1927년 『셜록 홈스의 사건집』에서 은퇴하기까지 근 사십 년간 네 권의 장편소설과 다섯 권의 단편집에서 활약하며 세계적인 명사가 되었다. 그의 등장은 추론을 통한 두뇌 게임이라는 추리소설의 양식을 확고하게 굳힌 사건이기도 했다.

1887년 출간된 『주홍색 연구』는 역사적으로 불후의 인물이 된 셜록 홈스와 그의 영원한 파트너 존 H. 왓슨 박사의 시작을 알린 소설이다. 에든버러 출신의 젊은 의사 아서 코넌 도일은 1882년 포츠머스의 사우스시에서 개업한 후 실적이 신통치 않자 소설을 쓰면서 경제적 어려움을 타개하려고 노력했다. 시간이 지나며 의사로서는 점차 경력을 쌓아갔지만 작가로서는 여전히 빛을 보지 못하고 있었다. 그의 단편은 평균 사 파운드라는 낮은 가격에 팔려 이런저런 잡지들에 실렸으나 크게 화제가 되었던 적은 없었다. 1885년 결혼 후, 생활이 안정된 도일은 소설에 대해 다각도로 구상을 하기 시작했다. 그는 단편을 잡지에 싣는 것만으로는 돌파구가 될 수 없다고 생각하여 처음으로 장편을 써서 팔아보기로 했다. 『주홍색 연구』는 이런 배경 아래에서 잉태되었고, 도일은 자서전 『기억과 모험Memories and Adventures』에 이렇게 적는다.

나는 이제 좀더 신선하고 산뜻하며 더 솜씨를 부린 작품을 해낼 수 있다는 기분이 들었다. 가보리오의 딱 맞아떨어지는 깔끔한 구성에 끌렸고, 포의 거장다운 탐정 므시외 뒤팽은 소년 시절부터 나의 영웅이었다. 그에 내 나름대로 뭔가 덧붙일 수 있을까? 오래전 은사였던 조 벨(조지프 벨)이 떠올랐다. 그의 독수리 같은 얼굴과 기이한 행동 방식, 세세한 점을 주목하는 기이한 기술을 생각했다. 그가 탐정이라면 매혹적이지만 체계가 잡히지 않은 이 직업을 좀더 정밀하고 과학적인 직업으로 깔끔하게 재탄생시킬 수 있을 것이었다. 이런 효과를 얻을 수 있을지 시도해보기로 했다. 실생활에서 확실히 가능하다면 소설에서 더 개연성 있게 그려내지 못할 것도 없지 않은가? 어떤 사람에 대해 똑똑하다고 서술해버리는 것도 괜찮지만, 독자는 그 예시를 보길 바란다. 벨이 매일 병동에서 예시로 우리에게 보여주었던 모습들처럼 말이다. 이런 발상은 흥미로웠다. 이 남자에게 무슨 이름을 붙이지? 그때 이런저런 이름을 적어놓았던 공책 낱장을 아직도 가지고 있다. 인물의 성격을 넌지시 암시하기 위해 샤프스 씨라든가 페레

츠 씨■로 단순하게 이름을 붙이는 일에는 거부감이 들었다. 처음에 그는 셔린퍼드 홈스였다가 나중에는 셜록 홈스가 되었다. 자신의 위업을 자기 입으로 말할 수는 없으므로 그를 돋보이게 할 평범한 동료가 필요했다. 탐정의 위업에 함께 참여하고 그의 위업을 서술해줄, 교양 있고 행동력이 있는 사람. 이 과시적이지 않은 사람에게는 단조롭고 조용한 이름이 필요했다. 왓슨 정도면 충분할 것이었다. 이렇게 나는 꼭두각시 인형을 갖추고 『주홍색 연구』를 쓰기 시작했다.

아서 코넌 도일, 『기억과 모험』 8장 '내 첫 문학적 성공' 중에서

1886년에 쓰인 『주홍색 연구』는 워드 록 출판사에 이십오 파운드에 팔리기는 했으나 고만고만한 '싸구려 소설'이 시장에 넘친다는 이유로 출간을 거부당했고, 그 이듬해가 되어서야 《비턴스 크리스마스 애뉴얼Beeton's Christmas Annual》에 실린다. 이렇게 셔린퍼드 홈스가 될 뻔한 셜록 홈스는 빛을 볼 수 있었다. 의사의 면밀함, 배우의 연기력, 그리고 아무도 따라갈 수 없는 행동력과 추리력을 지닌 탐정의 탄생이었다.

『주홍색 연구』는 제목이나 작가의 설명에서도 알 수 있듯 추

■ 둘 다 날카롭다거나 탐색하고 수색한다는 뜻의 이름.

리 기법의 탐색을 위한 작품이다. 셜록 홈스와 왓슨을 소개하는 1부 '육군 의무부에서 퇴역한 존 H. 왓슨 박사의 회고록 재판'에서는 그 후 한 세기 넘도록 모든 논리학자와 심리학자, 독자들을 매혹시킨 귀납적 추리와 소거법이 등장한다. 홈스가 철학과 문학 지식이 거의 없었다는 묘사는 꽤 재미있는 역설이다.

이질적으로 느껴지는 2부 '성자들의 땅'은 평소 역사소설에 대한 도일의 관심사를 반영하면서 동시에 추리소설에서는 가장 중요한 요소인 동기의 감정적 측면을 그려낸다. 추리소설이 사회의 병리적 현상인 범죄를 파고들며 당대의 사회를 날카롭게 해부하는 역할은 물론, 게임을 즐기는 인간 지성을 만족시키는 오락적 역할까지 하는 장르라는 개념은 '셜록 홈스' 시리즈를 통해 명시화되었다고 할 수 있다.

이 책의 원제인 'A Study in Scarlet'은 사회소설과 오락소설이라는 양대 명분을 표방하는 추리소설 본연의 입장을 잘 표현한다. 제목의 뜻은 작품 내 홈스의 입으로 직접 설명된다.

"박사님이 아니었다면 그곳에 가지도 않았을 테고 그랬다면 지금껏 해왔던 어떤 연구보다 훌륭한 연구, '주홍색 연구'를 놓쳤을 겁니다. 방금의 멋진 표현 어떻습니까. 아무 색깔이 없는 삶의 실타래 속으로 살인을 의미하는 붉은 실이 들어가 있습니다. 우리가 할 일은 실타래를 풀어서 붉은 실을 뽑아낸 후 한 부분도 빼놓지 않고 낱낱이 드러내는 일입니다."
(본문 81쪽)

홈스가 "방금의 멋진 표현"이라고 한 부분은 원문에는 "a little art jargon"이라는 어구로 되어 있다. 이는 달리 해석하면 '예술 전문 용어'라고도 말할 수 있다. 이 관점으로 보면 『주홍색 연구』는 '선홍색 습작'이라고도 번역 가능하다. 여기서 '습작Study'은 본 작품을 그리기 전 작법을 연습하려 이런저런 기법을 시도한 작품을 말한다. 색상 번호 #FF2400에 해당하는 스칼릿은 주홍색이라고 하기에는 좀더 오렌지빛이 도는 붉은색으로 서양에서는 전통적으로 피를 의미하는 색깔이기도 했고, 너새니얼 호손의 『주홍 글씨』에서처럼 사회적으로 용인할 수 없는 범죄의 색이기도 했다.

도일은 원래 '뒤엉킨 실타래A Tangled Skein'라는 제목도 고민했다고 한다.[2] 무색의 삶, 도덕적 활동들은 이리저리 얽혀 있고, 거기에 살인이라는 사회의 병폐 증상이 빨간색으로 드러나면 그를 뽑아서 관찰할 때 실타래를 깨끗이 정리할 수 있다는 의미가 이 제목 안에 담겨 있었다. 결국 최종으로 결정된 『주홍색 연구』라는 제목도 마찬가지로, 삶에 끼어든 빨간색을 연구함으로

써 사회의 사건들을 파헤칠 수 있을뿐더러 인간의 추론력을 극대화하며 즐거움을 주는 추리소설의 기법을 실험해보겠다는 작가의 포부가 담겨 있었다. 『주홍색 연구』를 그다음으로 출간된 『네 사람의 서명』의 습작이라고 말하기는 조심스럽지만 분명히 이 작품은 작가의 첫 번째 야심찬 시험이었다.

『주홍색 연구』의 발표는 이후의 세계 추리소설의 지형 자체는 물론 문학계 전체의 풍경을 변화시키는 사건이기도 했다. 일례로 이 책이 출간된 이후, 오스카 와일드는 유명한 화가이자 작가인 동시에 연쇄 독살범이었던 토머스 그리피스 웨인라이트의 전기를 쓰면서 '펜, 연필 그리고 독: 초록색 연구Pen, Pencil and Poison: A Study in Green'라는 제목을 붙였다. 이 제목이 도일의 영향을 받은 것인지, 아니면 당시 유행하던 예술 용어로 제목을 단 것인지는 확실하지 않지만 많은 연구가는 전자가 아닐까 추측한다. 또한 오스카 와일드의 『도리언 그레이의 초상』과 『주홍색 연구』의 유사성을 지적한 연구가도 있을 정도로[3] 『주홍색 연구』가 영문학계에 끼친 영향력은 높이 평가받고 있다. 작품적 유사성이야 비평적으로 판단할 문제지만 그 시기에 아서 코넌 도일과 오스카 와일드 사이에 접점이 있었으므로 이 추론 또한 근거가 없지는 않다. 셜록 홈스의 등장이 독자와 비평가 양쪽의 관심을 소박하게나마 모은 덕에 아서 코넌 도일은, 그 본인의 말마따나 "문학계 언저리에 닿을 수 있었고" 미국 리핀코트 출판사의 초대를 받아 저녁 식사에 참석한다. 그 모임에서 도일은 존경하던 작가 제임스 페인과 오스카 와일드를 만나고, 도일과 와일드는 각각 작품 집필을 제안받는다. 영원한 고전으로 남은 『네 사람의 서명』과 『도리언 그레이의 초상』이 이 자리에서 시작되었다.

『주홍색 연구』는 셜록 홈스가 등장하는 첫 작품인 만큼 후대에도 다른 소설과 영화로 광범위하게 재생산된다. 그중 가장 유명한 작품은 영국 판타지 · SF 작가인 닐 게이먼의 「에메랄드색 연구A Study in Emerald」로, 2004년 휴고 최고 단편상을 받은 소설이다. 언뜻 읽기에는 영국인 듯도 하고 아닌 듯도 한 세계를 배경으로 아프가니스탄에서 돌아온 전직 군의관이 뛰어난 지력을 가진 탐정을 만나 어떤 공국의 거물이 살해당한 사건을 수사한다. 이 단편은 셜록 홈스와 왓슨을 잘 아는 사람만이 속게 된다는 역설적 반전으로 허를 찌른다. 크툴루 세계관과 맞물려, '위대한 고대의 존재들(그레이트 올드 원)'과 '고대의 존재들(올드 원)'이 언급되므로 러브크래프트의 팬들에게도 반가울 작품이다. 닐 게이먼의 홈페이지에 공개되어 있다.[4]

홈스를 위시한 황금기 추리소설의 기법을 바탕으로 틀을 잡아나간 일본의 본격 추리소설에도 『주홍색 연구』를 연상하게 하는 작품이 많다. 아리스가와 아리스는 아서 코넌 도일에 대한 존경을 담아 자신의 페르소나인 작가 아리스가와와 탐정 히무라 히데오 콤비가 등장하는 2000년 소설에 『주홍색 연구』(김선영 옮김, 비채, 2011)라는 제목을 달았다. 귀납적 추리가 뛰어난 천재 교수와 그를 기록하는 작가가 함께 사건을 수사한다는 기본 설정과 빈집에서 남자 시체가 발견된다는 사건의 발단 이외에 플롯의 유사성은 없지만, 수사의 기본과 작품 특성에서 '셜록 홈스' 시리즈에 크게 빚진 작품이다.

『주홍색 연구』의 가장 유명하고도 성실한 패스티시는 2010년 BBC 드라마 시리즈 〈셜록〉의 서막을 알렸던 1시즌 1화 '분홍색 연구A Study in Pink'일 것이다. (이하 책과 드라마의 내용이 상세하게 언급된다.) 기실, '분홍색 연구'는 기존의 추리소설 팬들이 『주홍색 연구』에서 지적했던 모든 모순과 비판에 대한 셜로키언의 대답이라고 할 수 있다. 예를 들면, 존 왓슨은 『주홍색 연구』에서 어깨 부상을 당했다고 하지만(본문 14쪽), 『네 사람의 서명』에서는 다리를 저는 것으로 나온다. 기존의 팬들은 둘 다 다쳤을 것이라며 이 모순을 해결하려 하지만, '분홍색 연구'에서는 왓슨의 부상이 심리적이라 그가 실제로는 어깨를 다쳤는데도 지팡이를 짚고 다닌다는 식으로 설명해준다. 또한 『주홍색 연구』에서 홈스는 범죄 현장에 씌어 있던 RACHE라는 단어가 독일어로 복수라는 뜻이며, 범인인 제퍼슨 호프는 독일과는 전혀 관련이 없고 우연히 난 코피를 이용해 경찰을 혼란스럽게 만들려 한 것뿐이라는 추리를 한다. 작품에서야 들어맞는 것으로 나오지만 이 설명이 억지스러워 보이기에 '분홍색 연구'에서는 이 추리를 역으로 제시한다. 도일에게 가장 큰 비난을 안기고 개인적으로 사과까지 하게 만든 모르몬교에 대한 부정적 묘사는 '분홍색 연구'에서는 빠지고 다른 내용으로 대치된다. 모르몬교가 나오는 부분은 사상적인 측면뿐 아니라 기법적인 면에서도 『주홍색 연구』에서 가장 논란이 큰 부분이기도 하다.

첫 작품인 만큼 작품 특성이 아직 확립되지 않았고, 도일은 왓슨에게서 자신의 모습을 완전히 지우지 못했다. 충실한 일인칭 관찰자 시점인 1부와 달리 5장까지 전지적 시점으로 진행되는 2부의 서술자가 누구인가는 이 작품을 둘러싼 가장 고전적인 질문 중 하나이다. '분홍색 연구'는 이 부분을 빼면서도 범죄의 방법과 동기는 그대로 유지했지만, 마부는 현대에 맞게 택시 기사로 바꾸었다. 독이 없는 알약과 독이 든 알약을 주고 피해자가 자발적으로 선택해 먹도록 하는 의문스러운 범죄 방식에는 지성에의 도전이라고 하는 게임 요소를 강화해서 설득력을 더했다.

거기에 더해 『주홍색 연구』를 면밀하게 읽은 독자라면 의문을 가졌을 부분을 '분홍색 연구'는 대담하게 대답한다. 먼저, 어떤 이는 이런 질문을 할지도 모르겠다. 힘겹게 런던까지 쫓아온 제임스 호프는 어떻게 생계를 유지하며 복수를 도모하였는가?[5] 그가 알아서 호구지책을 마련했으리라고 대답한다 해도 중요한 의문이 남아 있다. 일가친척 하나 없었던 런던에서 제임스 호프 대신 위험을 각오하고 홈스를 찾아온 친구는 누구인가? 제임스 호프의 계획에 그는 개입하지 않았을까? 당시 런던에 그를 도울 만한 사람이 얼마나 될까? 그는 심지어 노파로 변장할 만큼 영리하고 홈스를 따돌릴 만큼 기민하다. 그렇다면 여러 사람들, 혹은 '분홍색 연구'처럼 '이름을 말할 수 없는 그'가 거기 있었다고 대답할 수도 있다. 정말로 홈스와 그의 거대한 대결이 첫 작품부터 작가의 계획에 있었는지는 아무도 알 수 없지만, 『주홍색 연구』는 즐거운 상상의 밑거름이 되어준다.

이런 단점들은 『주홍색 연구』에서 그다지 문제가 되지 않는다. 이 작품은 자신의 의미를 등장인물의 입을 통해서 설명한다. 소설의 마지막, 공을 제대로 인정받지 못한 홈스에게 왓슨이 이렇게 말하는 것이다.

"신경쓰지 마십시오. 어차피 모든 사실을 내가 기록해뒀으니까요. 대중은 사실을 알아야 합니다. 하지만 그때까지 당신은 고대

로마의 구두쇠처럼 스스로 성공을 떠올리며 스스로 만족하는 수밖에 없겠군요.
'모두가 내게 야유를 보내도, 나는 집에서 자신에게 갈채를 보내리라. 내 금고에 든 동전들을 떠올리며.'"
(본문 247쪽)

마지막에 왓슨이 인용한 경구는 원서에서는 라틴어로 씌었는데 호라티우스의 『풍자, 서한, 시의 기술』에서 따온 것이다. 즉, 자신만의 가치를 남에게 보일 수 없이 꼭 끌어안고 있는 구두쇠처럼 대중이 인정하지 않아도 스스로 공을 즐기라는 뜻이다. 하지만 왓슨이 나타남으로써 셜록 홈스는 영웅의 얼굴을 하고 자신의 자산을 대중 앞에 내보일 수 있게 되었다. 이것이 『주홍색 연구』가 세상에 갖는 의의이다. 적히지 않았더라면 영원히 볼 수 없었던 소중한 지적 가치를 만날 수 있었다는 것. 그리고 자신의 긍지를 구두쇠처럼 끌어안고 살아야 했던 셜록 홈스가 너그럽게도 인류에 기여할 수 있었다는 것. 그리하여 홈스 본인만이 아니라 세계의 독자들이 그에게 갈채를 보낼 수 있게 되었다.

박현주(서평가, 에세이스트)

해설 주

1) Horace. 『Satires. Epistles. The Art of Poetry.』 Translated by H. Rushton Fairclough. Loeb Classical Library 194. Cambridge, MA: Harvard University Press, 1926.

2) 『A Study in Scarlet』 Oxford Univesity Press, 1993 참고.

3) John A. Hodgson, "An Allusion to Arthur Conan Doyle's A Study in Scarlet in the Picture of Dorian Gray" English Language Notes, December 1996 참고.

4) http://www.neilgaiman.com/mediafiles/exclusive/shortstories/emerald.pdf

5) Robert R. Patrick, "Moriarty Was There," Baker Street Journal, Christmas Annual (1958), p.49, Joe Marino "No Hope-er", Baker Street Journal (58:4) [Winter 2008], pp.12-16에서 재인용.

*

작가 정보

아서 코넌 도일

1859. 5. 22. ~ 1930. 7. 7.

아서 코넌 도일은 1859년 스코틀랜드 에든버러에서 태어났다. 아버지 찰스 앨터몬트 도일은 토목국 서기이자 삽화가였으며 어머니 메리 폴리는 찰스가 거주하던 하숙집 주인의 딸이었다. 할아버지 존 도일은 저명한 풍자만화가로 그의 아들들은 아버지의 재능을 이어받아 미술계에서 두각을 보였다. 불행하게도 도일의 아버지이자 형제들 중 막내인 찰스는 그렇지 못했다. 우울증에 빠져 알코올의존자로 전락한 찰스는 훗날 정신병원에서 생을 마감한다.

도일의 유년 시절에는 술 취한 아버지의 그림자가 드리워 있었다. 자연히 어머니를 더 의지하며 자란 도일은 월터 스콧 등의 작가들이 쓴 낭만적인 모험담과 수많은 이야기에 빠져들었다. 그는 아홉 살에 예수회의 신부 예비학교인 호더에 입학한 뒤 스토니허스트 칼리지에 진학한다. 타고난 스포츠맨이자 승부사였던 그에게 가톨릭 학교의 엄격함은 썩 어울리지 않았다. 결국 그는 1875년 학교를 자퇴하고 가톨릭 신앙도 포기한다.

도일은 1876년부터 1881년까지 에든버러 대학교에서 의학을 배웠고, 그 시절부터 종종 잡지에 단편들을 발표했다. 재학 중 서아프리카 해안을 항해하는 포경선의 선의로 근무하며 겪은 이국적이고 생생한 모험은 그의 작품에 깊은 영향을 주었다.

아버지의 부재는 장남인 아서 코넌 도일에게 무거운 짐이었다. 도일은 서둘러 돈을 벌어야 했다. 졸업 직후 대학 동기였던 조지 버드와 함께 플리머스에서 병원을 열었지만 그와 헤어지고 1882년 포츠머스의 변두리에 홀로 개업한다. 환자는 많지 않았다. 도일은 환자가 없는 시간에 글을 쓰기 시작했다. 처음에는 잡다한 모험담을 썼고 곧 상당한 부수입을 벌 수 있었지만, 그때까지 작가로서 널리 이름을 알리지는 못했다.

병원 사정은 점차 나아졌다. 1885년 환자의 누이였던 루이자 호킨스와 결혼하면서 삶의 여유도 갖게 됐다. 문화와 정치, 스포츠 등 다양한 분야에 관심을 기울이던 도일은 1887년 셜록 홈스가 처음으로 등장하는 『주홍색 연구』를 《비턴스 크리스마스 애뉴얼》이라는 연간 잡지에 발표한다. 에드거 앨런 포와 에

밀 가보리오의 영향 아래, 대학 시절 은사였던 조지프 벨 교수로부터 영감을 얻은 셜록 홈스의 탄생이었다.

『주홍색 연구』의 영국 내 반응은 나쁘지는 않은 정도였다. 오히려 미국에서 더 인기를 끌었다. 1890년에 발표된 후속편『네 사람의 서명』은 미국《리핀코츠 매거진》의 의뢰로 쓰인 작품이다. 오스트리아 빈에서 안과 공부를 마친 도일은 다음 해인 1891년 런던에서 안과 병원을 개업한다. 런던은 포츠머스와 같은 시골과 달리 경쟁 병원이 많아서 손님이 들지 않았다. 손님이 전혀 오지 않는 절망적인 상황이 지속되자, 그는 작심하고 돈을 벌기 위해《스트랜드 매거진The Strand Magazine》에 셜록 홈스 단편을 발표했다.

1892년 열두 편의 이야기가 담긴『셜록 홈스의 모험』이 출간되고 셜록 홈스의 인기는 점점 높아졌다. 작가로서의 명성 또한 덩달아 올랐지만 아서 코넌 도일은 탐정소설 작가로 불리는 것을 원치 않았다. 그에게 신문 좀 들추고 간단한 자료 조사만 하면 쓸 수 있는 것으로 여겨지던 탐정소설은 점점 부담으로 다가왔다. 그는 진지한 연구가 뒷받침된 역사소설을 쓰고 싶어 했다. 결국 아버지 찰스 도일이 비극적으로 생을 마치고 부인의 건강이 나빠지기 시작했던 1893년, 그는 단편「마지막 문제」(『셜록 홈스의 회상록』에 수록)에서 셜록 홈스를 라이헨바흐 폭포

밑으로 떨어뜨렸다.

셜록 홈스의 열성 팬들은 엄청나게 분노했다. 도일의 집 앞에서 피켓을 드는가 하면 피 묻은 칼날을 소포로 보내기도 했다. 잡지 판매 부수는 이만 부나 줄었다. 도일은 희곡과 『바스커빌 가문의 사냥개』 같은 셜록 홈스 죽음 전의 이야기를 쓰면서 구 년을 버텼지만 결국 시리즈를 다시 이어나갔다. 물론 《스트랜드 매거진》에서 상상을 초월한 원고료를 제시한 덕분이기도 하다. 1903년 발표된 단편 「빈집의 모험」(『셜록 홈스의 귀환』에 수록)을 통해 셜록 홈스는 되살아났고, 1927년 「쇼스컴 올드 플레이스 사건」(『셜록 홈스의 사건집』에 수록)까지 '셜록 홈스' 시리즈는 총 56편의 단편과 4편의 장편으로 완결됐다.

빅토리아시대의 정신을 고스란히 간직한 아서 코넌 도일은 이상적인 가치를 수호한 애국자였다. 1899년 남아프리카에서 보어전쟁이 발발하자 군의관으로 종군했으며 이후 『보어전쟁 : 대의와 실제The War in South Africa: Its Cause and Conduct』라는 소책자를 발표함으로써 전쟁 이후 영국에 쏟아진 전 세계적인 비난을 필사적으로 변호했다. 이 공적으로 그는 기사 작위를 받는다. 이외 낙선하긴 했으나 국회의원 선거에도 두 번이나 출마하였다.

말년의 도일은 셜록 홈스가 그토록 주장했던 논리적인 방법론을 완전히 부정하는 것처럼 행동했다. 아버지의 죽음 이후 그는 심령술에 관심을 가졌으며 1차세계대전으로 여러 친척과 가족을 잃으면서 관심은 점점 집착으로 변해갔다. 사후 세계를 증명하려 한 도일은 심령술사들에게 가장 명망 높은 후원자였다.

일흔이 넘어서까지 도일은 수많은 기고와 대외 활동을 쉬지 않았고, 심령술 전파를 위해 전 세계를 돌며 왕성하게 강연 활동을 펼쳤다. 그러던 중 1930년 심장 발작을 일으켰는데 결국 회복하지 못했다. 아서 코넌 도일의 치열한 생애는 칠십일 세로 마무리됐다. 그의 무덤은 영국 햄프셔 주 뉴포레스트 민스테드에 있으며, 묘비명은 다음과 같다. '강철처럼 진실하고, 칼날처럼 올곧다Steel True, Blade Straight.'

세계 최고의 명탐정을 탄생시키다

스무 살 때부터 아서 코넌 도일은 생계를 위해 소설을 썼다. 빅토리아시대 후기는 인쇄술의 발달로 페니드레드풀■류의 싸구려 소설들이 유행하던 시기여서, 아마추어가 작품을 발표할 지면은 얼마든지 있었다. 도일이 처음으로 원고료를 받은 작품은 1879년 《체임버스 저널Chambers's Journal》에 발표한 「새사사 계곡

■ 영국에서 범죄나 공포를 주제로 한 일 페니짜리 선정적인 소설을 가리키던 말.

의 수수께끼The Mystery of Sasassa Valley」라는 모험소설이었다. 1880년대 접어들어 대중의 취향을 읽는 데 더 익숙해진 그는 다양한 소재로 글을 썼다.

도일이 모험소설에서 벗어나 탐정소설에 주목했던 이유는 그동안 읽었던 탐정소설들이 너무 엉망이라고 생각했기 때문이다. 그는 범인의 어리석음이 아니라 본인의 실력으로 사건을 해결하는 과학적인 탐정을 창조하고 싶어 했다. 또 탐정이란 진부한 도시 생활 속에서 모험적 삶을 즐기는 존재라고 생각했다. 도일이 언제나 추구해왔던 모험 정신은 그렇게 탐정소설과 맞물리기 시작했다. 탐정 모델은 당연하지만 에드거 앨런 포의 뒤팽과 에밀 가보리오의 르콕이었다. 그는 에드거 앨런 포에게서는 이성적인 논리를, 에밀 가보리오로부터는 탐정의 행동력을 배웠다. 그리고 자신의 은사였던 조지프 벨 교수로부터 탐정의 구체적인 모습을 떠올리기 시작했다.

조지프 벨은 에든버러 대학교의 외과 교수이자 영국 왕립병원의 의사였다. 애매한 질병도 정확하게 짚어내는 솜씨 좋은 의사인 그는 남들이 하찮게 여기는 세밀한 부분을 관찰하여 환자의 직업과 성격까지 파악하는 놀라운 재능을 가지고 있었다. 도일은 벨의 관찰력을 잘 보여주는 일화를 기록으로 남긴 바 있는데, 그 기록에서 조지프 벨은 사복을 입은 환자를 보고는 그가 스코틀랜드 연대에서 복무한 하사관이며 그의 연대가 바베이도스에 주둔했었다는 사실까지 알아맞힌다.

1886년, 탐정 셜록 홈스와 의사 존 왓슨이 처음으로 등장하는 『주홍색 연구』는 이렇게 탄생했다. 하지만 전설의 시작치고 출간까지의 과정은 결코 쉽지 않았다. 코넌 도일은 완성된 원고를 수많은 출판사에 보냈지만 몇 달 동안 아무런 반응이 없었다. 몇몇 잡지사는 분량이 애매하다며 거절했고, 몇몇 출판사는 거들떠보지도 않았다. 작품은 일 년이 지난 1887년 11월, 《비턴스 크리스마스 애뉴얼》에 겨우 실린 뒤 1888년에야 한 권의 책으로 출판된다. 이때 아서 코넌 도일이 받은 원고료는 이십오 파운드. 그것도 모든 저작권을 넘기는 양도 계약이었다.

영국에서 『주홍색 연구』가 재쇄만 찍었을 때 미국에서는 적지 않은 호평이 이어졌고 나름 성공을 거두었다. 이 일을 계기로 《리핀코츠 매거진》의 편집자와 아서 코넌 도일의 만남이 성사되어 『네 사람의 서명』이 빛을 볼 수 있었다. 그때까지도 아서 코넌 도일은 여전히 진지한 역사소설을 쓰길 원했다. 하지만 당대 최고의 대중지였던 《스트랜드 매거진》과 인연을 맺게 되면서 일은 그의 의도와는 완전히 다른 방향으로 흘러가기 시작했다.

셜록 홈스를 싫어한 남자

시작은 「보헤미아 스캔들」이었다. 이후 「약혼자의 정체」를 끝내고 열흘 뒤에 「빨간 머리 연맹」(세 편 모두 『셜록 홈스의 모험』에 수록)을 편집부에 보냈다. 단 두 달 만에 다섯 편의 원고를 받은 《스트랜드 매거진》의 편집장 그리노 스미스는 훗날 그때를 이렇게 회상했다. "나는 아서 코넌 도일이 에드거 앨런 포 이후 최고의 단편소설 작가라는 사실을 알아보았다."

이제까지 그토록 단기간에 인기를 얻은 소설은 없었다. 시드니 패짓의 삽화가 포함된 '셜록 홈스' 시리즈는 엄청난 인기를 누리기 시작했다. 잡지 판매 부수는 덩달아 올라갔고 편당 삼십오 파운드였던 원고료는 오십 파운드까지 올라갔다. 1892년 출간된 『셜록 홈스의 모험』은 한 달 만에 칠천 부가 팔려나갔다. 《스트랜드 매거진》에 일 년 동안 '셜록 홈스' 시리즈가 게재된 사이 셜록 홈스는 빅토리아 여왕보다 유명해졌다. 도일 역시 누구나 아는 유명 인사가 되었다.

도일은 한 달에 한 편가량 '셜록 홈스' 시리즈를 발표하면서도 역사소설을 위한 자료 조사에 매달렸다. 1892년 말부터는 셜록 홈스에 염증을 느끼기 시작한다. 지나친 인기 때문에 연재가 쉴 새 없이 계속되면서 피로가 누적됐고 하급 문학이라고 여기는 것들이 자신과 동일시된다는 자괴감도 컸다. 그는 일부러 엄청난 원고료를 제시하기도 했지만 출판사는 군말 없이 그 요청을 받아들였다. 그즈음 어머니에게 보낸 편지에 그는 이런 구절을 남겼다. "셜록 홈스가 없다면 좀더 나은 일을 할 수 있지 않을까요?"

1893년 아내의 병과 아버지의 불행한 죽음은 이런 염증을 더욱 부추겼다. 그해 십이월 발표된 「마지막 문제」에서 아서 코넌 도일은 셜록 홈스를 죽이고 만다. 아버지가 죽고 삼 주 뒤에 그는 '심령연구학회'에 가입했고, 사후 세계에 대한 관심뿐 아니라 보어전쟁 종군 같은 현실의 문제 때문에 소설 속 셜록 홈스와 조금씩 멀어졌다. 음습한 다트무어의 괴담에서 아이디어를 얻은 『바스커빌 가문의 사냥개』를 발표한 1901년까지 그는 셜록 홈스를 의도적으로 외면했다.

『바스커빌 가문의 사냥개』가 엄청난 성공을 거둔 이후 도일은 다방면에 걸친 저작 활동과 대중적인 행보를 이어간다. 셜록 홈스가 등장하는 단편 또한 죽기 직전까지 간간이 발표했다. 대중에게 엄청난 인기였던 '셜록 홈스' 시리즈는 거부하기 힘든 수익원이었던 것이다. 그리고 1차세계대전 이후 심령술에 깊이 빠져든 그는 자신의 재산을 털어, 1930년 숨을 거두기까지 사후 세계가 존재하며 사후의 삶은 매우 즐겁다는 복음을 전 세계에 전파하는 것을 사명으로 삼았다.

코넌 도일의 작품 세계

일반적으로 알려진 것보다 아서 코넌 도일은 훨씬 많은 글을 남겼다. '알려진 것보다'라는 표현을 쓴 이유는 셜록 홈스가 등장하는 육십 편의 작품이 도일이 쓴 모든 텍스트의 광휘를 앗아갔기 때문이다. 실제로 그는 자신이 셜록 홈스의 작가로만 알려지는 것에 대해 여러 번 노골적으로 불만을 토로했다.

도일은 오십여 년 동안 매년 한 권 분량의 글을 써낸 성실한 작가였다. 평생 동안 스물한 권의 소설과 백오십 편이 넘는 단편, 수백 편의 투고와 수많은 논픽션 그리고 세 권에 달하는 시집을 남겼다. 초자연적 현상과 의학, 스포츠를 다룬 가벼운 단편소설부터 전문적인 지식을 다룬 기술 문서까지, 그 폭은 대단히 넓고 막힘이 없다. 또, 『코난 도일을 읽는 밤』(김용언 옮김, 을유문화사, 2013)에서 마이클 더다가 지적한 것처럼 단순하고 직접적인 문장을 통해 다양한 분위기를 직조해내는 뛰어난 문장가이기도 하였다.

미스터리 소설의 역사에서 아서 코넌 도일은 에드거 앨런 포가 세운 미스터리의 토대를 닦아 자신의 뒤를 잇는 황금기 작가들에게 전하는 가교 역할을 했다. '기이한 사건 – 탐정에 의한 논리적 추리 – 뜻밖의 결말'이라는 고전 미스터리의 완성형을 제시했고, 그 놀라운 대중적 인기는 현대까지 백삼십여 년 가까이 이어지며 미스터리 장르의 굳건한 초석이 되었다.

도일은 평생 동안 훌륭한 역사소설가로 인정받으려 애썼다. 모험을 추구하는 자신의 진취적인 정신을 고양시키는 문학은 역사소설밖에 없다고 생각했다. 17세기 찰스 2세의 서자로 태어난 몬머스 공작 제임스 스콧의 반란을 소재로 한 『마이카 클라크Micah Clarke』(1889)는 도일의 중요한 저작이다. 이 시도는 훗날 14세기를 배경으로 영국군 역사에서 가장 중요한 궁수들의 활약을 담은 『백의단The White Company』(1891)으로 이어지는데, 『백의단』은 월터 스콧의 『아이반호』와 함께 중세를 다룬 가장 중요한 영문학 작품으로 꼽힌다. 속필인 도일은 『백의단』에 이례적으로 구 개월의 시간을 쏟아부었고 "나의 젊음 일부를 작품에 쏟아 넣었다"며 무척이나 흡족해했다. 이외 조지 3세 재위기 중후반을 배경으로 하여 권투를 소재로 다룬 『로드니 스톤Rodney Stone』(1896)도 대중에게 사랑받았다.

'셜록 홈스' 시리즈 외에 국내 출간된 아서 코넌 도일의 주요 작품으로는 『제라르 준장의 회상』(김상훈 옮김, 북스피어, 2015)이 있다. 나폴레옹 제국 시대를 배경으로 퇴역 군인의 회고담을 흥미롭게 풀어낸 작품으로, 성실한 자료 조사가 돋보이며 개성 넘치는 인물과 극적 전개가 매력적이라는 평을 얻었다. '챌린저 교수' 시리즈로 알려진 『잃어버린 세계』(김상훈 옮김, 행복한책읽기,

2003)는 도일이 말년에 성취한 가장 큰 업적 중 하나이다. 선사시대의 공룡을 찾아 아마존 분지로 향하는 이 흥미로운 모험담은 평단과 독자 모두에게 극찬을 받으며 상업적으로도 큰 성공을 거뒀다.

아서 코넌 도일은 이야기에 천부적인 재능을 지녔던 '당대 최고의 직업 소설가'였다. 또 수필이나 기고 등의 논픽션을 통해 묘비명처럼 "강철처럼 진실하고, 칼날처럼 올곧"았던 삶을 드러냈다. 빅토리아시대의 후예이자 엄격한 예수회 교육을 받은 사람로서 그는 한평생 이상적인 가치를 수호했다. 언제나 모험을 꿈꿨으며 도전을 멈추지 않았다. 도일은 고결하다고 생각하는 목적에 가장 충실한 글을 썼으며, 일단 글을 쓰면 신념을 담아 상대방을 매혹하는 설득자이자 이야기꾼이었다. 스스로 폄하했던 셜록 홈스의 이야기에서도 최고의 성공을 거두었다는 사실은 그만큼 모든 일에 성실하고 진실했다는 뜻이리라. 삼십여 년 동안 계속해서 심령술에 대해 열렬한 지지를 표명한 것 또한 스스로의 믿음에 진정을 다하는 태도를 보인 결과였다.

아서 코넌 도일은 죽기 이틀 전에 이런 말을 남겼다. 사후 세계를 기다리는 한 남자의 망상 같아 보이기도 하지만 그의 삶 전체를 조망하는 멋진 문장이다.

"나는 수없이 모험을 했다. 이제 가장 크고 멋진 모험이 기다리고 있다."

윤영천(howmystery.com 운영자)

작가 정보 참고 문헌

마이클 더다, 김용언 옮김, 『코난 도일을 읽는 밤』, 을유문화사, 2013
마틴 부스, 한기찬 옮김, 『코난 도일』, 작가정신, 2007
마틴 피도, 백영미 옮김, 『셜록 홈즈의 세계』, 황금가지, 2016

*

아서 코넌 도일 연보

1859년 5월 22일 에든버러 피커디 플레이스에서 찰스 앨터몬트 도일과 메리 폴리 사이의 셋째 아서 이그나티우스 코넌 도일 출생. 양친의 종교에 따라 로마 가톨릭 세례를 받음.

1868~1875년 호더 예수회 학교에서 이 년, 스토니허스트 칼리지에서 오 년간 수학. 이때 도일은 학생들 사이에서 이야기꾼으로 유명했으며, 시를 썼고, 교지 편집에도 참여. 당시 도일 일가는 에든버러 사이언스 힐 플레이스 3번지에 거주.

1875~1876년 스토니허스트 칼리지에서 런던 대학에 합격, 이후 오스트리아 펠트키르히에 있는 예수회 대학에서 일 년간 유학.

1876년 브라이언 찰스 월러의 조언에 따라 에든버러 대학에서 의학 공부를 시작. 당시 도일 일가는 에든버러 아가일 파크 테라스 2번지에 거주.

1877~1880년 의학 공부를 계속하면서 에든버러 대학의 외과의인 조지프 벨의 접수계원으로 근무. 또한 셰필드, 라이턴, 버밍엄에서 보조 의사로 일했으며, 버밍엄에서 만난 고용주 호어 일가와 친분을 쌓게 됨. 첫 번째 소설인「새사사 계곡의 수수께끼」가《체임버스 저널》(1879. 9. 6)에 발표. 더불어 최초의 논픽션인「겔세민의 독성*Gelseminum as a Poison*」을《브리티시 메디컬 저널*British Medical Journal*》(1879. 9. 20)에 발표. 그전에 간간이《블랙우즈 에든버러 매거진 *Blackwood's Edinburgh Magazine*》에 투고했던「고레스소프 유령 저택*The Haunted Grange of Goresthorpe*」은 공개되지 못한 채 사장.

1880년 2월~9월 피터헤드에서 그린란드로 가는 포경선 호프호에서 선의로 근무.

1881년 에든버러 대학 졸업. 의학 학사 학위 취득.

1881~1882년 10월~1월 서아프리카로 가는 증기선 마윰바호의 선의로 근무. 노예제 폐지 운동의 지도자인 헨리 하이랜드 가넷 목사와 함께 사흘을 지냄.

1882년 조지 터너빈 버드와 플리머스에서 함께 병원을 열었으나 실패. 6월 남부에 있는 포츠머스로 이사.《런던 소사이어티*London Society*》,《올 더 이어 라운드*All the Year Round*》,《랜싯 *Lancet*》,《브리티시 저널 오브 포토그래피*British Journal of Photography*》에 글을 발표. 남부에서 개업의 생활을 시작하고 팔 년간 지속.

1882~1883년 에든버러에 있던 도일 일가가 뿔뿔이 흩어짐. 아버지는 알코올의존증과 간질 때문에 정신병원에 입원하고, 어머니는 요크셔 메이송일에 있는 월러 사유지의 메이송일 코티지에서 살게 됨. 동생인 이네스 도일은 1882년 9월부터 코넌 도일과 함께 살면서 학교도 다니고 병원에서 사환으로 근무.

1883년 1월 《템플 바*Temple Bar*》에 『북극성호의 선장*The Captain of the Pole-Star*』 발표. 『클룸버 미스터리*The Mystery of Cloomber*』 집필 시작.

1884년 1월 《콘힐 매거진*Cornhill Magazine*》에 「J. 하버쿡 젭슨의 진술*J. Habakuk Jephson's Statement*」, 《템플 바》에 「글렌마홀리의 상속녀*The Heiress of Glenmahowley*」 발표.
5월 《캐셀스 새터데이 저널*Cassell's Saturday Journal*》에 「마부 이야기*The Cabman's Story*」 발표.
『거들스톤 상회*The Firm of Girdlestone*』 집필 시작.

1885년 1월 《런던 소사이어티》에 「천사장이 된 남자*The Man from Arch-angel*」 발표.
8월 입원 환자였던 잭 호킨스가 뇌수막염으로 사망, 환자의 누이인 루이자 호킨스와 결혼. 아일랜드로 신혼여행을 감.
에든버러 대학에서 의학박사 학위 취득.

1886년 『주홍색 연구』 집필 시작.

1887년 《비턴스 크리스마스 애뉴얼》에 『주홍색 연구』 발표.

1888년 7월 워드 록 출판사에서 『주홍색 연구』를 첫 단행본으로 출간.
12월 『클룸버 미스터리』 출간.

1889년 2월 『마이카 클라크』(1685년 몬머스 공작의 반란을 소재로 쓴 소설)를 발표. 코넌 도일의 첫 번째 자녀 메리 루이스 코넌 도일 출생. 『미스터리와 모험*Mysteries and Adventures*』이라는 단편집이 작가의 허락 없이 출간(이후 『블루맨스다이크 우곡*The Gully Bluemansdyke*』과 『내 친구는 살인자*My Friend the Murderer*』라는 제목으로 정식 발표). 리핀코트사(社)에서 도일과 오스카 와일드에게 작품 의뢰.

1890년 1월 《내셔널 리뷰*National Review*》에 「로버트 루이스 스티븐슨의 소설 작법*Mr Stevenson's Methods in Fiction*」 발표.
2월 《리핀코츠 매거진》에 『네 사람의 서명』 발표.
3월 첫 단편집 『북극성호의 선장』 작가 허락하에 출간.
4월 『거들스톤 상회』 출간.
10월 스펜서 블래킷 출판사에서 『네 사람의 서명』 단행본 출간.

1891년 몬터규 플레이스 거주 시 어퍼윔폴 스트리트 2번지에 안과병원 개업. 그 뒤 사우스노우드로 이사.
7월~12월 여섯 편의 단편으로 이루어진 『셜록 홈스의 모험』을 조지 뉸스 출판사의 《스트랜드 매거진》을 통해 연재.
10월 『백의단』 출간. 『도시 너머*Beyond the City*』가 《굿 워즈*Good Words*》의 크리스마스 특별호 《굿 치어*Good*

Cheer》를 통해 발표.

1892년 1월~6월 《스트랜드 매거진》에 여섯 편의 '셜록 홈스' 시리즈 단편 연재.
3월 『래플스 호 씨의 소행*The Doings of Raffles Haw*』 출간.
10월 14일 뉴스 출판사에서 『셜록 홈스의 모험』 출간.
10월 31일 워털루전투를 소재로 한 『그림자 대제*The Great Shadow*』 발표. 둘째 앨런 킹슬리 코넌 도일 출생. 뉴스 출판사에서 『네 사람의 서명』 재간행.

1893년 5월 『망명자*The Refugees*』 출간. 『제인 애니 또는 선행상*Jane Annie; or, the Good Conduct Prize*』(J.M 배리와 함께 쓴 뮤지컬 코미디)을 사보이 극장에 올리지만 흥행 실패.
10월 10일 부친 찰스 앨터먼트 도일 사망.
12월 '셜록 홈스' 시리즈에서 벗어나 '좀더 진지한 문학 작업'을 하기 위해 셜록 홈스의 최후를 그린 「마지막 문제」 발표. 《스트랜드 매거진》에 연재했던 두 번째 '셜록 홈스의 모험' 단편 연작을 『셜록 홈스의 회상록』이란 제목으로 뉴스 출판사에서 출간(단편 「소포 상자」 미포함).

1894년 10월 개별적으로 발표했던 의학 단편소설들을 모은 『붉은 등 회진*Round the Red Lamp*』 출간. 자전소설 『스타크 먼로의 편지*The Stark Munro Letters*』를 쓰기 시작해 이듬해 완성. 동생 이네스 도일과 함께 미국 강연 여행을 떠남.
12월 『기생동물*The Parasite*』 출간. 《스트랜드 매거진》에 「제라르 준장의 메달*The Medal of Brigadier Gerard*」 발표.

1895년 《스트랜드 매거진》에 '제라르 준장' 시리즈 단편소설들 발표.

1896년 2월 뉸스 출판사에서 『제라르 준장의 회상』 출간. 아내의 결핵 치료를 위해 서리 주 하인드헤드에 정착.
11월 조지 3세 재위기 중후반을 배경으로 하는 추리소설 『로드니 스톤』 출간.
11월 20일 모교 에든버러 대학을 위해 쓴 단편 「경기장 바자회」를 에든버러 대학 학보에 발표.

1897년 5월 나폴레옹을 소재로 한 소설 『베르낙 아저씨*Uncle Bernac*』 출간.
1월, 3월, 5월 《피어슨스 매거진*Pearson's Magazine*》에 해적소설 「샤키 선장*Captain Sharkey*」 발표.

1898년 2월 『코로스코의 비극*The Tragedy of the Korosko*』 출간.
6월 시집 『행동의 노래*Song of Action*』 출간.
6월~12월 《스트랜드 매거진》에 '난롯가 이야기*Round the Fire Stories*' 시리즈 연재를 통해 「딱정벌레 채집가*The Beetle Hunter*」, 「시계가 여럿인 남자*The Man with the Watches*」, 「사라진 특급열차*The Lost Special*」, 「밀실*The Sealed Room*」, 「사악한 의사*The Black Doctor*」, 「발이 기형인 식료품상*The Club-Footed Grocer*」, 「브라질 고양이*The Brazilian Cat*」 발표. 어니스트 윌리엄 호넝(도일의 매부)이 A.J. 래플스라는 캐릭터를 창조, 처음으로 쓴 소설을 아서 코넌 도일에게 헌정.

1899년 1월~5월 《스트랜드 매거진》에 「옻칠 상자*The Japanned Box*」, 「유대인의 흉갑*The Jew's Breast-Plate*」, 「*B.24*」,

「라틴어 가정교사*The Latin Tutor*」, 「갈색 손*The Brown Hand*」 연재, '난롯가 이야기' 마무리.
3월 자신의 연애담을 소재로 한 『때때로 합창이 되는 이중창*A Duet with an Occasional Chorus*』 출간.
10월~12월 《스트랜드 매거진》에 권투 이야기인 「대가 크록슬리*The Croxley*」를 발표. 아서 코넌 도일과 윌리엄 질레트가 각본을 쓴 연극 〈셜록 홈스*Sherlock Holmes*〉 개막. 당시 삼십삼 세였던 질레트가 셜록 홈스 역을 맡음.

1900년 보어전쟁이 일어나자 영국군을 지원하기 위해 비공식적으로 조직된 랭먼 병원 자원봉사자로 합류.
3월 단편집 『녹색 깃발과 전쟁과 스포츠에 관한 이야기*The Green Flag and Other Stories of War and Sport*』 출간.
10월 전사서 『보어전쟁*The Great Boer War*』 출간. 자유통일당 소속으로 에든버러에서 국회의원으로 출마하지만 낙선.

1901년 8월 《스트랜드 매거진》에 『바스커빌 가문의 사냥개』 연재 시작. 부제는 '셜록 홈스의 또 다른 모험'.

1902년 1월 전사서 『보어전쟁 : 대의와 실제』 출간.
3월 뉴스 출판사에서 『바스커빌 가문의 사냥개』 출간. 기사 작위를 마지못해 받음.

1903년 9월 뉴스 출판사에서 『제라르 준장의 모험*Adventures of Gerard*』 출간(《스트랜드 매거진》 연재분).
10월 《스트랜드 매거진》에 『셜록 홈스의 귀환』 연재 시작. 스미스 엘더 출판사에서 대표작 열두 권 자비 출간. 아서 코넌 도일의 서문이 실려 있는 열세 번째 권은 뉴욕 애플턴 출판사에서 출간(여러 작품이 누락됨).

1904년 9월 《스트랜드 매거진》에서 연재하던 『셜록 홈스의 귀환』을 「애비 그레인지 사건」으로 마무리.
12월 이전에 썼던 소재를 발전시킨 「두 번째 얼룩」 재발표.

1905년 3월 뉸스 출판사에서 『셜록 홈스의 귀환』 출간.
12월 《스트랜드 매거진》에 '나이절 경*Sir Nigel*' 시리즈 연재 시작(1906년 12월에 마무리).

1906년 7월 4일 부인 루이자 사망.
11월 『나이절 경』 출간. 호윅 지구에서 자유통일당 소속으로 총선거에 출마했다가 낙선.

1907년 조지 에달지(1903년에 가축 살상 혐의로 피소)의 누명을 벗겨줌.
9월 18일 진 레키와 결혼.
11월 자신의 문학 스승들을 기념하는 『마법의 문을 지나 *Through the Magic Door*』를 출간(1894년 《그레이트 소츠 *Great Thoughts*》 연재분).

1908년 서식스 크로버러 윈들셤으로 이사.
1월 '셜록 홈스' 시리즈의 삽화가인 시드니 패짓 사망.
9월 연재작 중 일부를 뺀 『난롯가 이야기』 출간.
9월~10월 「존 스콧 에클스의 기이한 경험*The Singular Experience of Mr John Scott Eccles*」(나중에 「위스테리아 로지의 비밀*The Adventure of Wisteria Lodge*」로 제목 변

경)을 《스트랜드 매거진》에 게재한 뒤 드문드문 '셜록 홈스' 시리즈 연재.

1909년 이혼법개정협회 회장 역임(~1919년). 셋째 데니스 퍼시 스튜어트 코넌 도일 출생.

1910년 9월 '제라르 준장' 시리즈의 마지막 작품 「제라르 준장의 결혼*The Marriage of the Brigadier*」을 《스트랜드 매거진》에 발표.
12월 《스트랜드 매거진》에 「악마의 발」 발표. 연극 〈얼룩 띠〉를 에이델파이 극장에서 육 개월간 상연. 총 346회 공연. 넷째 에이드리언 맬컴 코넌 도일 출생.

1911년 4월 역사 소재의 단편집 『최후의 갤리선*The Last Galley*』 출간.
3월 《스트랜드 매거진》에 「빨간 머리 연맹」 발표.
12월 《스트랜드 매거진》에 「프랜시스 카팩스 여사의 실종 사건」 발표.

1912년 4월~11월 《스트랜드 매거진》에 '챌린저 교수' 시리즈 첫 작품 『잃어버린 세계』 발표.
10월 『잃어버린 세계』 단행본 출간. 다섯째 진 리나 아네트 코넌 도일 출생.

1913년 2월 칼럼 「영국과 다음 전쟁*Great Britain and the Next War*」을 《포트나이틀리 리뷰*Fortnightly Review*》에 게재.
8월 '챌린저 교수' 시리즈 두 번째 작품 『독가스대*The Poison Belt*』 출간.

12월 《스트랜드 매거진》에 「중병에 걸린 탐정」 발표. 영불 해협 터널 찬성 운동에 참여.

1914년 7월 전시에 영국 봉쇄의 위험을 경고하는 『위험!*Danger!*』을 《스트랜드 매거진》에 발표.
8월 영국이 독일에 선전포고하자 지역 의용군을 결성.
9월 《스트랜드 매거진》에 『공포의 계곡』 연재 시작(1915년 5월에 연재 마침).

1915년 2월 뉴욕의 조지 H. 도런 출판사에서 『공포의 계곡』 출간.
6월 런던의 스미스 엘더 출판사에서 『공포의 계곡』 출간(레지널드 스미스가 죽고 출판사가 존 머리에게 매각되자 아서 코넌 도일의 책 판권도 머리에게 넘어감). 독일에서는 다섯 편의 홈스 영화가 상영(전쟁중에는 열 편 이상).

1916년 4월 《스트랜드 매거진》에 『1914년 프랑스-플랑드르 전투에서의 영국 작전*The British Campaign in France and Flanders* 1914』 연재 시작.
8월 전사서 『3전선 방문*A Visit to Three Fronts*』 출간.

1917년 《스트랜드 매거진》에 1916년의 영국 작전에 대해 연재하던 칼럼이 전시 검열로 게재 금지 처분을 받음.
9월 《스트랜드 매거진》에 『셜록 홈스의 마지막 인사』 발표.
10월 존 머리 출판사에서 『셜록 홈스의 마지막 인사』 출간(단편 「소포 상자」 포함).

1918년 4월 『새로운 계시*The New Revelation*』를 발표하여 강신론자로서의 입지 표명.
12월 『위험!』 단행본 출간. 《스트랜드 매거진》에 1916년의 영국 작전과 1917년 영국 작전을 요약해 연재하는 칼럼에 허락이 떨어짐. 1918년의 영국 작전은 연재하지 않음. 장남 킹슬리 코넌 도일 대위가 인플루엔자에 걸려 전시에 입은 부상이 악화되어 사망.

1919년 전쟁이 끝난 뒤 동생 이네스 도일 준장이 폐렴으로 사망.

1920~1930년 심령술 범세계 운동에 참여.

1921~1922년 도일이 쓴 단막극 〈다이아몬드 왕관*The Crown Diamond*〉 순회공연.

1921년 10월 《스트랜드 매거진》에 「마자랭 보석」 발표(〈다이아몬드 왕관〉 극본 기반). 모친 메리 폴리 도일 사망.

1922년 2월 《스트랜드 매거진》에 「소어 브리지 사건」 발표.
7월 존 머리 출판사에서 홈스가 등장하지 않는 단편들을 모은 단편선 『반지와 막사 이야기*Tales of the Ring and The Camp*』, 『해적과 바다 이야기*Tales of Pirates and Blue Water*』, 『공포와 미스터리 이야기*Tales of Terror and Mystery*』, 『황혼과 보이지 않는 것들의 이야기*Tales of Twilight and the Unseen*』, 『모험과 의사 생활 이야기*Tales of Adventure and Medical Life*』 출간.
11월 단편선 『오래된 이야기*Tales of Long Ago*』 출간.
9월 머리 출판사에서 시 전집 출간.

1923년 3월 《스트랜드 매거진》에 「기어다니는 남자」 발표.

1924년 1월 《스트랜드 매거진》에 「서식스의 흡혈귀」 발표.
6월 직접 '셜록 홈스' 시리즈를 패러디한 「왓슨은 어떻게 기술을 배웠는가*How Watson Learned the Trick*」가 『여왕의 인형의 집 서재를 위한 책*The Book of the Queen's Dolls' House Library*』에 포함되어 발표.
9월 자서전 『기억과 모험』 출간.

1925년 1월 《스트랜드 매거진》에 「삼 인의 개리데브」 발표.
2월 「유명한 의뢰인」 발표.
7월 '챌린저 교수' 시리즈 『안개의 땅』(이수경 옮김, 황금가지, 2004)을 《스트랜드 매거진》에 연재 시작.

1926년 3월 『안개의 땅』 출간.
10월 《스트랜드 매거진》에 「스리 게이블스 저택 사건」 발표.
11월 《스트랜드 매거진》에 「창백한 병사」 발표.
12월 《스트랜드 매거진》에 「사자 갈기」 발표.

1927년 1월 《스트랜드 매거진》에 「은퇴한 물감 제조업자」 발표.
2월 《스트랜드 매거진》에 「수수께끼의 하숙인」 발표.
4월 《스트랜드 매거진》에 「쇼스컴 올드 플레이스 사건」 발표.
6월 머리 출판사에서 『셜록 홈스의 사건집』 출간.

1928년 10월 머리 출판사에서 『셜록 홈스 단편 전집*The Complete Sherlock Holmes Short Stories*』 출간.

1929년 6월 『코넌 도일 이야기*The Conan Doyle Stories*』(1922년 머리 출판사에서 출판한 여섯 권 포함) 출간.
7월 도일의 마지막 단편집 『마라코트 심해』(이수현 옮김, 행복한 책읽기, 2004) 출간.
9월 머리 출판사에서 『셜록 홈스 장편 전집 *The Complete Sherlock Holmes Long Stories*』 출간.

1930년 7월 7일 오전 8시 30분 아서 코넌 도일 사망.

주홍색 연구

A Study in Scarlet

초판 발행 2016년 9월 5일

지은이 아서 코넌 도일 | **옮긴이** 이경아 | **펴낸이** 염현숙

책임편집 김세화 | **편집** 임지호 이현 이송
아트디렉팅 이혜경 | **본문조판** 이정민 백주영 | **일러스트 및 캐릭터디자인** 박해랑
저작권 한문숙 박혜연 김지영 | **마케팅** 정민호 나해진 박보람 이동엽
홍보 김희숙 김상만 이천희
제작 강신은 김동욱 임현식 | **인쇄** 한영문화사 | **제본** 경일제책

펴낸곳 (주)문학동네
출판등록 1993년 10월 22일 제406-2003-000045호
임프린트 엘릭시르

주소 10881 경기도 파주시 회동길 210
문의 031-955-2637(편집) 031-955-3576(마케팅) 031-955-8855(팩스)
전자우편 editor@elmys.co.kr | **홈페이지** www.elmys.co.kr

ISBN 978-89-546-4135-7 04840
978-89-546-4090-9(SET)

엘릭시르는 출판그룹 문학동네의 임프린트입니다.